Het dagboek van Bridget Jones,
59 kilo

Vertaald door Martha Heesen

Helen Fielding

Het dagboek van Bridget Jones

2005 Prometheus Amsterdam

Voor mijn verstandige, geestige en lieve moeder, Nellie – omdat je niet lijkt op die van Bridget

Eerste druk 1997
Drieëndertigste druk 2005

Oorspronkelijke titel *Bridget Jones's Diary*

Omslagontwerp Marieke Oele

www.uitgeverijprometheus.nl
ISBN 90 446 0392 2

GOEDE VOORNEMENS VOOR HET NIEUWE JAAR

niet:

Meer drinken dan veertien eenheden alcohol per week.

Roken.

Geld verspillen aan: pastamachines, ijsmachines of andere keukenapparaten die ik nooit gebruik, boeken van onleesbare literaire schrijvers om voor de sier in de kast te zetten, exotisch ondergoed, zinloos, ik heb toch geen vriendje.

Thuis als een voddenbaal leven, moet me inbeelden dat mensen me zien.

Meer uitgeven dan ik verdien.

Bergen onbeantwoorde post laten liggen.

Vallen voor alcoholici, werkverslaafden, mannen met bindingsangst, mannen met vriendin of vrouw, vrouwenhaters, chauvinisten, gevoelsarme zakken, uitvreters, perverselingen.

Me ergeren aan mam, Una Alconbury of Perpetua.

Me van slag laten brengen door mannen, moet evenwichtig en ijskoud zijn.

Smoor worden op een man, moet volwassen relaties aangaan, gebaseerd op overeenstemming van karakter.

Mensen achter hun rug om de grond in boren, moet over iedereen positief zijn.

Mezelf kwellen met Daniel Cleaver, zielig, zo'n passie voor je baas, zie Miss Moneypenny e.d.

Depri worden omdat ik geen vriendje heb, moet werken aan innerlijk evenwicht, onafhankelijkheid en zelfbewustheid, ik bén iemand, een complete vrouw, zonder vriendje, want dat is de beste manier om er een te krijgen.

wel:

Stoppen met roken.

Niet meer dan veertien eenheden alcohol per week drinken.

Met anticellulitisdieet omvang dijen met zeven centimeter verminderen (d.w.z. 3,5 cm per dij).

Huis van alle overbodige troep ontdoen.

Alle kleren die ik twee jaar of langer niet heb gedragen aan daklozen geven.

Baan met perspectieven zoeken, aan carrière werken.

Geld sparen, spaarrekening. Eventueel al iets aan pensioen doen.

Meer zelfvertrouwen hebben.

Meer van me af bijten.

Tijd beter indelen.

Niet elke avond uitgaan maar thuisblijven, lezen, naar klassieke muziek luisteren.

Percentage van inkomen naar liefdadigheid.

Aardiger zijn, mensen helpen.

Meer peulvruchten eten.

's Ochtends meteen mijn bed uit.

Drie keer per week naar de sportschool, niet alleen maar om een broodje te kopen.

Foto's inplakken.

Verzamelcassette maken voor alle voorkomende stemmingen zodat ik mijn romantische/dans-/opzwepende/feministische enz. muziek meteen bij de hand heb en niet als een soort aangeschoten dj bandjes om me heen hoef te smijten.

Een stabiele relatie aanknopen met een verantwoordelijk, volwassen persoon.

Uitvissen hoe je de video programmeert.

JANUARI

Een bijzonder slecht begin

ZONDAG 1 JANUARI

58,5 kg (maar na kerst), 14 eenheden alcohol (maar eigenlijk over 2 dagen, want de laatste 4 uur van het feestje was het al nieuwjaarsdag), 22 sigaretten, 5424 calorieën.

Vandaag gegeten:

2 pakjes gesneden Emmenthaler
14 koude nieuwe aardappelen
2 bloody mary's (tellen als eten, want Worcestersaus en tomaten)
$^1/_3$ ciabatta met brie
$^1/_2$ pakje korianderblaadjes
12 bonbons (al het kerstsnoep beter in één keer opmaken en morgen opnieuw beginnen)
13 stokjes met kaas en ananas
Portie Una Alconbury's gekruide kalkoen met erwten en bananen
Portie Una Alconbury's frambozenverrassing van lange vingers, frambozen uit blik en liters slagroom, versierd met geconfijte kersen en engelwortel

12.00 Londen.Thuis. Gatver. Moet naar het Nieuwjaarsbuffet-van-Kalkoengerechten bij Una en Geoffrey Alconbury in Grafton Underwood. Dat is wel het laatste waar ik me fysiek, emotioneel of mentaal toe in staat voel. Geoffrey en Una Alconbury zijn de beste vrienden van mijn ouders en ze kennen me al vanaf de tijd dat ik in mijn blootje over het gras holde, waar oom Geoffrey me dan ook voortdurend aan herinnert. Op Bank Holiday in augustus belde mijn moeder me om halfnegen 's ochtends op om me over te halen naar dat buffet te gaan. Ze deed dat via een sluwe omweg.

‘Hallo, lieverd. Ik bel je even om te vragen wat je voor een kerstcadeau wilt.’

‘Kérstcadeau?’

‘Of wil je liever een verrassing?’

‘Nee!’ brulde ik. ‘Sorry, ik bedoel...’

‘Zou je niet zo’n wagentje willen hebben voor je koffer?’

‘Ik heb geen koffer.’

‘Als ik nou eens een kleine koffer voor je kocht, waar de wielen al aan vast zitten, je weet wel, zoals stewardessen hebben.’

‘Ik heb al een reistas.’

‘Maar lieverd, je kunt toch niet rond blijven lopen met dat gehavende groene canvas ding. Daarmee lijk je een soort Mary Poppins die slecht terechtgekomen is. Gewoon een kleine, stevige koffer met zo’n uittrekbare handgreep. Je kunt er verbazend veel in kwijt. Wil je hem in rood met marineblauw, of marineblauw met rood?’

‘Mam, het is pas halfnegen. Het is zomer. Het is heet. Ik wil geen stewardessenkoffer.’

‘Julie Enderby heeft er een. Zij zegt dat ze nooit iets anders meeneemt.’

‘Wie is Julie Enderby?’

‘Dat weet je toch wel! Júlie! De dochter van Mavis Enderby. Julie! Dat meisje met die geweldige baan bij Arthur Anderson...’

‘Mam...’

‘Ze neemt hem op al haar reizen mee...’

‘Ik wil geen koffertje op wieltjes.’

‘Weet je wat, als Jamie, pappie en ik nu eens samen deden. Dan krijg je een echte mooie grote koffer, én wielen!’

Uitgeput hield ik de hoorn een stukje van mijn oor, en ik vroeg me af waar die drang om mij voor kerst met koffers op te zadelen eigenlijk vandaan kwam. Toen ik weer luisterde, zei ze net: ‘... je kunt ze trouwens krijgen met een apart vakje voor flessen, voor je badschuim en zo. Ik heb ook nog gedacht aan een boodschappenkarretje voor je.’

‘Is er iets wat jíj graag wilt voor Kerstmis?’ vroeg ik wanhopig, knipperend met mijn ogen in de felle augustuszon.

‘O, nee hoor,’ zei ze luchtig. ‘Ik heb helemaal niets nodig. O, schat,’ siste ze opeens, ‘je gaat dit jaar toch wel naar het

Nieuwjaarsbuffet-van-Kalkoengerechten bij Geoffrey en Una, hè?'

'O, nou, eigenlijk...' stamelde ik in paniek. Wat voor smoes kon ik verzinnen? '... ik geloof dat ik op nieuwjaarsdag moet werken.'

'Dat geeft niets. Je kunt er na je werk heen rijden. En nog iets, heb ik je dat al verteld? Malcolm en Elaine Darcy komen ook en ze nemen Mark mee. Herinner je je die nog? Zo'n zeer geslaagde advocaat. Steenrijk. Gescheiden. Het begint pas om acht uur.'

O, god. Niet weer zo'n vreemdsoortig geklede operafanaat met een woeste bos haar met zijscheiding. 'Mam, ik heb het je al zo vaak gezegd, je hoeft me niet te koppelen...'

'Je komt toch wel, hè, schat. Una en Geoffrey houden hun nieuwjaarsbuffet al sinds jij in je blootje over het gras rende! Dus je komt. En dan kun je meteen je nieuwe koffer gebruiken.'

23.45 Gatver. Eerste dag van nieuwe jaar is weerzinwekkend. Gewoon niet te geloven dat ik al weer een jaar begin in een eenpersoonsbed bij mijn ouders thuis. Op mijn leeftijd is dat zo vernederend. Zouden ze het ruiken als ik even een sigaretje rook met mijn kop uit het raam? Heb me de hele dag thuis schuilgehouden, in de hoop dat de kater over zou gaan, maar uiteindelijk heb ik het opgegeven en ik ben, veel te laat, naar dat kalkoenengedoe vertrokken. Toen ik bij de Alconbury's aankwam, en op de knop van het klokkenspel drukte dat ze er als deurbel op na houden, verkeerde ik nog altijd in mijn eigen, vreemde wereld van misselijkheid, koppijn en verzuring. Ook voelde ik nog wat woede, omdat ik per ongeluk op de M6 terecht was gekomen in plaats van op de M1, en pas halverwege de weg naar Birmingham weer een afslag tegenkwam. Ik was zo kwaad dat ik de hele tijd plankgas reed om mijn woede te koelen, wat erg gevaarlijk is. Gelaten zag ik de gestalte van Una Alconbury op mij af komen, vreemd vervormd door de bobbelige glazen deur en in een fuchsiaroze pakje gestoken.

'Bridget! We dachten al dat je niet meer zou komen! Gelukkig nieuwjaar! We wilden net zonder jou beginnen.'

Ze slaagde erin me te kussen, me mijn jas uit te trekken, die over het traphek te hangen, haar lippenstift van mijn wang te vegen en me een ongelooflijk schuldgevoel te bezorgen, en dat alles in één enkele beweging, terwijl ik steun zocht tegen een plank vol snuisterijen.

'Sorry. Ik ben verkeerd gereden.'

'Verkeerd gereden! Gut! Wat moeten we toch met jou beginnen? Kom erin.'

Ze nam me mee door de matglazen deuren de salon binnen, en riep: 'Hé, jongens! Ze was verdwaald!'

'Bridget! Gelukkig nieuwjaar!' zei Geoffrey Alconbury, die een gele, diagonaal geruite trui aanhad. Hij deed een komisch Bruce Forsyth-pasje en gaf me toen zo'n knuffel die door Boots gelijk naar het politiebureau zou zijn doorgestuurd.

'Hrrrumm!' zei hij. Hij kreeg een rood hoofd en trok zijn broek op. 'Welke afslag heb je genomen?'

'Negentien, maar er was een omleiding.'

'Negentien! Una, ze heeft de negentien genomen! Dat kostte je al een uur extra reistijd voor je vertrokken was. Kom, ik zal je wat inschenken. En hoe staat het met je liefdesleven?'

O, gód! Waarom snappen getrouwde mensen niet dat je dit soort vragen niet meer kunt stellen? Wij stormen toch ook niet op hen af om te vragen: 'En? Hoe is het met jullie huwelijk? Doen jullie het nog met elkaar?' Iedereen weet toch dat je boven de dertig niet meer van die onbekommerde, vrijheid-blijheid-relaties hebt als op je tweeëntwintigste, en dat een eerlijk antwoord eerder zoiets zou zijn als: 'Nu je het toch vraagt, mijn getrouwde minnaar kwam vannacht opeens te voorschijn met jarretels aan en een schattig angora navelvrij truitje, en vertelde me dat hij een homo/een seksmaniak/een drugsverslaafde/een slachtoffer van bindingsangst was en hij sloeg me in elkaar met een vibrator,' dan: 'Geweldig, dank je.'

Ik ben van nature niet goed in liegen, en dus mompelde ik alleen maar beschaamd: 'Best hoor,' waarop hij bulderde: 'Dus je hebt nog steeds geen vent!'

'Bridget! Wat moeten we toch met jou beginnen!' zei Una. 'Die carrièrevrouwen ook. Ik weet het niet hoor, je kunt het toch niet voor eeuwig uitstellen. Tik-tak-tik-tak!'

'Ja, hoe is het mogelijk dat een vrouw van jouw leeftijd nog altijd niet getrouwd is?' brulde Brian Enderby (getrouwd met Mavis, vroeger president van de Rotaryclub in Kettering), zwaaiend met zijn glas sherry. Gelukkig kwam mijn vader me te hulp.

'Fijn om je te zien, Bridget,' zei hij, en hij pakte mijn arm. 'Je moeder heeft de hele politiemacht van Northamptonshire opgetrommeld om het landschap met de netenkam te lijf te gaan, op zoek naar jouw verspreide lichaamsdelen. Laat eens merken dat je er bent, dan wordt het hier voor mij tenminste ook leuk. Hoe bevalt je koffer-op-wieltjes?'

'Onmetelijk groot. En hoe bevalt jouw oorhaarknippertje?'

'O, geweldig. Je weet wel, echt knipperig.'

Het was niet echt vreselijk, en ik zou het mezelf kwalijk hebben genomen als ik niet was gekomen, maar Mark Darcy... jezus. Wekenlang, elke keer als mijn moeder opbelde, was het van: 'Natuurlijk ken je de Darcy's nog, lieverd. Ze zijn bij ons geweest toen we in Buckingham woonden, en jij en Mark hebben samen in het kikkerbadje gespeeld!' of: 'O, heb ik je al gezegd dat Malcolm en Elaine Mark meenemen naar het Nieuwjaarsbuffet-van-Kalkoengerechten? Het schijnt dat hij net terug is uit Amerika. Gescheiden. Hij zoekt een huis in Holland Park. Ze zeggen dat hij vreselijke toestanden achter de rug heeft met zijn vrouw. Een Japanse. Een wreed ras.'

En dan de volgende keer, uit het niets: 'Ken je Mark Darcy nog, lieverd? De zoon van Malcolm en Elaine? Hij is zo'n fantastische, supergeslaagde advocaat. Gescheiden. Elaine zegt dat hij niets anders doet dan werken, en dat hij vreselijk eenzaam is. Ik denk trouwens dat hij misschien wel naar Una's Nieuwjaarsbuffet-van-Kalkoengerechten komt.'

Ik snap niet waarom ze er niet voor uitkwam, waarom ze niet gewoon zei: 'Schat, je moet die Mark Darcy grijpen tijdens het eten van de kalkoen, want hij is ontzettend rijk.'

'Kom, dan kun je Mark begroeten,' zong Una Alconbury voor ik ook maar de tijd had mijn glas leeg te drinken. Een man in je maag gesplitst krijgen is al erg genoeg, maar letterlijk naar hem toe gesleept worden door Una Alconbury terwijl je probeert te herstellen van een zure kater, bekeken door een kamer vol vrienden van je ouders, dat is wel even iets anders.

De rijke, door een wrede vrouw verlaten Mark, vrij lang van stuk, stond met zijn rug naar de kamer de inhoud van de boekenkast van de Alconbury's te bestuderen, die voornamelijk uit in leer gebonden series over het Derde Rijk bestond, die Geoffrey bestelt bij Reader's Digest. Ik vond het plotseling nogal belachelijk om 'Mr Darcy' te heten en in je eentje verwaand te staan wezen op een feestje. Het is net of je 'Heathcliff' heet en de hele avond per se in de tuin wilt staan om 'Cathy!' te schreeuwen en met je hoofd tegen een boom te beuken.

'Mark,' zei Una, alsof ze rechtstreeks van de kerstman kwam, 'kijk eens wie hier is.'

Hij draaide zich om, en wat aan de achterkant een onschuldige blauwe trui had geleken, bleek in werkelijkheid een V-hals-pullover met diagonaal ruitpatroon te zijn, in geel en blauw, het soort trui dat oudere sportverslaggevers meestal dragen. Zoals mijn goede vriend Tom vaak zegt, kun je je verbazend veel tijd en geld in de vrijerij besparen door goed op details te letten. Hier een witte sok, daar een paar rode bretels, een grijze instapschoen, een hakenkruis, meer heb je gewoonlijk niet nodig om vast te stellen dat het geen zin heeft telefoonnummers op te schrijven en te dokken voor dure lunches, omdat het toch nooit wat wordt.

'Mark, dit is Bridget, de dochter van Colin en Pam,' zei Una, blozend en zenuwachtig. 'Bridget werkt bij een uitgeverij, is het niet, Bridget?'

'Inderdaad, dat klopt,' zei ik om de een of andere reden, alsof ik meedeed aan een radioshow en op het punt stond Una te vragen of ik 'dag mocht zeggen' tegen mijn vriendinnen Jude en Sharon, mijn vriend Tom, mijn broer Jamie, iedereen op kantoor, mammie en pappie en ten slotte nog tegen alle mensen op het Kalkoenenbuffet.

'Nou, ik laat jullie, jongelui, maar alleen,' zei Una. 'Goh! Jullie zullen je buik wel vol hebben van al die bemoeizuchtige ouwe pietlutten.'

'Helemaal niet,' zei Mark Darcy opgelaten, met een mislukte glimlach, waarop Una met haar ogen rolde, een hand op haar boezem legde, een vrolijk, zilverig lachje ten beste gaf en ons ten slotte, met een rukje van haar hoofd, achterliet in een ijzingwekkende stilte.

'Ik... eh... lees je op het moment... eh, heb je de laatste tijd nog een goed boek gelezen?' vroeg hij.

O, in godsnaam!

Ik pijnigde mijn hersens en vroeg me af wanneer ik voor het laatst een behoorlijk boek had gelezen. Het vervelende van werken bij een uitgeverij is dat lezen in je vrije tijd net zoiets is als 's avonds in de afvalcontainer snuffelen als je vuilnisman bent. Ik ben halverwege *Mannen komen van Mars, vrouwen komen van Venus* dat Jude me geleend heeft, maar ik dacht niet dat Mark Darcy, al zijn eigenaardigheid ten spijt, al helemaal bereid zou zijn zichzelf als marsmannetje te zien. Toen kreeg ik een ingeving.

'*Backlash*, om precies te zijn, van Susan Faludi,' zei ik trots. Ha! Ik heb het niet echt gelezen, maar zo lijkt het wel, doordat Sharon er de hele tijd over heeft lopen zeuren. Maar ik zat in elk geval safe want zo'n sulletje in een geruite trui had heus geen vijfhonderd pagina's dikke feministische verhandeling gelezen.

'O, ja?' zei hij. 'Dat heb ik meteen gelezen toen het uitkwam. Vond je het niet wat te vergezocht allemaal?'

'O, eh, nou, dat viel wel mee...' riep ik maar en ik zocht wanhopig naar een manier om van onderwerp te veranderen. 'Heb je oudejaarsavond bij je ouders gevierd?'

'Ja,' antwoordde hij meteen, 'jij ook?'

'Ja. Nee. Ik was vannacht op een feest in Londen. Ik heb een beetje een kater, moet ik bekennen.' Zenuwachtig begon ik een eind weg te kletsen, zodat Una en mam niet zouden denken dat ik zo slecht met mannen om kon springen dat ik niet eens met Mark Darcy kon praten. 'Maar ik vind dat je goede voornemens niet echt al op nieuwjaarsdag in kunnen gaan, vind je wel? Want tenslotte is dat een soort voortzetting van oudejaarsavond, en rokers hebben dan al zoveel gerookt dat je niet kunt verwachten dat ze klokslag twaalf acuut stoppen, met al die nicotine in hun lijf. En lijnen op nieuwjaarsdag is ook geen goed idee, want dan kun je niet verstandig eten. Je moet dan de hele dag alles kunnen eten wat je nodig hebt, om over je kater heen te komen. Volgens mij zou het veel beter zijn als de voornemens pas op 2 januari ingingen.'

'Misschien moet je wat eten,' zei hij, en hij smeerde hem plotseling naar het buffet, zodat ik in mijn eentje bij de boekenkast achterbleef en iedereen me aanstaarde en dacht: dus daarom is Bridget niet getrouwd. Ze stoot mannen af.

Het ergste was nog dat Una Alconbury en mam niet van ophouden wisten. Ze lieten me voortdurend rondgaan met schalen augurken en glazen cream sherry, in de hoop dat ik Mark Darcy's pad weer zou kruisen. Op het laatst raakten ze zo gefrustreerd dat Una, op het moment dat ik hem tot op anderhalve meter met mijn augurken was genaderd, als Will Carling door de kamer stoof en zei: 'Mark, je moet Bridgets telefoonnummer opschrijven voor je weggaat, dan kun je haar eens bellen als je in Londen bent.'

Ik werd knalrood, ik kon er niets aan doen. Ik voelde het bloed naar mijn wangen stijgen. Nu zou Mark denken dat ze dat op mijn verzoek deed.

'Bridget heeft in Londen vast meer dan genoeg om handen, mevrouw Alconbury,' zei hij. Ahum. Niet dat ik wilde dat hij mijn telefoonnummer zou opschrijven of wat dan ook, maar ik vond het ook weer niet nodig dat hij zo overduidelijk aan iedereen liet blijken dat ik hem niet interesseerde. Toen ik naar beneden keek, zag ik dat hij witte sokken met gele hommels erop droeg.

'Kan ik je niet tot een augurk verleiden?' zei ik, om te laten zien dat ik een echte reden had om naar hem toe te komen, een reden die eerder in de augurkensfeer lag dan op het vlak van telefoonnumers.

'Nee, dank je,' zei hij, en hij keek me wat huiverig aan.

'Weet je het zeker? Een gevulde olijf dan?' drong ik aan.

'Nee, echt niet.'

'Zilveruitje,' zei ik bemoedigend, 'blokje rode biet?'

'Dank je,' zei hij ten einde raad, en hij nam een olijf.

'Ik hoop dat het je zal smaken,' zegevierde ik.

Tegen het einde van het feest zag ik hoe zijn moeder en Una op hem in stonden te praten, waarna ze hem naar mij toe sleepten en vlak achter hem bleven staan terwijl hij stijfjes vroeg: 'Moet je een lift naar Londen? Ik blijf hier, maar mijn auto kan je brengen.'

'O? In zijn eentje?' zei ik.

Hij keek me met knipperende ogen aan.

'Cut! Mark heeft een auto met chauffeur van de zaak, dommerd,' zei Una.

'Dank je. Erg aardig van je,' zei ik, 'maar ik neem morgenochtend wel een trein.'

2.00 O, waarom ben ik zo onaantrekkelijk? Waarom? Zelfs een man met hommelsokken vindt me nog weerzinwekkend. Haat het nieuwe jaar. Haat iedereen. Behalve Daniel Cleaver. Hoe dan ook, heb op de toilettafel nog een reusachtige plak melkchocola van kerst, ook grappig miniflesje gin-tonic. Ga ze allebei opmaken, en een sigaret roken.

DINSDAG 3 JANUARI

59 kg (word dikker en dikker, waarom, waarom toch?), 6 eenheden alcohol (uitstekend), 23 sigaretten (z.g.), 2472 calorieën.

9.00 Gatver. Moet naar werk, afgrijselijke gedachte. Enige draaglijke ervan is Daniel weer te zien, maar zelfs dat is beter van niet want ben dik, heb pukkel op mijn kin en wil alleen maar op kussen zitten, chocola eten en kerstprogramma's kijken. Vind het verkeerd en niet eerlijk dat je het kerstfeest, met al zijn spanningen en onoverkomelijke financiële en emotionele verwikkelingen, eerst geheel tegen je zin krijgt opgedrongen, waarna het weer ruw van je afgepakt wordt net op het moment dat je er een beetje in zit. Begon er net van te genieten dat het normale leven was opgeschort, dat je in bed mocht liggen zo lang als je wou, alles waar je zin in had in je mond kon stoppen, alcohol drinken op elk moment dat het je pad kruiste, zelfs 's ochtends. Nu moeten we opeens weer in het gareel, als magere jonge windhonden.

22.00 Gatver. Perpetua, iets ouder, denkt dus dat ze boven me staat, op haar onaangenaamst en bazigst; zanikte de oren van mijn hoofd over dat huis van een half miljoen dat ze gaat kopen met haar rijke maar gedegenereerde vrijer Hugo: 'O, jawal, het ligt wel op het neurden, maar ze habben zó iets intelligants gedaan met de lichtinval!'

Ik bekeek haar jaloers; haar enorme, uitpuilende derrière was gehuld in een strakke rode rok waar een mal driekwart, gestreept mouwloos vestje omheen spande. Wat een geluk om die arrogantie van de hogere kringen bij je geboorte mee te krijgen. Perpetua kan de omvang van een Renault Espace krijgen, zonder er een seconde bij stil te hoeven staan. Hoeveel uren, dagen, maanden, jaren heb ik niet lopen tobben over mijn gewicht, terwijl Perpetua zorgeloos de winkels van Fulham Road afstroopte op zoek naar lampen met een porseleinen kat als voet. Maar toch mist ze wat: het is bewezen dat geluk niet afhangt van liefde, rijkdom of macht, maar van het nastreven van te verwezenlijke doelstellingen. Een dieet is dat bij uitstek.

Op weg naar huis in mijn boosheid dat het geen kerst meer is pakje afgeprijsde chocolade kerstfiguurtjes gekocht en een fles bubbelwijn voor 5,95 uit Noorwegen of Pakistan of zoiets. Soldaat gemaakt bij kerstboomverlichting, plus paar kersttaartjes, laatste stuk kerstcake en stiltonkaas, intussen gekeken naar *Eastenders* en net gedaan of het een kerstprogramma was.

Schaam me nu, voel me walgelijk. Zie het vet uit mijn lijf puilen. Wat maakt het uit. Soms moet je wegzinken in een poel van giftige vetten om als een feniks uit die chemische woestenij te verrijzen met een gezuiverd en beeldschoon Michelle Pfeiffer-figuur. Morgen begint het nieuwe spartaanse schoonheids- en gezondheidsregime.

Hmmmm. Nu: Daniel Cleaver. Ben dol op dat verdorven, losbandige uiterlijk, terwijl z. succesvol en scherp. Vandaag z. grappig, vertelde iedereen over tante die dacht dat onyx keukenrolhouder die zijn moeder haar voor kerst had gegeven model v. penis was. Vertelde dat z. onderhoudend. Vroeg mij ook of ik leuke kerstcadeaus had gekregen, nogal flirterig. Morgen misschien kort zwart rokje aan.

WOENSDAG 4 JANUARI

59,5 kg (nu noodtoestand alsof vet zich met kerst in capsulevorm heeft opgehoopt en zich nu langzaam onder mijn huid verspreidt), 5 eenheden alcohol (beter), 20 sigaretten, 700 calorieën (z.g.).

16.00 Werk. Noodtoestand. Jude belde net in tranen, met draagbare telefoon, bracht ten slotte blatend uit dat ze zich ziek had moeten melden op een vergadering (Jude is Hoofd Toekomst bij Brightlings) omdat ze een huilbui kreeg en nu in het damestoilet zat opgesloten met ogen als Alice Cooper en zonder make-up bij zich. Haar vriend, Ranzige Richard (verwende bal met bindingsangst), met wie ze nu anderhalf jaar scharrelt, heeft haar gedumpt omdat ze hem vroeg of hij met haar op vakantie wilde. Echt iets voor hem, maar Jude gaf natuurlijk zichzelf weer de schuld.

'Het komt doordat ik té afhankelijk ben, ik vraag te veel, meer om mijn behoeftes te bevredigen, dan uit noodzaak. O, kon ik de klok maar terugdraaien!'

Meteen Sharon opgebeld en er is een topconferentie belegd om 18.30 in Café Rouge. Ik hoop dat ik ertussenuit kan zonder dat die beroerde Perpetua moeilijk doet.

23.00 Slopende avond. Sharon stak meteen van wal met haar theorie over het Richard-gebeuren, 'gevoelsarme zakkigheid', een kwaal die om zich heen grijpt onder mannen van boven de dertig. Shazzer zegt dat het machtsevenwicht heel subtiel verschuift naarmate vrouwen dichter bij de dertig komen. Zelfs de brutaalste meid krijgt het benauwd en worstelt met de eerste existentiële pijnscheuten: de angst alleen te sterven en drie weken later te worden gevonden, half opgegeten door een Duitse herder. Al die stereotiepen van 'overblijven', 'oude vrijster', 'seksuele schroothoop' dragen ertoe bij dat je je een kluns voelt, ook al denk je de hele tijd aan Joanna Lumley en Susan Sarandon.

'En mannen zoals Richard,' tierde Sharon, 'maken gebruik van die zwakke plek door zich te onttrekken aan verplichtingen, aan volwassenwording, aan eer en aan de natuurlijke ontwikkeling in de man-vrouwrelatie.'

Inmiddels waren Jude en ik in onze jassen weggedoken, en we zaten zachtjes 'ssst' te roepen. Een man vindt immers niets zo onaantrekkelijk als fanatiek feminisme.

'Hoe durft hij te zeggen dat je te serieus begon te worden, toen je vroeg of hij meeging op vakantie?' gilde Sharon. 'Waar hééft die man het over?'

Ik zat over Daniel Cleaver te mijmeren, en merkte op dat niet alle mannen zoals Richard waren, waarop Sharon een lange opsomming begon van de gevallen van gevoelsarme zakkigheid waar onze vriendinnen tegenwoordig onder te lijden hadden: eentje had al dertien jaar een vriend, die niet eens wilde práten over samenwonen, een ander was drie keer uit geweest met een vent die haar vervolgens had laten vallen omdat het hem te serieus werd, weer een ander was drie maanden lang met hartstochtelijke huwelijksaanzoeken bestookt door een kerel die er, drie weken nadat zij bezweken was, tussenuit kneep, om vervolgens hetzelfde uit te halen met haar beste vriendin.

'Wij vrouwen zijn alleen maar zo kwetsbaar omdat we een pioniersgeneratie zijn, die het aandurft om in de liefde compromissen te weigeren, en die economisch onafhankelijk is. Over twintig jaar durven mannen niet eens meer te beginnen aan die gevoelsarme zakkigheid omdat wij ze dan recht in hun smoel uitlachen!' bulderde Sharon.

Op dat moment kwam Alex Walker, die bij Sharon op kantoor werkt, binnenwandelen met een blonde stoot die ongeveer acht keer zo aantrekkelijk was als hij. Hij slenterde naar ons toe om ons gedag te zeggen.

'Is dat je nieuwe vriendin?' vroeg Sharon.

'Ach, nou ja, zij denkt van wel, maar we hebben niets samen, we slapen alleen maar met elkaar. Ik zou er eigenlijk een punt achter moeten zetten, maar ja...' zei hij zelfgenoegzaam.

'O, wat een onzin allemaal! Je bent een laffe, gestoorde klootzak! En ik zal weleens even met die vrouw praten,' zei Sharon, en ze stond op. Jude en ik hielden haar met vereende krachten tegen terwijl Alex, die zich halfdood schrok, terugholde om ongestoord zijn zakkigheid voort te kunnen zetten.

Uiteindelijk bepaalden we met ons drieën een strategie voor Jude. Ze moet ophouden zichzelf om de oren te slaan met

Vrouwen die te veel liefhebben en zich meer richten op *Mannen komen van Mars, vrouwen komen van Venus*, waardoor ze beter zal leren inzien dat Richards gedrag niet zozeer betekent dat zij té afhankelijk is en te veel liefheeft, maar eerder dat hij een Martiaans elastiekje is dat eerst uitgerekt moet worden om terug te kunnen springen.

'Ja, maar betekent dat nou dat ik hem moet opbellen of niet?' vroeg Jude.

'Nee,' zei Sharon. 'Ja,' zei ik.

Toen Jude naar huis was gegaan – ze moet om kwart voor zes op om naar fitness te gaan en te overleggen met haar boodschappendame, vóór haar werk, dat om halfnegen begint (krankzinnig dus) – werden Sharon en ik plotseling door wroeging en zelfhaat overvallen omdat we Jude niet hadden aangeraden zich gewoon van Ranzige Richard te ontdoen omdat hij ranzig is. Maar, zei Sharon, de laatste keer dat we dat deden, kwam het weer goed en ze vertelde hem in een vlaag van verzoeningsgezinde oprechtheid alles wat we gezegd hadden, zodat we ons nu elke keer dat we hem ontmoeten ontzettend opgelaten voelen, en hij ons de Helse Sekreten vindt, wat volgens Jude niet klopt want we hebben Het Secreet In Ons al wel ontdekt, maar nog niet vrijgelaten.

DONDERDAG 5 JANUARI

58,5 kg (gaat prima, 1 kg vet spontaan in rook opgegaan door plezier en seks in het verschiet), 6 eenheden alcohol (z.g. voor een feestje), 12 sigaretten (blijft goed gaan), 1258 calorieën (liefde doodt schransbehoefte).

11.00 Werk. O, god! Krijg net een e-mail van Daniel Cleaver. Probeerde aan mijn cv te werken zonder dat Perpetua het merkte (eerste stap voor carrièreverbetering) toen boven aan het scherm opeens het woord 'bericht' begon te knipperen. Blij – zoals altijd met alles mits geen werk – drukte ik meteen op RMS Execute en ik schrok me een ongeluk toen ik 'Cleave' onder de e-mail zag staan. Ik dacht meteen dat hij via zijn computer had gezien dat ik niet aan het werk was. Maar toen las ik het bericht:

> Bericht Jones
> Je hebt kennelijk vergeten je rok aan te trekken. Zoals m.i. volstrekt duidelijk uit je arbeidscontract blijkt wordt het personeel verondersteld te allen tijde geheel gekleed te zijn.
> Cleave

Ha, als dit geen flirten was! Dacht poosje na boven onvoorstelbaar vervelend manuscript van gek. Nooit eerder Daniel Cleaver e-mail gestuurd maar mooie van dit systeem dat je heel brutaal en informeel kunt zijn zelfs tegen baas. Kunt ook zo lang oefenen als je wilt. Dit was mijn e-mail:

> Bericht Cleave
> Meneer, geschokt door boodschap. Rok is weliswaar aan de krappe kant (zuinigheid is als altijd het wachtwoord op de redactie), maar vind het heel verkeerde voorstelling van zaken te zeggen dat bovengenoemde rok niet aanwezig is. Overweeg de vakbond in te schakelen.
> Jones

Wachtte gek van opwinding op antwoord. En ja hoor, daar verscheen 'bericht' alweer. Drukte op RMS:

> Wil degene die zo onattent geweest is het persklaargemaakte ms van KAFKA'S MOTORBIKE van mijn bureau te halen alsjeblieft zo vriendelijk zijn het ogenblikkelijk terug te brengen.
> Diane

Kreun! Daarna: noppes.

12.00 O, god. Daniel heeft niet geantwoord. Is vast woedend. Was misschien serieus over rok. God, o god! Ben door familiaire computer verleid tot brutaal gedrag tegen baas.

12.10 Misschien heeft hij het nog niet ontvangen. Kon ik de e-mail maar terughalen. Ga denk ik even wandelen, kijk of ik Daniels kantoor binnen kan komen om het te wissen.

12.15 Zo. Alles duidelijk. Hij heeft bespreking met Simon van afdeling Marketing. Keek toen ik voorbijliep. Aha! Ahahahaha. 'Bericht'.

> Bericht Jones
> Als lopen langs kantoor poging was aanwezigheid rok te tonen, onderneming faliekant mislukt. Rok onmiskenbaar afwezig. Is rok met ziekteverlof?
> Cleave

Daarna meteen opnieuw 'bericht' op mijn scherm.

> Bericht Jones
> Als rok inderdaad ziek is, nakijken hoeveel dagen ziekteverlof rok afgelopen jaar heeft opgenomen. Plotselinge krampachtige belangstelling voor rok duidt op aanstellerij.
> Cleave

Stuur nu terug:

> Bericht Cleave
> Rok is aantoonbaar noch ziek noch abscent. Geschokt door schaamteloos milimeterige houding van leiding t.o. rok. Obsessie voor rok duidt eerder op ziekte leiding dan ziekte rok.
> Jones

Hm. Dat laatste zal ik maar wissen; omvat lichte beschuldiging van seksuele intimidatie. Zou seksuele intimidatie door Daniel Cleaver z. op prijs stellen.

Kréún! Perpetua liep net langs en begon mee te lezen over schouder. Kon nog net op tijd Alt Screen indrukken maar zette toen per ongeluk CV weer op het scherm.

'Laat je me het even weten als je klaar bent met lezen?' zei Perpetua meesmuilend. 'Ik zou het vreselijk vinden als je capaciteiten hier niet ten volle benut werden.'

Zodra ze veilig terug was aan de telefoon – 'Ik bedoel dit, meneer Birkett, waarom zou je schrijven "drie tot vier slaapkamers" als je op je vingers na kunt tellen dat slaapkamer nummer vier niet meer zal zijn dan een droogkast?' – begon ik weer. Ik stuur nu de volgende e-mail.

BERICHT CLEAVE
ROK IS AANTOONBAAR NOCH ZIEK NOCH ABSCENT. GESCHOKT DOOR SCHAAMTELOOS MILIMETERIGE HOUDING T.O. ROK. OVERWEEG ONDERNEMINGSRAAD, SCHANDAALBLADEN E.D. IN DE ARM TE NEMEN.
JONES

O, help! Het volgende kwam terug:

BERICHT JONES
ABSENT, JONES, NIET ABSCENT. MILLIMETERIG, NIET MILIMETERIG. PROBEER ALTHANS IN ZEKERE MATE DE SPELLING ONDER DE KNIE TE KRIJGEN. IK BEWEER NIET DAT TAAL IETS IS WAT VAST LIGT, EN NIET EEN STEEDS VERANDEREND EN FLUCTUEREND COMMUNICATIEMIDDEL IS (ZIE HOENIGSWALD), MAAR JE ZOU DE SPELLINGCONTROLE KUNNEN GEBRUIKEN.
CLEAVE

Net toen ik me diep terneergeslagen voelde, kwam Daniel met Simon van Marketing langslopen en hij wierp een heel sexy blik op mijn rok, één wenkbrauw opgetrokken. Heerlijk, die e-mail. Moet wel wat aan mijn spelling doen. Tenslotte ben ik afgestudeerd in de Engelse taal.

VRIJDAG 6 JANUARI

17.45 Vrolijkheid ten top. i.z. e-mail: al dan niet afwezig zijn van rok hele middag voortgezet. Geloof niet dat geëerbiedigde baas iets heeft uitgevoerd. Pijnlijke toestand met Perpetua (onderbaas), wist dat ik e-mail stuurde, z. boos, maar kreeg zelf last v. loyaliteitsconflict door e-mail aan opperbaas, glad ijs, iedereen m. greintje verstand zou zeggen dat opperbaas daar scepter zwaait.

Laatste e-mail luidde:

BERICHT JONES
WIL WEEKEINDE BLOEMEN STUREN AAN ZIEK ROKJE. GEEF TELEFOONNUMMER THUIS, GEEN *ASAP*, KAN 'JONES' NIET OPZOEKEN WANT SPELLING, OM VOOR DE HAND LIGGENDE REDENEN, NIET BETROUWBAAR.
CLEAVE

Yesss! Yéssss! Daniel Cleaver wil mijn telefoonnummer! Ben fantastisch. Ben onweerstaanbare seksgodin! Hoera!

ZONDAG 8 JANUARI

58 kg (z.z.g. maar zinloos), 2 eenheden alcohol (uitstekend), 7 sigaretten, 3100 calorieën (niet best).

2.00 O, god, waarom ben ik zo onaantrekkelijk? Niet te geloven dat ik mezelf zo voor de gek hield: dat ik hele weekeinde vrijhield om te werken, terwijl eigenlijk permanent in de startblokken voor Daniel. Twee afgrijselijke dagen, verspild met als psychopaat naar telefoon staren en eten. Waarom heeft hij niet opgebeld? Waarom? Wat is er mis met mij? Waarom mijn telefoonnummer vragen als je toch niet belt? En als hij zou bellen, dan toch zeker in het weekeinde? Moet meer balans krijgen. Zal aan Jude boek met goede methode vragen, iets met oosterse religie of zo.

8.00 Alarm, telefoon ging. Was alleen maar Tom, die wilde weten of er al schot zat in de telefoontjes. Tom, die zich de laatste tijd weinig vleiend 'de zielen-poot' noemt, heeft me heel lief gesteund in de Crisis Daniel. Toms theorie is dat homo's en alleenstaande vrouwen van in de dertig veel gemeen hebben: beiden gewend hun ouders teleur te stellen, en door de maatschappij als rariteiten behandeld te worden. Hij was heel sympathiek terwijl ik maar doordraafde over mijn onaantrekkelijkheidscrisis – eerst, zei ik, was ik verworpen door die ellendige Mark Darcy en toen door die ellendige Daniel, maar toen zei hij, niet bepaald behulpzaam moet ik zeggen: 'Mark Darcy? Is dat niet die beroemde advocaat, die mensenrechtenfiguur?'

Hmm. Nou ja, hoe dan ook. Hoe zit het met mijn mensenrecht om niet te hoeven rondlopen met afgrijselijk onaantrekkelijkheidscomplex?

23.00 Daniel zal nu niet meer bellen. Z. treurig en gewond.

MAANDAG 9 JANUARI

58 kg, 4 eenheden alcohol, 29 sigaretten, 770 calorieën (z.g. maar tot welke prijs!).

Werk was nachtmerrie. Hele ochtend naar deur gekeken, geen Daniel. 11.45 paniek, moest ik alarm slaan?

Toen brulde Perpetua opeens in de telefoon: 'Daniel? Die is naar een bespreking in Croydon. Morgen is hij er weer.' Ze kwakte de hoorn neer en zei: 'God, al die vreselijke meiden die hem de hele tijd opbellen!'

Geschokt greep ik naar mijn pakje Silk Cut. Wie? Wat voor meiden? Kwam op een of andere manier de dag door, ging naar huis, en sprak in vlaag van verstandsverbijstering een boodschap in op Daniels antwoordapparaat (o, ik kan het gewoon niet geloven): 'Hallo, Jones hier. Ik vroeg me af hoe het met je ging en of je die bespreking nog wilde houden over de gezondheid van mijn rok, zoals je voorstelde.'

Ik had de telefoon nog niet neergelegd of ik wist dat het een ramp was. Belde Tom op, die kalm voorstelde het aan hem over te laten; als hij een paar keer naar het apparaat belde kon hij de code vinden om hem terug te laten spoelen en het bericht te wissen. Uiteindelijk dacht hij dat hij erachter was, maar helaas nam

Daniel toen de telefoon op. En Tom zei niet 'sorry, verkeerd verbonden' maar hij hing op. Dus nu heeft Daniel niet alleen die geschifte boodschap gekregen maar denkt hij ook nog dat ík vanavond veertien keer zijn antwoordapparaat heb gebeld en ten slotte, toen ik hem te pakken kreeg, de hoorn erop gooide.

DINSDAG 10 JANUARI

57,5 kg, 2 eenheden alcohol, 0 sigaretten, 998 calorieën (uitstekend, z.g., gewoonweg een heilige).

Kantoor binnengekropen, verlamd door schaamte vanwege boodschap. Ik had besloten mij van Daniel los te maken maar toen hij verscheen, zag hij er slopend sexy uit en maakte hij iedereen aan het lachen zodat ik helemaal in elkaar stortte.

Opeens verscheen 'bericht' boven aan mijn computerscherm.

BERICHT JONES
DANK JE VOOR JE TELEFOONTJE.
CLEAVE

Alle moed zonk me in de schoenen. Dat telefoontje spoorde aan tot een afspraak. Als je dat alleen maar beantwoordt met 'dank je' dan wil dat zeggen... maar even later stuurde ik dit:

BOODSCHAP CLEAVE
HOU JE MOND. IK HEB HET ERG DRUK MET BELANGRIJKE DINGEN.
JONES

Na een paar minuten antwoordde hij:

BERICHT JONES
SPIJT ME DAT IK JE STOORDE, JONES, DE DRUK MOET VERSCHRIKKELIJK ZIJN. OVER EN SLUITEN.
P.S. MOOIE TIETEN IN DAT TRUITJE.
CLEAVE

... En daar gingen we. De e-mail vloog de hele week over en weer en uiteindelijk stelde hij voor om zondagavond af te spreken. Ik stemde toe, duizelend en gelukzalig. Soms kijk ik om me heen in het kantoor waar we allemaal zitten te tikken en ik vraag me af of iemand ook maar een spat uitvoert.

(Ligt het aan mij, of is zondagavond een raar tijdstip voor een eerste afspraak? Helemaal fout, net als zaterdagochtend of maandag om twee uur 's nachts.)

ZONDAG 15 JANUARI

57 kg (uitstekend), 0 eenheden alcohol, 29 sigaretten (z.z. slecht, in 2 uur n.b.!), 3879 calorieën (walgelijk), 942 negatieve gedachten (ong., uitgaande v. gem. per minuut), 127 minuten (ong.) besteed aan tellen van negatieve gedachten.

18.00 Totaal uitgeput, hele dag lang op afspraak voorbereid. Kunt beter nog boer zijn dan vrouw, je moet zoveel oogsten en sproeien: benen ontharen, oksels scheren, wenkbrauwen epileren, voeten schuren, huid scrubben en insmeren, puistjes uitdrukken, haarwortels verven, wimpers kleuren, nagels vijlen, cellulitis masseren, buikspieren oefenen. Het luistert allemaal zo nauw dat je het maar een paar dagen hoeft te verwaarlozen of het hele zaakje begint al te verkommeren. Ik vraag me weleens af hoe ik eruit zou zien als ik mezelf aan de natuur overliet: op elk scheenbeen complete snorrenbaard, Dennis Healywenkbrauwen, gezicht kerkhof van dode huidcellen, uitbarstende puistjes, lange, omkrullende nagels als Piet de Smeerpoets, stekeblind en hulpeloos onderkruipsel zonder lenzen, uitgezakt lijf met drilkwabben. Gatverdegatver. Geen wonder dat meisjes geen zelfvertrouwen hebben.

19.00 Niet te geloven. Toen ik naar de badkamer liep om de laatste land- en tuinbouwactiviteiten af te ronden zag ik het lampje van mijn antwoordapparaat knipperen: Daniel.

'Hoor eens, Jones, het spijt me echt, maar ik ben bang dat ik het vanavond moet laten afweten. Ik heb morgenochtend om tien uur een presentatie, en ik moet nog vijfenveertig spreadsheets doorwerken.'

Niet te geloven. Hij heeft me laten zitten. Me de hele dag uitgesloofd, dat hele lijf tot hoogspanning opgewerkt, wat een verspilling! Maar je moet niet voor mannen leven. Je moet onafhankelijk zijn, een complete vrouw, die iets betekent.

21.00 Hij heeft wel een toppositie. Wilde misschien eerste afspraak niet bederven door werkzorgen op achtergrond.

23.00 Hmm. Hij had anders best nog eens kunnen bellen. Is waarschijnlijk uit met iets slankers.

5.00 Wat is er mis met mij? Heb niemand. Haat Daniel Cleaver. Wil niets meer met hem te maken hebben. Ga me wegen.

MAANDAG 16 JANUARI

58 kg (hoe kan dat? waarom, waarom nu toch?), 0 eenheden alcohol, 20 sigaretten, 1500 calorieën, 0 positieve gedachten.

10.30 Werk. Daniel nog altijd in vergadering. Misschien was het geen smoes.

13.00 Zag Daniel net weggaan om te lunchen. Heeft geen enkele e-mail gestuurd. Z. depri. Ga winkelen.

23.50 Net uit eten geweest in de Fifth Floor bij Harvey Nichols met Tom die maar doordraafde over een nogal pretentieus klinkende 'freelance filmer', ene Jerome. Zat over Daniel te klagen, die de hele middag aan het vergaderen was, en niet meer tegen me zei dan: 'Ha, Jones, hoe gaat het met het rokje?' t.w. om 16.30. Tom zei dat ik niet zo paranoïde moest doen en rustig afwachten, maar ik merkte dat hij niet echt luisterde en alleen maar bezeten van seks over die Jerome wilde praten.

DINSDAG 24 JANUARI

Een dag door de goden gezonden. Om 17.30 verscheen Daniel, als een geschenk uit de hemel, ging met zijn rug naar Perpetua op de rand van mijn bureau zitten, pakte zijn agenda en prevelde: 'Wat zou je zeggen van vrijdag?'

Yesssss! Yesssss!

VRIJDAG 27 JANUARI

58,5 kg (maar vol met Genuees eten), 8 eenheden alcohol, 400 sigaretten(dat gevoel tenminste), 875 calorieën.

Zo! Ideale avond in intiem restaurantje in de buurt van Daniels flat.

'Eh... nou, ik neem een taxi,' stamelde ik onhandig toen we na het eten weer op straat stonden. Toen streek hij zachtjes een haar van mijn voorhoofd, legde zijn hand tegen mijn wang en kuste me, ongeduldig en wanhopig. Even later drukte hij me stevig tegen zich aan en fluisterde schor: 'Ik geloof niet dat je een taxi nodig hebt, Jones.'

We waren zijn huis nog niet binnen of we vielen als beesten op elkaar aan en trokken een spoor van schoenen en jasjes door de kamer.

'Ik vind niet dat dit rokje er gezond uitziet,' mompelde hij, 'ik geloof dat het even moet gaan liggen.' Toen hij de rits open begon te maken fluisterde hij: 'Dit is gewoon voor de lol, hè? Ik denk niet dat we er iets serieus van moeten maken.' Na het plaatsen van dit waarschuwingsbord ging hij weer verder met de rits. Het is dat ik aan Sharon en de gevoelsarme zakkigheid moest denken, en dat ik net bijna een hele fles wijn had gedronken, anders zou ik machteloos in zijn armen zijn gevallen. Maar nu sprong ik overeind en trok mijn rokje op.

'Wat een ontzettende flauwekul is dit nou weer,' brabbelde ik, 'wat een valse draaikont ben je, een gestoorde lafaard! Ik moet niets hebben van dat soort zakkigheid. Welterusten!'

Het was fantastisch. Je had zijn gezicht eens moeten zien.

Maar nu zit ik weer thuis, in somberheid gedompeld. Ik had misschien wel gelijk, maar ik weet dat mijn beloning eruit bestaat dat ik in eenzaamheid eindig, half opgegeten door een Duitse herder.

FEBRUARI

Valentijnsbloedbad

WOENSDAG 1 FEBRUARI

57 kg, 9 eenheden alcohol, 28 sigaretten (maar ga binnenkort stoppen vanwege vasten, dus kan nu tot walgens toe paffen), 3826 calorieën.

Hele weekeinde geprobeerd neerbuigende opgewektheid te handhaven na debacle met zakkige Daniel. Ik bleef steeds maar 'zelfrespect' en 'zo!' voor me uit zeggen tot mijn hoofd tolde, in een poging het 'maar ik hauw van hem' te smoren. V. te v. gerookt. In een boek van Martin Amis schijnt iemand voor te komen die zo idioot verslaafd is dat hij naar een sigaret snakt terwijl hij er een in zijn mond heeft. Zo ben ik ook. Sharon gebeld en lekker opgeschept dat ik de Gouden Kuisheidsgordel verdien, maar toen ik Tom belde, doorzag hij alles meteen en zei: 'O, arme schat,' zodat ik stilviel omdat ik anders uit zelfmedelijden in tranen was uitgebarsten.

'Let maar op,' waarschuwde Tom, 'nu staat hij pas echt te trappelen.'

'O, nee,' zei ik treurig, 'ik heb het verpest.'

Zondag naar gigantische, van vet druipende lunch bij mijn ouders. Moeder feloranje en eigenwijzer dan ooit, na weekje Albufeira met Una Alconbury en de vrouw van Nigel Coles, Audrey.

Mam was naar de kerk geweest en had in een flits, zo ongeveer als Paulus op weg naar Damascus, beseft dat de geestelijke homoseksueel was.

'Het is alleen maar luiheid, kind,' was haar mening over de kwestie homoseksualiteit. 'Ze nemen gewoon de moeite niet om de andere sekse te leren kennen. Neem nou die Tom van jou. Als die jongen ook maar een greintje pit had, zou hij op de normale manier met je omgaan, in plaats van die bespottelijke zogenaamde "vriendschap" te onderhouden.'

'Mam,' zei ik, 'Tom is al vanaf zijn tiende homo.'

'O, schat, schei toch uit! Je weet toch dat mensen zich de gekste dingen verbeelden! Je kunt ze het altijd uit hun hoofd praten.'

'Wil dat zeggen dat ik jou ertoe zou kunnen overhalen pap te verlaten en iets met tante Audrey te beginnen?'

'Hè, kind, zeg niet van die rare dingen,' zei ze.

'Ja, inderdaad,' viel pap haar bij, 'tante Audrey ziet eruit als een kookpot.'

'O, in godsnaam, Colin,' snauwde mam. Ik vond dat vreemd, want normaal snauwt ze niet tegen pap.

Om een of andere duistere reden stond mijn vader erop mijn auto een beurt te geven voor ik wegging, hoewel ik hem verzekerde dat er niets mis mee was. Ik viel nogal door de mand doordat ik niet meer wist hoe de motorkap open moest.

'Vind jij niet dat je moeder een beetje eigenaardig doet?' zei hij, wat houterig en gegeneerd, terwijl hij bezig was met de oliepijlstok, die hij aan een oude lap afveegde en weer terugstak, op een nogal verontrustende manier, vanuit Freud bekeken.

'Je bedoelt, afgezien van haar oranje kleur?' vroeg ik.

'Nou, eh... ja, en al haar andere gewone... eh, eigenschappen, je weet wel.'

'Ze was nogal bezig over homoseksualiteit, meer dan normaal.'

'O, nee, dat kwam gewoon door de nieuwe misgewaden van de priester, vanochtend. Die waren inderdaad een beetje aan de tuttige kant, moet ik zeggen. Hij is net terug van een reisje naar Rome, met de abt van Dumfries. Van top tot teen in het roze. Nee, ik bedoel, vind je mammie niet anders dan anders?'

Ik pijnigde mijn hersens. 'Nee, eigenlijk niet, om je de waarheid te zeggen. Alleen maar erg uitbundig en vol zelfvertrouwen.'

'Hmm,' zei hij. 'Nou ja. Ga maar, straks is het donker. Groeten aan Jude. Hoe is het trouwens met haar?'

Toen gaf hij een klap op de motorkap, als om te zeggen 'hop, daar ga je', maar zo hard dat ik bang was dat hij zijn hand gebroken kon hebben.

Had gedacht dat maandag de toestand met Daniel zou worden opgelost, maar hij was er niet. Gisteren ook niet. Het is of ik dagelijks naar een feestje ga om daar iemand te ontmoeten die dan niet komt opdagen. Zorgen over eigen ambitie, toekomst en levensopvattingen, daar ik niet hoger schijn te reiken dan gem. puber. Ontfutselde uiteindelijk aan Perpetua dat Daniel naar New York is. Hij is er nu natuurlijk allang vandoor met een koele Amerikaanse slanke den die Winona heet, haar mannetje staat, een geweer bij zich heeft en alles is wat ik niet ben.

Tot overmaat van ramp vanavond etentje bij Voldaan Getrouwd Stel, Magda en Jeremy. Bij zulke gelegenheden heb ik het zelfbewustzijn van een huisjesslak, wat niet wil zeggen dat ik niet dankbaar ben voor de uitnodiging. Ik ben dol op Magda en Jeremy. Ik logeer soms bij ze, en bewonder hun frisse lakens en hun vele voorraadbussen met allerlei soorten pasta, en doe net of ze mijn ouders zijn. Maar als ze samen met hun getrouwde vrienden zijn voel ik me net Miss Havisham.

23.45 O, god. Ik, vier getrouwde stellen en Jeremy's broer (niet de moeite, rode bretels, rood gezicht. Heeft het over 'wijfies').

'Zo,' bulderde Cosmo, toen hij me inschonk, 'en hoe staat het met je liefdesleven?'

O, waarom doen ze dat toch? Waarom? Misschien gaan de Voldane Getrouwde Stellen alleen nog met andere Voldane Getrouwde Stellen om, en weten ze niet meer hoe ze met individuen moeten omspringen. Misschien willen ze ons echt wel uit de hoogte behandelen, om ons het gevoel te geven dat we mislukkelingen zijn. Of misschien zitten ze in zo'n seksuele sleur dat ze denken: daarbuiten is nog een heel andere wereld, en hopen ze op opwinding uit de tweede hand, door ons de smeuïge details van ons seksleven te laten opdissen.

'Ja, waarom ben je nog altijd niet getrouwd, Bridget?' vroeg Woney (kindernaampje voor Fiona, de vrouw van Jeremy's vriend Cosmo) met een heel doorzichtig laagje bezorgdheid over haar hatelijke toon, terwijl ze over haar zwangere buik aaide.

Omdat ik niet zo wil worden als jij, vette, saaie, welgeboren melkkoe, dat had ik moeten zeggen. Of: Omdat ik, als ik eten moest koken voor Cosmo, en daarna ook maar één keer in hetzelfde bed zou moeten slapen als hij, dus laat staan elke nacht, mezelf op zou hangen. Of: Om je de waarheid te zeggen, Woney, omdat onder mijn kleren mijn hele lichaam bedekt is met schubben. Maar dat deed ik niet omdat ik haar, ironisch genoeg, niet wilde kwetsen. Dus produceerde ik een verontschuldigend lachje, waarop iemand die Alex heette uit de hoek kwam met: 'Ja, maar als je eenmaal een bepaalde leeftijd hebt bereikt...'

'Precies, dan zijn alle behoorlijke kerels al weggekaapt,' zei Cosmo met een klap op zijn dikke buik en een zelfgenoegzame grijns op zijn kwabbige gezicht.

Aan tafel had Magda mij tussen Cosmo en Jeremy's stomvervelende broer neergezet, zodat we een soort incestueuze sekssandwich vormden. 'Je moet nou toch echt gauw iemand aan de haak slaan, meid,' zei Cosmo, terwijl hij twee deciliter Pauillac '82 door zijn keelgat goot. 'Het wordt de hoogste tijd.'

Intussen had ik zelf ook al de nodige deciliters Pauillac '82 tot me genomen. 'Hoe zit het ook weer, eindigt een op de drie huwelijken in echtscheiding, of een op de twee?' prevelde ik, in een mislukte poging sarcastisch te zijn.

'Nee, echt waar kind,' zei hij, zonder erop in te gaan. 'Bij mij op kantoor zit het vol met alleenstaande vrouwtjes van boven de dertig. Allemaal stukken. Kunnen geen vent krijgen.'

'Daar heb ik eerlijk gezegd niet zo'n last van,' mompelde ik met een zwaai van mijn sigaret.

'O! Vertel eens!' zei Woney.

'Wie? Vertel op,' zei Cosmo.

'Ben je aan de scharrel, meid?' vroeg Jeremy. Felle oogjes op mij gericht, kwijlmonden open.

'Gaat jullie niets aan,' zei ik nuffig.

Cosmo kraaide: 'Dus ze heeft helemaal geen vent!' Woney gilde opeens dat het elf uur was, 'de oppas!' en iedereen sprong overeind om naar huis te gaan.

'God, het spijt me, dat vreselijke stel. Gaat het wel, lieverd?' fluisterde Magda, die wel wist hoe ik me voelde.

Jeremy's broer vroeg: 'Wil je een lift?' met een boer als toegift.

'Nee hoor, ik ga nog naar een nachtclub,' zong ik en ik haastte me naar buiten. 'Dankjewel, het was ontzettend gezellig!'

Ik stapte in een taxi en barstte in tranen uit.

24.00 Applausje. Net Sharon gebeld. 'Je had moeten zeggen: "Ik ben niet getrouwd want ik ben een Vrije Meid, stelletje zelfgenoegzame, voortijdig verouderende, geborneerde imbecielen,"' tierde Shazzer. '"En omdat er meer is in het leven dan dat stompzinnige huwelijk: een op de vier huishoudens is eenpersoons, de meeste leden van de koninklijke familie zijn alleenstaand, onderzoek heeft uitgewezen dat de jongemannen in dit land volstrekt ongeschikt zijn voor het huwelijk, en als gevolg daarvan is er een hele generatie van alleenstaande meisjes zoals ik met hun eigen inkomen en hun eigen huis, een hoop lol, en zonder de plicht iemand anders zijn sokken te wassen. We zouden ons geluk niet op kunnen, als mensen van jullie slag eens ophielden ons voortdurend het gevoel te geven dat we niet deugen, alleen maar omdat jullie jaloers zijn."'

'Ik ben een Vrije Meid,' riep ik uitgelaten, 'hoera! Leve de Vrije Meiden!'

ZONDAG 5 FEBRUARI

Nog altijd niets van Daniel gehoord. Verschrikkelijk, moet hele zondag zien door te komen terwijl iedereen behalve ik met iemand in bed ligt te giechelen en te vrijen. Ergste is nog, vernedering van Valentijnsdag die me boven het hoofd hangt, nog maar een week en nog wat. Ik krijg niet één kaart. Speel met gedachte om wild te flirten met iedereen die me er een zou kunnen sturen, maar nee, te immoreel. Moet verpletterende vernedering maar onder ogen zien.

Hmm. Ik weet wat. Ga denk ik pap en mam opzoeken want maak me zorgen over pap. Dan voel ik me weer een beschermengel of heilige.

14.00 Laatste kluitje vaste grond onder mijn voeten vandaan gespit. Grootmoedig aanbod voor zorgzaam verrassingsbezoek stuitte op vreemde reactie van pap aan telefoon.

'Eh... ik weet het niet zeker, kind. Heb je een ogenblikje?'

Het duizelde me. In de arrogantie van je jeugd (nou ja, 'jeugd') veronderstel je altijd dat je ouders alles laten vallen om je met open armen te ontvangen, *du moment* dat jouw pet daarnaar staat. Hij was er weer. 'Hoor eens, Bridget, je moeder en ik hebben wat problemen. Is het goed dat we je over een paar dagen terugbellen?'

Problemen? Wat voor problemen? Ik vroeg pap om tekst en uitleg maar kwam niets te weten. Wat is er aan de hand? Is de hele wereld dan gedoemd om met gewonde ziel door het leven te gaan? Arme pap. Moet ik dan ook nog, alsof het al niet erg genoeg is, het tragische slachtoffer worden van echtscheiding?

MAANDAG 6 FEBRUARI

56 kg (innerlijke zwaarte geheel verdwenen, raadsel), 1 eenheid alcohol (z.g.), 9 sigaretten (z.g.), 1800 calorieën (g.).

Vandaag komt Daniel terug op kantoor. Ik zal evenwichtig en koel zijn en niet vergeten dat ik een vrouw van betekenis ben en geen man nodig heb om compleet te zijn, zeker deze niet. Ga hem geen e-mail sturen, besteed zelfs geen enkele aandacht aan hem.

9.30 Grrr. Daniel schijnt er nog steeds niet te zijn.

9.34 Nog geen enkel teken van Daniel.

9.35 O, god, o god, misschien is hij in New York verliefd geworden en daar gebleven.

9.47 Of naar Las Vegas gegaan om te trouwen.

9.50 Hmmm, ik geloof dat ik mijn make-up even ga inspecteren voor het geval hij binnenkomt.

10.05 Zag op terugweg van wc Daniel met Simon van Marketing bij kopieerapparaat staan, hart sloeg slag over. Laatste keer dat ik hem zag, lag hij verbijsterd op zijn sofa terwijl ik mijn rok aantrok en foeterde over zakkigheid. Nu had hij zo'n uitstraling van 'hier ben ik weer', fris en gezond. Toen ik langsliep, keek hij nadrukkelijk naar mijn rok en hij grijnsde van oor tot oor.

10.30 'Bericht' verscheen op mijn scherm. Drukte op RMS.

> BERICHT JONES,
> FRIGIDE TRUT.
> CLEAVE.

Ik lachte, ik kon er niets aan doen. Toen ik door de glazen wand van zijn kantoortje keek, glimlachte hij naar me, opgelucht en vertederd. Maar ik ga hem niet antwoorden.

10.35 Wel onbeleefd om niet te antwoorden.

10.45 God, ik verveel me dood.

10.47 Ik stuur hem gewoon een vriendelijk e-mailtje, niet flirterig, gewoon om de goede verstandhouding te herstellen.

11.00 Ha ha. Ondertekend met Perpetua om Daniel te laten schrikken.

> BERICHT CLEAVE
> HET IS AL MOEILIJK GENOEG OM AAN UW EISEN TE VOLDOEN ZONDER DAT IEMAND MIJN TEAM AFLEIDT MET ONZINNIGE BOODSCHAPPEN.
> PERPETUA
> P.S. BRIDGETS ROKJE VOELT ZICH HELEMAAL NIET LEKKER, HEB HET NAAR HUIS GESTUURD.

22.00 Mmmm. De hele dag met Daniel e-mail uitgewisseld. Maar ik ga in geen geval met hem naar bed.

Vanavond pap en mam weer gebeld, geen gehoor. Z. vreemd.

DONDERDAG 9 FEBRUARI

58 kg (extra vet, waarschijnlijk vorming winterse speklaag), 4 eenheden alcohol, 12 sigaretten (z.g.), 2845 calorieën (z. koud).

21.00 Geniet z. v. Fraai Winterlandschap, herinnert ons eraan dat we aan de elementen zijn overgeleverd, en dat het belangrijker is warm te blijven en tv te kijken dan mondain te doen en hard te werken.

Ik heb pap en mam nu voor de derde keer deze week gebeld, geen gehoor. Zou The Gables door de sneeuw van de buitenwereld zijn afgesloten? In wanhoop bel ik het nummer van mijn broer Jamie in Manchester en krijg alleen maar dat krankzinnige antwoordapparaat: geluid van stromend water en Jamie die net doet of hij president Clinton is in het Witte Huis, dan het geluid van een stortbak en op de achtergrond het gekwetter van dat zielige vriendinnetje van hem.

21.15 Net pap en mam drie keer achter elkaar gebeld, telkens twintig keer laten overgaan. Uiteindelijk nam mam op, ze klonk raar en zei dat ze nu niet met me kon praten maar dat ze me in het weekeinde zou bellen.

ZATERDAG 11 FEBRUARI

56,5 kg, 4 eenheden alcohol, 18 sigaretten, 1467 calorieën (maar opgebrand tijdens winkelen).

Net thuis van winkelen, bericht van pap, of ik zondag met hem wil lunchen. Ik kreeg het warm en koud tegelijk. Pap komt nooit in zijn eentje naar Londen om met mij te lunchen. Hij eet thuis met mam rosbief, of zalm met nieuwe aardappelen.

'Niet terugbellen,' luidde het bericht, 'tot morgen.'

Wat is er aan de hand? Bevend ging ik om de hoek een pakje Silk Cut halen. Toen ik terugkwam, was er een bericht van mam. Zij komt morgen kennelijk ook met me lunchen. Ze brengt een stuk zalm mee en komt om 13.00 uur.

Jamie weer gebeld, twintig seconden Bruce Springsteen en daarna Jamie die kreunde: 'Baby, ik snak naar je... stem op het antwoordapparaat.'

ZONDAG 12 FEBRUARI

56,5 kg, 5 eenheden alcohol, 23 sigaretten (geen wonder), 1647 calorieën.

11.00 O, god, ze mogen niet tegelijk hier aankomen. Het lijkt Brian Rix wel. Misschien is dat hele lunchgedoe wel een ouderlijke grap, geïnspireerd door een teveel aan Noel Edmonds, populaire tv-programma's en meer van die dingen. Misschien komt mijn moeder met een levende zalm aan, zenuwachtig spartelend aan een touwtje, om aan te kondigen dat ze pap voor hem in de steek laat. Misschien hangt pap straks ondersteboven buiten het raam gekleed als een Morrisdanser, en komt door de ruit naar binnen om mam op haar hoofd te slaan met een schapenblaas, of hij valt opeens voorover uit de linnenkast met een plastic mes in zijn rug. Het enige wat de boel nog kan redden is een bloody mary. Tenslotte is het bijna middag.

12.05 Mam belde op. 'Laat híj dan maar komen,' zei ze, 'laat híj dan maar godverdomme weer zijn zin krijgen, zoals altijd.' (Mijn moeder gebruikt zulke woorden nooit. Zij zegt 'verdorie' en 'jeetje mina'.) 'Ik vermaak me best in mijn eentje hoor. Ik maak dat rothuis wel schoon, net als die Onzichtbare Vrouw van hoe heet ze, Germaine Greer.'(Is het mogelijk, is het denkbaar, dat ze dronken was? Mijn moeder drinkt nooit wat behalve een enkele cream sherry op zondagavond, sinds ze in 1952 een beetje aangeschoten werd van een paar glazen cider op de eenentwintigste verjaardag van Mavis Enderby, iets wat niemand ooit heeft mogen vergeten. 'Er is niets ergers dan een dronken vrouw, lieverd.')

'Mam, nee, kunnen we het niet met ons drieën bespreken onder de lunch?' zei ik, alsof dit *Sleepless in Seattle* was, en pap en mam aan het einde van de lunch elkaars hand vast zouden houden, en ik guitig in de camera zou kijken, met een lichtgevende rugzak op mijn rug.

'Je zult het wel merken,' zei ze onheilspellend, 'je komt er vanzelf achter hoe mannen zijn.'

'Maar ik heb al...' begon ik.

'Ik ga nu weg, kind,' zei ze, 'ik ga uit om me te laten versíéren.'

Om twee uur kwam pap aan de deur met een keurig opgevouwen *Sunday Telegraph.* Toen hij op de divan ging zitten vertrok zijn gezicht en begonnen de tranen over zijn wangen te stromen.

'Ze doet zo sinds ze met Una Alconbury en Audrey Coles naar Albufeira is geweest,' snikte hij, en hij probeerde met zijn vuist zijn wang af te vegen. 'Toen ze terugkwam, begon ze erover dat ze betaald wilde worden voor het huishoudelijk werk, en dat ze haar leven had verspild met dat gesloof voor ons.' (Voor óns? Ik wist het wel. Het komt allemaal door mij. Als ik een beter mens was geweest, zou mam van pap zijn blijven houden.) 'Ze wil dat ik een poosje wegga, zegt ze... en... en...' Hij kon niet meer praten en snikte alleen nog maar.

'Wat dan, pap?'

'Ze zei dat ik dacht dat een clitoris iets was uit Nigel Coles' vlinderverzameling!'

MAANDAG 13 FEBRUARI

57,5 kg, 5 eenheden alcohol, 0 sigaretten (spirituele verrijking maakt roken overbodig – reusachtige doorbraak), 2845 calorieën.

Diepbedroefd om de ellende van mijn ouders, maar moet beschaamd toegeven dat ik me tegelijkertijd voldaan voel over mijn nieuwe rol van zorgzame dochter en – al zeg ik het zelf – wijze raadgeefster. Het is al zo lang geleden dat ik wat dan ook voor wie dan ook heb gedaan; het geeft me een heel nieuw, dronken gevoel. Dit is het dus, wat ik steeds gemist heb. Ik fantaseer dat ik bij het Leger des Heils ga of lerares word op een zondagsschool, soep maak voor de daklozen (of anders, zoals mijn vriend Tom voorstelde, schattige mini-bruschetta's met pestosaus), of me zelfs ga omscholen tot dokter. Misschien zou het nog beter zijn een dokter als minnaar te hebben, zowel seksueel als spiritueel bevredigend. Ik begon zelfs te overwegen een contactadvertentie te zetten in de *Lancet*. Ik zou de telefoon voor hem aan kunnen nemen, tegen patiënten die hem 's nachts bellen zeggen dat ze op moeten rotten, kleine geitenkaassouffleetjes voor hem maken, en dan ten slotte de pest aan hem krijgen als ik zestig ben, net als mam.

O, god. Morgen Valentijnsdag. Waarom, waarom toch? Waarom is de hele wereld erop gericht om mensen zonder romantische betrekkingen zich mislukt te laten voelen, terwijl iedereen weet dat het niets voorstelt. Zie de koninklijke familie. Zie pap en mam.

Valentijnsdag is toch gewoon een puur commerciële, cynische bedoening. Het laat me absoluut Siberisch.

DINSDAG 14 FEBRUARI

57 kg, 2 eenheden alcohol (romantische valentijnstraktatie, 2 flesjes Becks, alleen, bah), 12 sigaretten, 1545 calorieën.

8.00 O, help. Valentijnsdag. Vraag me af of de post al is geweest. Misschien is er wel een kaart van Daniel. Of van een stille aanbidder. Of bloemen, of chocoladehartjes. Eigenlijk erg opgewonden.

Zag bos rozen in de hal liggen, kort moment van wilde vreugde. Daniel! Holde naar beneden en pakte ze op, blij. De deur van het appartement op de begane grond ging open en Vanessa kwam naar buiten.

'O, mooi, zeg,' zei ze afgunstig. 'Van wie heb je die?'

'Weet ik niet,' zei ik ingetogen en ik keek naar het kaartje. 'O...' stamelde ik, 'ze zijn voor jou.'

'Trek het je niet aan,' zei Vanessa bemoedigend. 'Hier, dit is voor jou.' Het was een belastingaanslag.

Besloot onderweg naar werk te ontbijten met cappuccino en

chocoladecroissants ter opvrolijking. Figuur kan me niet schelen, heeft geen zin want niemand houdt van me.

Bij het instappen in de metro kon je zien wie valentijnskaarten had gekregen en wie niet. Iedereen probeerde elkaars blikken op te vangen en zat zelfgenoegzaam te grijnzen, of keek afwerend de andere kant op.

Zodra ik op het werk was aangekomen, zag ik dat Perpetua een bos bloemen zo groot als een schaap op haar bureau had.

'En, Bridget,' bulderde ze zodat iedereen het kon horen, 'hoeveel heb jij er gekregen?'

Ik zakte op mijn stoel en siste: 'Hou toch op,' als een gekwetste puber.

'Zeg op! Hoeveel?'

Even was ik bang dat ze me bij mijn oorlelletje zou pakken om het om te draaien, of zoiets.

'Het is niet meer dan een belachelijke, onzinnige, commerciële uitbuiterij.'

'Ik wist wel dat je niets gekregen had,' kraaide Perpetua. Toen zag ik pas dat Daniel aan de andere kant van de kamer lachend naar ons zat te luisteren.

WOENSDAG 15 FEBRUARI

Onverwachte verrassing. Ging net de deur uit naar mijn werk toen ik zag dat er een roze envelop op de tafel lag, kennelijk een late valentijnskaart. 'Aan de donkere schoonheid' stond erop. Dacht even opgewonden dat hij voor mij was, en zag mezelf plotseling als een donker, mysterieus voorwerp van begeerte voor mannen op straat. Toen dacht ik aan die ellendige Vanessa met haar gladde donkere haardos. Grrr.

21.00 Net terug, kaart ligt er nog.

22.00 Nog steeds.

23.00 Niet te geloven, kaart ligt er nog. Misschien is Vanessa nog niet terug.

DONDERDAG 16 FEBRUARI

56 kg (gewichtsverlies door trappenlopen), 0 eenheden alcohol (uitstekend), 5 sigaretten (uitstekend), 2452 calorieën (niet z.g.), 18 x naar beneden vanwege roze envelop (psychologisch n.g., qua lichaamsbeweging z.g.).

De kaart ligt er nog! Het is zoiets als de laatste bonbon of plak cake nemen. Zijn beiden te beleefd.

VRIJDAG 17 FEBRUARI

56 kg, 1 eenheid alcohol (z.g.), 2 sigaretten (z.g.), 3241 calorieën (n.g. maar opgebrand door trappenlopen), 12 x gaan kijken of kaart er nog lag (bezeten).

9.00 Kaart ligt er nog.

21.00 Nog steeds.

21.30 Nog steeds. Hield het niet meer uit. Wist dat Vanessa er was want etenslucht uit haar appartement. Klopte aan. 'Volgens mij is deze voor jou,' zei ik toen ze opendeed, en ik stak haar de kaart toe.

'O, ik dacht dat hij voor jou was,' zei ze.

'Zullen we hem openmaken?' zei ik.

'Oké.' Ik gaf hem aan haar en zij gaf hem giechelend weer terug. Ik gaf hem opnieuw aan haar. Wat zijn meisjes toch lief.

'Schiet nou op,' zei ik en met het keukenmes dat ze in haar handen had, sneed ze de envelop open. Het was nogal een kunstzinnig soort kaart, hij had zo uit een galerie kunnen komen.

Ze trok een raar gezicht.

'Zegt me niets,' zei ze, en ze stak me de kaart toe.

Er stond: 'Een stukje belachelijke, onzinnige commerciële uitbuiterij, voor mijn lieve frigide trutje.'

Ik gilde.

22.00 Net Sharon opgebeld en alles verteld. Zij zei dat ik me het hoofd niet op hol moet laten brengen door zo'n goedkoop kaartje en dat ik Daniel moet afhouden omdat hij helemaal niet aardig is en het toch niets kan worden.

Tom opgebeld wat hij ervan vindt, en vooral of ik Daniel in het weekeinde op moet bellen. 'Nééééé!' gilde hij. Hij stelde allerlei indringende vragen: hoe had Daniel zich de laatste dagen gedragen toen hij geen reactie op zijn kaart had gekregen? Ik zei dat hij beminnelijker deed dan gewoonlijk. Tom schreef voor een week te wachten en afstand te houden.

ZATERDAG 18 FEBRUARI

57 kg, 4 eenheden alcohol, 6 sigaretten, 2746 calorieën, 2 goede cijfers in lotnummer (z.g.).

Eindelijk ontdekt wat er met pap en mam aan de hand is. Ik begon al te denken dat de Portugese vakantie een soort Shirley Valentine-toestand had gecreëerd, en dat ik binnenkort de *Sunday People* open zou slaan om mijn moeder te zien, pronkend met geblondeerd haar en een tijgerbloesje, op een divan met iemand in vale spijkerbroek die Gonzales heette, met daar onder de verklaring dat een leeftijdsverschil van zesenveertig jaar niets is wanneer je echt van iemand houdt.

Vandaag vroeg ze me of ik met haar wilde lunchen in de koffiebar van Dickens en Jones, en ik vroeg haar recht op de man af of ze soms iemand had.

'Nee,' zei ze, 'niemand,' terwijl ze in de verte staarde met die blik van droefgeestige onverschrokkenheid die ze absoluut van prinses Diana heeft gepikt.

'Waarom doe je dan zo akelig tegen pap?' vroeg ik.

'Lieverd, dat is het niet. Toen je vader met pensioen ging, besefte ik dat ik vijfendertig jaar lang zijn huishouden had gedaan en zijn kinderen grootgebracht...'

'Jamie en ik zijn toch ook jouw kinderen,' onderbrak ik haar gekwetst.

'... en dat zijn werk erop zat, terwijl het mijne maar doorging, en dat is precies zoals ik me in de weekeinden voelde toen jullie klein waren. Je leeft maar één keer. Ik heb net het besluit genomen om het een en ander te veranderen, en de jaren die ik nog heb aan mezelf te besteden.'

Terwijl ik naar de kassa liep om te betalen, dacht ik over die dingen na, en probeerde, als feministe, me in mams standpunt te verplaatsen. Toen viel mijn oog op een lange, gedistingeerde man met grijs haar, een on-Engels leren jasje en zo'n soortement herenhandtas. Hij keek het café in, tikte op zijn horloge en trok zijn wenkbrauwen op. Ik tolde om mijn as en betrapte mijn moeder, die geluidloos 'ik kom zo' zei en verontschuldigend in mijn richting knikte.

Ik zei niets tegen mijn moeder en nam afscheid maar keerde op mijn schreden terug en liep haar achterna, om er zeker van te zijn dat ik het me niet had verbeeld. En inderdaad trof ik haar uiteindelijk op de parfumafdeling aan waar ze ronddwaalde met dat lange stuk en haar polsen besproeide met alles wat ze te pakken kon krijgen, om hem er dan koket lachend aan te laten snuffelen.

Thuis boodschap van mijn broer Jamie op het antwoordapparaat. Belde hem meteen en vertelde alles.

'O, mijn god, Bridget,' zei hij, brullend van het lachen. 'Jij bent zo bezeten van seks! Als jij mamma ter communie zag gaan zou je denken dat ze de priester aan het pijpen was. Nog valentijnskaarten gehad dit jaar?'

'Ja, zeker,' snauwde ik kwaad, waarop hij opnieuw in lachen uitbarstte. Toen zei hij dat hij op moest hangen omdat hij en Becca in het park Tai Chi gingen doen.

ZONDAG 19 FEBRUARI

56,5 kg (z.g., puur door zorgen), 2 eenheden alcohol (maar Dag des Heren), 7 sigaretten, 2100 calorieën.

Mam opgebeld en haar de grijzende schoonheid onder de neus gewreven met wie ik haar na onze lunch gezien had.

'O, je bedoelt Julian zeker!' zei ze opgewonden.

Nu wist ik genoeg. Mijn ouders noemen hun vrienden nooit bij hun voornamen als ze het over hen hebben. Altijd Una Alconbury, Audrey Coles, Brian Enderby: 'Je kent David Rickets nog wel, hè schat, de man van Anthea Rickets, die lid is van Lifeboat.' Dat komt doordat ze in hun hart wel weten dat ik geen flauw idee heb wie Mavis Enderby is, ook al praten ze vervolgens veertig minuten lang over Brian en Mavis Enderby alsof ik al sinds mijn vierde met ze omga.

Ik wist meteen dat die Julian niet zo iemand was die aan Lifeboat-lunches deelnam of een vrouw had die lid was van Lifeboat, de Rotaryclub, de Vrienden van St. George of wat voor club dan ook. Ik wist ook dat ze hem in Portugal had ontmoet, voor die toestand met pap begon, en dat hij misschien geen Julian heette, maar Julio. Ik begreep, kortom, dat Julio het probleem was tussen haar en pap.

Ik vertelde haar wat ik dacht. Ze ontkende alles. Ze kwam zelfs met een gecompliceerd verhaal aanzetten over 'Julian' die tegen haar op was gebotst in de Marks & Spencer bij Marble Arch, zodat ze haar nieuwe Le Creuset-patéschaal op haar voet had laten vallen, waarna hij haar een kop koffie had aangeboden in Selfridges, zodat er een hechte, platonische vriendschap was ontstaan, die zich geheel afspeelde in de koffieshops van warenhuizen.

Waarom denken mensen toch altijd dat ze beter kunnen doen alsof er niemand anders in het spel is wanneer ze hun partner laten zitten voor een nieuwe minnaar? Veronderstellen ze soms dat het minder kwetsend is voor hun oude partner om te denken dat ze gewoon de deur uit zijn gewandeld omdat ze hem niet meer konden luchten of zien, om vervolgens door een gelukkig toeval twee weken later een lange Omar Shariff-verschijning met een herenhandtas tegen het lijf te lopen, terwijl de ex-partner nog elke avond in tranen uitbarst bij het zien van de tandenpoetsbeker? Net als de mensen die altijd een leugen als excuus verzinnen, ook wanneer de waarheid een veel beter excuus is.

Ik hoorde een keer hoe mijn vriend Simon een afspraak met een meisje afbelde – een meisje op wie hij echt dol was – omdat hij pal naast zijn neus een etterende puist had en omdat al zijn kleren bij de wasserij lagen zodat hij naar zijn werk had moeten gaan in een bespottelijk jasje anno 1978, in de veronderstelling dat hij tussen de middag zijn gewone jasje bij de stomerij zou gaan ophalen, maar het was nog niet klaar.

Toen haalde hij het in zijn hoofd om tegen dat meisje te zeggen dat de afspraak niet door kon gaan omdat zijn zusje onverwacht langs zou komen die avond en hij dus thuis moest blijven, en hij voegde er tot overmaat van ramp aan toe dat hij ook nog een paar werkvideo's moest bekijken vóór de volgende ochtend, waarop het meisje hem eraan herinnerde dat hij haar had verteld dat hij geen broers en zussen had, en hem voorstelde dat hij de video's bij haar zou komen bekijken, dan zou zij eten koken. Maar hij had helemaal geen werkvideo's dus hij raakte steeds verder verstrikt in een web van leugens. Het eind van het liedje was dat het meisje, ervan overtuigd dat hij wat met een ander had terwijl dit pas hun tweede afspraakje was, hem liet vallen, zodat Simon een martelende avond in zijn eentje moest doorbrengen, met zijn puist en zijn jasje uit 1978.

Ik probeerde mam duidelijk te maken dat ze loog, maar ze werd zo overstelpt door haar lusten dat ze blind was voor, nou ja, voor alles.

'Lieverd, je wordt zo cynisch en zo achterdochtig,' zei ze. 'Julio...' haha! hahahahaha! '... Julio is gewoon een vriend van me. Ik heb alleen maar wat ruimte nodig.'

En toen bleek dat pap, in verband daarmee, gaat verhuizen naar het appartement van de dooie oma van de Alconbury's, achter in hun tuin.

DINSDAG 21 FEBRUARI

Z. moe. Pap belt me tegenwoordig vaak 's nachts op, alleen maar om even te praten.

WOENSDAG 22 FEBRUARI

57 kg, 2 eenheden alcohol, 19 sigaretten, 8 eenheden vet (onverwacht weerzinwekkend idee, nooit werkelijkheid onder ogen gezien van zwellende onderhuidse speklagen op billen en dijen. Ga morgen weer calorieën tellen.).

Tom had helemaal gelijk. Ik heb me zo veel zorgen gemaakt over pap en mam, en was zo vermoeid door pappa's radeloze getelefoneer, dat ik nauwelijks meer aandacht aan Daniel heb besteed, met het wonderbaarlijke gevolg dat hij niet van me weg te slaan is. Maar vandaag heb ik mezelf volledig voor gek gezet. Ik stapte in de lift om een broodje te gaan kopen en daar stond Daniel, druk in gesprek met Simon van Marketing, over iemand die 'de handdoek in de ring had gegooid'. 'Heb je dat gelezen, Bridget?' vroeg Daniel.

'O, ja,' loog ik, me wanhopig afvragend waar het over ging, 'nou ja, ik vind, je moet dat natuurlijk niet doen, niet hygiënisch ook, hè, en iemand kan erover struikelen, maar aan de andere kant, ik snap niet waar iedereen zich zo druk over maakt.'

Simon keek me aan of ik gek was geworden, en Daniel staarde naar me en barstte toen in lachen uit. Hij bleef maar lachen tot hij en Simon uit de lift stapten. Toen kwam hij terug en hij zei: 'Wil je met me trouwen?' net toen de deuren weer dichtschoven. Hmmmm.

DONDERDAG 23 FEBRUARI

56,5 kg (bleef ik maar onder de 57 zonder steeds maar op en neer te deinen als een drenkeling – verzopen in vet), 2 eenheden alcohol, 17 sigaretten (begrijpelijk, zenuwen om a.s. seks), 775 calorieën (laatste wanhoopspoging om morgen 54 kg te wegen).

20.00 Jezus. Computercontact tot koortsachtig niveau opgezweept. Om zes uur kordaat mijn jas aangetrokken, maar toen ik in de lift stond, stapte Daniel in. En daar stonden we dan, met ons tweeën, in dat gigantische spanningsveld, onweerstaanbaar tot elkaar aangetrokken, als twee magneten. Toen stopte de lift opeens en we rukten ons hijgend los. Simon van Marketing stapte in, zijn dikke pens in een walgelijke beige regenjas gehuld. 'Bridget,' meesmuilde hij toen ik onwillekeurig mijn rok gladstreek, 'het lijkt wel of je je handdoek in de ring hebt gegooid.'

Toen ik het gebouw uitliep, holde Daniel me achterna en vroeg me of ik morgen met hem wilde gaan eten. Yesssss!

24.00 Gatver. Totaal uitgeput. Het is toch zeker niet normaal om je op een afspraakje voor te bereiden alsof het om een sollicitatiegesprek gaat? Ik vrees dat Daniels ontzaglijk belezen brein weleens een obstakel zou kunnen zijn wanneer er wat van komt. Misschien had ik beter kunnen vallen voor iets jongers, zonder hersens, dat voor me zou koken en wassen en het eens zou zijn met alles wat ik zei. Na mijn werk heb ik me zowat uit de naad gezwoegd, me hijgend door aerobics heen geworsteld, mijn naakte lijf zeven minuten lang gescrubd, mijn huis schoongemaakt, de koelkast volgestopt, mijn wenkbrauwen geëpileerd, de kranten en de *Alles over seks* doorgelezen, de was in de machine gestopt, en zelf mijn benen onthaard omdat ik geen afspraak meer kon maken met de schoonheidsspecialiste. Uiteindelijk zat ik geknield op een handdoek in een poging een harsstrip te verwijderen die onwrikbaar aan mijn kuit zat geplakt, terwijl ik intussen naar een actualiteitenprogramma keek om straks een paar meningen paraat te hebben. Mijn rug doet pijn, mijn hoofd ook, mijn benen zijn knalrood en zitten vol met hars.

Verstandige types zeggen natuurlijk dat Daniel mij maar moet nemen zoals ik ben, maar ik ben nu eenmaal een kind van de *Cosmopolitan*-cultuur, ik ben getraumatiseerd door al die supermodellen en een teveel aan tv-quizzen, en noch mijn persoonlijkheid, noch mijn lichaam kan het aan om aan zichzelf te worden overgelaten. Ik kan er niet meer tegen. Ik ga de afspraak afzeggen. Ik ga de hele avond donuts eten met een vest vol eivlekken aan.

ZATERDAG 25 FEBRUARI

55 kg (wonder: seks blijkt inderdaad de beste lichaamsbeweging), 0 eenheden alcohol, 0 sigaretten, 200 calorieën (eindelijk de sleutel gevonden tot het niet-eten: vervang voedsel gewoon door seks).

18.00 Gelukzaligheid. Heb de hele dag rondgelopen in een staat die ik alleen maar als neukdronkenheid kan beschrijven, als een malloot glimlachend door het huis gedwaald, steeds dingen oppakkend en weer wegzettend. Het was zo heerlijk. De enige minpuntjes waren: 1) meteen erna zei Daniel: 'O, verdomme, ik had de auto naar de Citroëngarage moeten brengen,' en 2) toen ik opstond om naar de badkamer te gaan waarschuwde hij me dat er een panty aan mijn kuit geplakt zat.

Maar nu de roze wolken beginnen op te lossen voel ik de paniek opkomen. Wat nu? We hebben niets afgesproken. Ik besef plotseling dat ik al weer op de telefoon zit te wachten. Hoe kan het nu dat de man-vrouwrelatie na een eerste nacht nog altijd zo pijnlijk onevenwichtig is? Lijkt wel of ik net examen heb gedaan en op de uitslag zit te wachten.

23.00 O, god. Waarom heeft Daniel niet gebeld? Hebben we nu iets met elkaar, of hoe zit het? Hoe kan het nou dat mijn moeder gewoon van de ene relatie naar de andere overstapt terwijl ik nog niet de simpelste verhouding op poten kan zetten? Misschien is haar generatie gewoon beter in relaties. Misschien lummelen zij niet de hele tijd rond, paranoïde en verlegen, zoals wij. Misschien is het wel beter om je nog nooit met zelfhulpmethodes te hebben ingelaten.

ZONDAG 26 FEBRUARI

57 kg, 5 eenheden alcohol (verdriet verdrinken), 23 sigaretten (verdriet uitroken), 3856 calorieën (verdriet smoren in vetkussens).

Werd wakker in mijn eentje, en betrapte me erop dat ik me mijn moeder in bed met Julio voorstelde. Vervuld van walging bij ouderlijke, of liever gezegd semi-ouderlijke seks, en woede uit naam van de vader; ook bedwelmend, zelfzuchtig optimisme bij wetenschap van nog dertig jaar ongebreidelde hartstocht in het vooruitzicht (zoals ik ook veelvuldig aan Joanna Lumley en Susan Sarandon denk); maar vooral verschrikkelijke jaloezie vanwege mislukking en stompzinnigheid en eenzaam bed op zondagmorgen terwijl mijn moeder, in de zestig, waarschijnlijk op het punt staat nu voor de tweede keer... O, god, nee, ik kan er niet eens aan denken!

MAART

Ernstige verjaardagspaniek van dertigster

ZATERDAG 4 MAART

57 kg (wat heeft het voor zin een hele maand aan de lijn te doen als ik begin maart precies hetzelfde weeg als begin februari? Bah. Hou op met elke dag wegen en alles tellen, helpt toch geen bal.).

Mijn moeder is in een onherkenbare wervelwind veranderd. Vanochtend kwam ze mijn huis binnenstuiven toen ik lui en humeurig in mijn peignoir mijn teennagels zat te lakken en naar de voorbereidingen voor de paardenraces keek.

'Lieverd, kan ik dit even hier stallen?' jubelde ze. Ze smeet een heel stel plastic tassen neer en vloog mijn slaapkamer binnen.

Een paar minuten later werd ik toch wel nieuwsgierig en ik slofte haar achterna om te zien wat ze aan het doen was. Ze zat voor de spiegel, in een duur uitziende koffiekleurige onderjurk, mascara op te doen, met haar mond wijd open (noodzaak open mond bij oog opmaken groot onopgelost raadsel der natuur).

'Moet je je niet eens aankleden, lieverd?'

Ze zag er geweldig uit, stralende huid, glanzend haar. Toen zag ik mijn eigen spiegelbeeld. Ik had echt voor het slapen gaan mijn make-up eraf moeten halen. De ene helft van mijn haar zat tegen mijn hoofd geplakt, de andere helft piekte alle kanten op. Het lijkt wel of mijn hoofdhaar een eigen leven leidt: de hele dag blijft het braaf zitten, maar zodra ik slaap, gaat het rondspringen en dansen, en het lijkt te zeggen: wat zal ik nou eens voor iets leuks gaan doen?

'Moet je horen,' zei mam, terwijl ze Givenchy II tussen haar borsten sprenkelde, 'al die jaren heeft je vader er zo'n toestand van gemaakt dat hij altijd de rekeningen en de belastingen regelde, alsof dat hem vrijstelde van dertig jaar afwas. Enfin, we waren te laat met de aangifte, en ik dacht: je kunt me wat, ik doe het zelf wel. Natuurlijk snapte ik er helemaal niets van, dus belde ik het belastingkantoor op. Die man deed ontzettend uit de hoogte tegen me. "Echt, mevrouw Jones," zei hij, "ik begrijp niet wat u er zo moeilijk aan vindt." En ik zei: "Hoor eens, weet u hoe je een brioche moet bakken?" Hij begreep me, legde me alles uit en we hadden het binnen een kwartier voor elkaar. Kortom, wat ik zeggen wilde, ik ga vandaag met hem lunchen. Een belastingman! Stel je eens voor!'

'Wat?' stamelde ik, en ik greep me vast aan de deurstijl. 'En Julio dan?'

'Julio is een "vriend" van me, maar dat betekent nog niet dat ik niet meer "vrienden" kan hebben,' zei ze lief, terwijl ze een geel pakje aantrok. 'Wat vind je hiervan? Net gekocht. Knálcitroengeel! Nou, ik moet ervandoor. We hebben om kwart over een afgesproken in de koffieshop van Debenham.'

Toen ze weg was, lepelde ik wat muesli uit het pak naar binnen en slobberde het restje wijn op dat in de koelkast stond.

Ik weet wat het is met mijn moeder: ze heeft ontdekt wat het is om macht te hebben. Ze heeft macht over pappa, hij wil haar terug. Ze heeft macht over Julio en de belastingman, en iedereen bespeurt haar macht, en wil ook wat, waardoor ze nog onweerstaanbaarder wordt. Dus het enige wat ik hoef te doen is iets of iemand vinden waar ik macht over heb, en dan... O, god, ik heb niet eens macht over mijn eigen haar.

Ik ben zo depri. Daniel heeft de hele week vriendelijk en zelfs flirterig tegen me gekletst, maar ik kan nergens uit opmaken wat we nu eigenlijk met elkaar hebben. Hij doet of het doodnormaal is om met een collega naar bed te gaan en het daar verder bij te laten. Mijn werk – vroeger alleen maar irritant – is nu een vreselijke marteling geworden. Ben in alle staten, telkens als hij gaat lunchen of 's avonds zijn jas aantrekt om weg te gaan: waarheen? met wie? met wíé?

Perpetua heeft kans gezien al haar werk op mij af te schuiven en hangt permanent aan de telefoon te kakelen met Arabella of Piggy, over dat appartement in Fulham van een half miljoen dat ze met Hugo gaat kopen. 'O, ja zag! Nee, o, hélemaal mat je eens heur. Maar de kwestie is: wil ik nog eens dertig mille neertellen voor een vierde slaapkamer?'

Vrijdag om 16.15 belde Sharon me op mijn werk. 'Ga je morgen mee uit, met Jude en mij?'

'Eh...' In mijn stilzwijgende paniek dacht ik: maar Daniel zal voor hij weggaat toch wel vragen of we elkaar dit weekeinde kunnen zien?

'Bel me maar op als hij niets zegt,' zei Shazzer droogjes toen ik geen antwoord gaf.

Om 17.45 zag ik Daniel met zijn jas aan de deur uit lopen. Mijn gewonde uitdrukking moet zelfs hem geraakt hebben, want hij glimlachte ontwijkend, knikte naar de computer en holde naar buiten.

En al gauw verscheen 'bericht' op het scherm. Ik drukte op RMS. Er stond:

BERICHT JONES
PRETTIG WEEKEND. TOEDELOE.
CLEAVE

Diep ellendig belde ik Sharon.

'Hoe laat morgen?' mompelde ik beschaamd.

'Halfnegen. Café Rouge. Trek het je maar niet aan. Wij houden van je. Zeg maar namens mij dat hij dood kan vallen. Gevoelsarme zak.'

2.00 Harstk luek avon met ShazzenJude. Stome kerl kammenie schele. Wel beetj misslk. Ooo!

ZONDAG 5 MAART

8.00 Kut. Was ik maar dood. Drink nooit meer iets, mijn hele leven niet meer.

8.30 Oef. Heb zin in patat.

11.30 Moet water drinken, maar kan beter ogen dichthouden en hoofd stil op kussen laten liggen om al die radertjes en fladderende beesten in hoofd niet te storen.

12.00 Verdomd leuk geweest maar z. verward vanw. advies over Daniel. Moest eerst met Jude haar problemen met Ranzige Richard doornemen want die zijn serieuzer, omdat zij al achttien maanden wat hebben, en niet nog maar één keertje naar bed zijn geweest. Dus bescheiden gewacht tot het mijn beurt was voor de laatste aflevering van mijn feuilleton. Het eenstemmig oordeel was prompt: klootzak.

Toen kwam Jude met het mooie begrip 'jongenstijd' uit de film *Clueless*: vijf dagen ('zeven' riep ik) waarin een nieuwe verhouding in de lucht blijft hangen nadat de seks voor het mannetje niet de verwachte aardbeving is geweest; maar is normale afkoelperiode om gevoelens op een rijtje te zetten alvorens verder te gaan. Volgens Jude maakte Daniel zich natuurlijk zorgen over de werksituatie enz., dus ik moest hem een kans geven, vriendelijk en flirterig zijn om hem te laten zien dat ik hem vertrouw en geen eisen ga stellen of razend word.

Maar toen begon Sharon te sputteren boven de geraspte Parmezaanse kaas en zei dat het onmenselijk was om een vrouw na seks twee weken aan een draad te laten hangen, walgelijk misbruik van vertrouwen, en ik moest hem precies zeggen wat ik van hem dacht. Hmmm. Nou ja. Ik ga nog een dutje doen.

14.00 Net terug van heldhaftige expeditie naar beneden om krant en glas water te halen. Voelde water als kristallen stroom hoofd binnenvloeien, op plek waar hardste nodig. Nu ik erover nadenk weet ik niet of water wel je hoofd in kan stromen. Misschien gaat het via de bloedbaan. Kater veroorzaakt door uitdroging, dus misschien wordt via haarvaten water naar hersens gevoerd.

14.15 Stukje in krant over tweejarigen die test moeten afleggen om aangenomen te worden op peuterzaal. Sprong gewoon uit mijn vel. Moet naar theepartijtje voor verjaardag van petekind Harry.

18.00 Als een maniak – had het gevoel dat ik doodging – door grauw, verregend Londen naar Magda gereden. Onderweg verjaarscadeautjes gekocht bij Waterstone. Moed in schoenen bij gedachte te laat te komen, met kater, plus gezelschap van moedertjes (voorheen carrièrevrouwen) die elkaar om het hardst beconcurreren. Magda, destijds goederenmakelaar, liegt nu over Harry's leeftijd om hem erg slim voor zijn leeftijd te laten lijken. Zelfs bij zijn verwekking was ze nietsontziend en probeerde acht keer zo veel foliumzuur en mineralen in te nemen als een ander. De geboorte was geweldig. Ze had iedereen al maanden voorgehouden dat het een natuurlijke geboorte zou worden, maar na tien minuten begaf ze het en begon te gillen: 'Geef me die verdovende middelen, stom wijf!'

Theepartijtje was nachtmerrie: ik en een kamer vol supermoeders, eentje met baby van vier weken oud.

'O, is het geen schatje!' koerde Sarah de Lisle, en ze snauwde toen: 'Hoe was zijn AGPAR?' Dat is een test die ze moeten doen als ze twee minuten oud zijn. Magda heeft zichzelf twee jaar geleden voor gek gezet door bij een etentje op te scheppen dat Harry een tien had, waarop een van de gasten, toevallig verpleegster, haar erop wees dat die test maar tot negen punten gaat.

Maar Magda laat zich niet ontmoedigen; ze schept nu op dat Harry al op het potje gaat en heeft zo in het kringetje van moeders een hele golfbeweging van zindelijkheidsgepoch teweeggebracht zodat de peuters, duidelijk nog op een leeftijd dat ze in veilige lagen rubber ingepakt moeten zijn, ronddribbelden in een soort miniatuur-tanga's. Ik was nog geen tien minuten binnen of er lagen al drie drollen op het tapijt. Er werd een gewild grappige, maar venijnige discussie gevoerd over wie de dader kon zijn, gevolgd door het woest afstropen van badstof broekjes, wat weer een nieuwe strijd deed oplaaien over de grootte van de piemels van de jongetjes en dus ook van de vaders.

'Je kunt er nou eenmaal niets aan doen, het is erfelijk. Cosmo heeft daar toch geen problemen mee, of wel?'

Ik dacht dat ik stapelgek zou worden van dat gekrakeel. Me uiteindelijk verontschuldigd en naar huis gereden, dolblij dat ik niet getrouwd was.

11.00 Werk. Totaal uitgeput. Lag gisteravond net lekker in een warm bad met geraniumolie en een wodka-tonic toen de bel ging. Mijn moeder stond op de stoep, badend in tranen. Het duurde een tijd voor ik doorkreeg wat er aan de hand was, want ze bleef maar in de keuken rondstrompelen, steeds harder huilend, en roepend dat ze niets wilde zeggen, totdat ik me af begon te vragen of die plotselinge vloed van onuitputtelijke seksuele macht opeens was gestuit omdat pap, Julio en de belastingman alle drie tegelijk hun belangstelling hadden verloren. Maar nee. Ze was alleen maar geraakt door de leuze: 'Haal alles uit je leven!'

'Ik voel me net die krekel die de hele zomer alleen maar heeft gezongen,' onthulde ze (zodra ze merkte dat mijn interesse voor haar crisis wat minder werd), 'en nu ben ik in de winter van mijn leven, en ik heb niets van mezelf.'

Ik wilde haar uitleggen dat ik het niet echt 'niets' vond, drie potentiële geschikte partners die stonden te trappelen, plus de helft van het huis en de pensioenvoorzieningen, maar ik hield me in.

'Ik wil carrière maken,' zei ze. Mijn slechtere ik verkneukelde zich omdat ik wel carrière maakte. Of tenminste een baantje had. Ik was een krekel die een grote berg gras of vliegen of wat die beesten dan ook vreten, verzamelde voor de winter, ook al had ik dan geen vriendje.

Op het laatst slaagde ik erin mam wat op te vrolijken door haar mijn hele garderobe te laten bekijken en bekritiseren. Daarna mocht ze me zeggen wanneer ik moest beginnen kleren van Jaeger en Country Casuals te dragen. Het deed wonderen, en tot slot was ze weer zozeer zichzelf dat ze in staat was Julio op te bellen om een afspraak te maken voor 'een slaapmutsje'.

Toen ze wegging, was het over tienen dus belde ik Tom om hem het gruwelijke nieuws te melden dat Daniel het hele weekeinde niet had opgebeld, en hem te vragen hoe hij dacht over de strijdige raadgevingen van Jude en Sharon. Tom zei dat ik naar geen van beiden moest luisteren, niet moest flirten of zedenpreken afsteken, en alleen maar een afstandelijke, koele, doorgewinterde ijskoningin moest zijn.

Hij beweert dat een man zich, naar zijn gevoel, permanent op een soort seksuele ladder bevindt met alle vrouwen óf boven zich, óf onder zich. Als de vrouw 'onder' is (d.w.z. wel bereid is, of erg graag wil) dan wil hij, om met Groucho Marx te spreken, 'geen lid zijn van haar club'. Die hele mentaliteit vind ik ontzettend deprimerend maar Tom zegt dat ik niet zo naïef moet zijn; als ik echt om Daniel geef en hem wil veroveren, dan moet ik hem negeren en zo koud en afstandelijk doen als maar mogelijk is.

Ten slotte om twaalf uur naar bed, z. verward, maar drie keer wakker gebeld door pap.

'Als iemand van je houdt, is het net of er een deken om je hart gewikkeld zit,' zei hij, 'en als die dan wordt weggehaald...' en hij barstte in snikken uit. Hij telefoneerde vanuit het omahuisje achter in de tuin van de Alconbury's, waar hij logeert 'tot alles weer in orde is', zoals hij het hoopvol noemt.

Ik besefte plotseling dat alles veranderd is, dat ik nu voor mijn ouders zorg in plaats van zij voor mij, wat me heel onnatuurlijk en verkeerd voorkomt. Zo oud ben ik toch ook weer niet?

MAANDAG 6 MAART

56 kg (z.z.g., besef dat geheim van afvallen is: je niet wegen).

Kan officieel bevestigen dat je het hart van een man tegenwoordig niet meer verovert door schoonheid, voedsel, seks of een aantrekkelijk karakter, maar puur door je vermogen een ongeïnteresseerde indruk te maken.

De hele dag op het werk geen enkele notitie genomen van Daniel. Deed of ik het druk had (niet lachen). Steeds 'bericht' op mijn scherm maar ik bleef zuchten en mijn haar uit mijn gezicht schudden als zeer bekoorlijk en hoogst belangrijk personage onder hoge werkdruk. Aan het eind van de dag besefte ik dat het werkte, net als zo'n wonderbaarlijke reactie in het scheikundelab op school (fosfor, lakmoestest of weet ik veel). Hij keek voortdurend naar me en wierp me veelbetekenende blikken toe. Toen Perpetua weg was, liep hij langs mijn bureau, bleef even staan en zei zachtjes: 'Jones, heerlijk schepsel, waarom negeer je mij?'

Ik werd overspoeld door blijdschap en genegenheid, en stond al op het punt het hele verhaal over de strijdige theorieën van Tom, Jude en Shazzer af te ratelen. Maar de goden waren me gunstig gezind en de telefoon ging. Ik rolde verontschuldigend met mijn ogen en nam op. Daarna stoof Perpetua binnen, veegde met haar achterste een stapel drukproeven van mijn bureau en bulderde: 'O, Daniel. Nu moet je eens even...' en sleurde hem weg, wat wel zo goed uitkwam omdat Tom belde, die zei dat ik mijn ijskoninginnenrol moest volhouden, en me een mantra leerde die ik moest opzeggen op mijn zwakke momenten. 'Verre, ongenaakbare ijskoningin. Verre, ongenaakbare ijskoningin.'

DINSDAG 7 MAART

59 kg of 58 kg of 59,5 kg???, 0 eenheden alcohol, 20 sigaretten, 1500 calorieën,
6 krasloten (niet best).

9.00 Kreun! Hoe kan ik nou midden in de nacht drie pond zijn aangekomen? Ik woog 59 toen ik naar bed ging, 58 om vier uur 's nachts, en 59,5 toen ik opstond. Gewichtsverlies kan ik tenminste begrijpen, dat verdampt of verdwijnt door de wc of zoiets, maar hoe kan het nou toenemen? Reageert het ene soort voedsel soms met het andere, zodat het zich vermenigvuldigt om steeds zwaardere, dichtere vetlagen op te bouwen? Ik zie er niet dikker uit. Mijn knoop kan nog dicht, maar de rits van mijn spijkerbroek uit 1989 helaas niet. Misschien wordt mijn hele lichaam kleiner maar compacter. Ik lijk wel zo'n vrouwelijke bodybuilder, een misselijkmakende gedachte. Bel Jude om te klagen over mislukt dieet, zij zegt: 'Schrijf eerlijk alles op wat je eet, en kijk of je je er echt wel aan houdt.' Hier komt de lijst:

ONTBIJT: krentenbol (Scarsdale-dieet, variant op de opgegeven snee volkorentoost); Mars (Scarsdale-dieet, variant op de opgegeven halve grapefruit)
TUSSENDOORTJE: twee bananen, twee peren (overgeschakeld op Fruitdieet want uitgehongerd en die Scarsdale-worteltjes staan me tegen). Pak sinaasappelsap (Rauwkostdieet tegen cellulitis)
LUNCH: gepofte aardappel (Scarsdale vegetarisch dieet) en kekererwtenpuree (Hay-dieet, lekker met gepofte piepers want allemaal zetmeel, en ontbijt plus tussendoortje waren allebei alkalinevormend, behalve krentenbol en Mars, geringe afwijking)
AVONDETEN: vier glazen wijn, patat en gebakken vis (Scarsdale-dieet en Hay-dieet, proteïnerijk); portie tiramisu; pepermunt-Aero (bezopen)

Bij alles waar je toevallig zin in hebt, kun je al te gemakkelijk een dieet vinden waar het in past, besef ik nu, maar diëten hoor je niet door elkaar gooien, je moet er een uitkiezen en je eraan houden, en dat ga ik doen, zodra ik deze chocoladecroissant op heb.

DINSDAG 14 MAART

Ramp. Absolute ramp. Was zo verguld van het succes van Toms ijskoninginnentheorie dat ik als het ware begon door te slaan naar de andere kant en in de theorie van Jude terechtkwam, zodat ik weer e-mail naar Daniel begon te sturen, om hem te laten merken dat ik hem vertrouw, dat ik geen eisen ga stellen of razend word zonder goede reden.

Halverwege de ochtend had die aanpak van ijskoningin plus *Mannen komen van Mars, vrouwen komen van Venus* zo veel succes dat Daniel bij de koffiemachine recht op me af kwam en vroeg: 'Ga je volgend weekeinde mee naar Praag?'

'Watte? Eh... hahahaha, bedoel je niet dit weekeinde maar het weekeinde daarop?'

'Ja ja, vólgend weekeinde,' zei hij, op een bemoedigende, wat neerbuigende toon, alsof hij me Engels aan het leren was.

'O, ja! Enig!' zei ik, en in mijn opwinding vergat ik de hele ijskoningin.

Vervolgens kwam hij naar me toe en hij vroeg of ik mee ging lunchen om de hoek. We spraken af dat we elkaar buiten zouden ontmoeten zodat niemand iets zou vermoeden, en het was allemaal ontzettend opwindend en stiekem totdat hij, onderweg naar de pub, tegen me zei: ‘Hoor eens, Bridget, het spijt me echt, maar ik heb een stommiteit uitgehaald.’

‘Wat? Hè?’ vroeg ik en ik dacht intussen aan mijn moeder; had ik niet ‘pardon?’ moeten zeggen?

‘Ik kan volgend weekeinde niet naar Praag. Ik begrijp niet wat me bezielde. Maar misschien kunnen we een ander keertje gaan.’

In mijn hoofd begon een sirene te loeien, en reusachtige neonletters flitsten op, met Sharons hoofd in het midden: ZAKKIGHEID ZAKKIGHEID.

Ik bleef stokstijf op het trottoir staan en keek woedend op.

‘Wat is er?’ vroeg hij, met een vermaakte uitdrukking op zijn gezicht.

‘Ik heb schoon genoeg van jou,’ zei ik razend. ‘Ik heb je die eerste keer dat je mijn rok probeerde open te maken meteen al gezegd dat ik niets moet hebben van die gevoelsarme zakkigheid. Het was een rotstreek om met me te blijven flirten en met me naar bed te gaan en daarna zelfs niet één keertje op te bellen, en net te doen of er nooit wat gebeurd was. Vroeg je soms of ik mee ging naar Praag om erachter te komen of je nog met mij naar bed kon voor het geval je daar zin in had, alsof we op een soort ladder zaten?’

‘Een ladder, Bridge,’ vroeg Daniel, ‘een ládder?’

‘O, hou toch je mond,’ zei ik nijdig. ‘Jij draait voortdurend om als een blad aan een boom. Of we hebben wat met elkaar, en je behandelt me behoorlijk, of je laat me met rust, snap je. Zoals ik al zei, die zakkigheid, daar moet ik niets van hebben.’

‘En jij dan, deze hele week? Eerst negeer je me, als een soort Eismädel uit de Hitlerjugend, dan verander je weer in een onweerstaanbare stoeipoes die me over het computerscherm aankijkt, met zo’n blik in je ogen, niet eens van “kom hier” maar van “kom mee naar bed”, en nou sta je hier weer als een Jeremy Paxman.’

We stonden elkaar roerloos aan te staren als twee wilde dieren in een film van David Attenborough, op het punt elkaar aan te vallen. Toen draaide Daniel zich abrupt om en verdween in de pub, waarna ik in mijn eentje verdoofd terugwankelde naar mijn werk, waar ik de wc indook en als een idioot met één oog naar de deur ging zitten staren. O, god.

17.00 Hiep hiep. Ben fantastisch. Geweldig trots op mezelf. Crisistop na zessen in Café Rouge met Sharon, Jude en Tom, die alle drie verrukt waren over de ontwikkelingen in de kwestie Daniel, elk overtuigd dat het kwam doordat ik me aan haar/zijn advies had gehouden. Ook had Jude op de radio gehoord dat rond de eeuwwisseling een derde van alle huishoudens eenpersoons zal zijn, zodat we dan niet langer als tragische afwijkelingen door het leven hoeven te gaan. Shazzer schaterde, ze zei: 'Een op de drie? Eerder negen op de tien!' Sharon beweert dat mannen – die in ons gezelschap (Tom dus) natuurlijk uitgezonderd – zo catastrofaal zijn achtergebleven dat ze binnen korte tijd alleen nog maar als seksdieren worden gehouden door vrouwen. Die huishoudens zullen dan als eenpersoons gerekend worden want de mannen zitten buiten in een hok. Hoe dan ook, voel me z. machtig. Geweldig. Kan weleens even in *Backlash* van Susan Faludi gaan lezen.

5.00 O god. Ben zo ongelukkig om Daniel. Hou van hem.

WOENSDAG 15 MAART

57 kg, 5 eenheden alcohol (schande, satanspis), 14 sigaretten (satanskruid – ga stoppen op mijn verjaardag), 1795 calorieën.

Grrr. Z. humeurig wakker geworden. Alsof het nog niet genoeg is over twee weken al jarig, weer een heel jaar verstreken, waarin iedereen behalve ik zich verpopt heeft tot iets Voldaans Getrouwds, met links en rechts baby's, ploep-ploep-ploep, vette salarissen, en toegang tot de bruisende ziel van de bovenlaag terwijl ik maar stuurloos en manloos voortdobber met stremmende relaties en stagnerende loopbaan.

Merk dat ik voortdurend in spiegel naar rimpels zoek. Lees verwoed in de *Hello!*, kijk steeds hoe oud iedereen is, wanhopig op zoek naar rolmodellen (Jane Seymour is al tweeënveertig!), vecht tegen lang weggedrukte angst dat je, als je dertig en nog wat bent, zonder enige waarschuwing plotseling getooid bent met acryl bloemetjesjurk maat 44, boodschappentas, kroespermanent en gezicht dat inzakt als in horrorfilm. En dat is dan dat. Denk zo geconcentreerd als ik kan aan Joanna Lumley en Susan Sarandon.

Ook zorgen over vieren verjaardag. Huis te klein en bankrekening te laag voor echt feestje. Etentje? Maar na hele verjaardag sloven haat je je gasten voor ze de drempel over zijn. Uit eten gaan, maar dan schuldgevoel als ze zelf moeten betalen, zelfzuchtig om mensen te dwingen tot dure saaie avond alleen om eigen verjaardag te vieren. Maar kan niet voor iedereen betalen. O, god, wat moet ik doen? Was ik maar nooit geboren. Was ik maar onbevlekt ontsproten, zo ongeveer maar niet precies als Jezus, dan hoefde ik geen verjaardag te vieren. Leef met Jezus mee, wat moet die zich opgelaten voelen nu iedereen al tweeduizend jaar lang over de hele aardbol zijn verjaardag mee moet vieren.

24.00 Had net z.g. idee voor verjaardag. Ga iedereen uitnodigen voor cocktails. Manhattans misschien wel. Dan heb ik een echt chique gebaar gemaakt, en als ze dan daarna nog uit eten willen vind ik dat best. Weet bij nader inzien niet wat een Mahattan precies is. Kan wel boekje over cocktails kopen. Om heel eerlijk te zijn, ik denk dat ik het maar niet doe.

DONDERDAG 16 MAART

57,5 kg, 2 eenheden alcohol, 3 sigaretten (z.g.), 2140 calorieën (maar hoofdz. fruit), 237 minuten gepieker over gastenlijst (slecht).

Ik – Shazzer
Jude – Ranzige Richard
Tom – Jerome (jakkes)

~~Michael~~
Magda – Jeremy
Simon
Rebecca – Stomvervelende Martin
Woney – Cosmo
Joanna
Daniel? – Perpetua? (jek) en Hugo?

O, nee! Nee! Wat moet ik doen?

VRIJDAG 17 MAART

Net Tom gebeld. Hij zegt, heel verstandig: 'Het is jouw verjaardag en jij moet alleen die mensen uitnodigen die jij wilt.'

Dus nu vraag ik:

Shazzer
Jude
Tom
Magda en Jeremy

en ga zelf voor iedereen koken.

Tom teruggebeld en hem mijn plan voorgelegd, hij zei: 'En Jerome?'

'Wat?'

'En Jerome?'

'Maar we hadden toch gezegd dat ik alleen die mensen zou vragen...' Ik maakte mijn zin niet af. Als ik zei 'die ik zelf wilde' betekende dat, dat ik hem niet 'wilde', m.a.w. niet 'moest', dat onuitstaanbare, pedante vriendje van Tom.

'O,' jubelde ik om het goed te maken, 'jóúw Jerome bedoel je! Natúúrlijk nodig ik Jerome ook uit, sukkeltje. Het idee! Maar denk jij dat ik Jude haar Ranzige Richard kan overslaan? En Woney Tuttemans, ook al ben ik vorige week wel op haar verjaardag geweest?'

'Daar merkt ze toch niets van?'

Toen ik Jude vertelde wie er kwamen zei ze zelfverzekerd: 'O, dus iedereen brengt zijn wederhelft mee.' Ranzige Richard, dus. En nu we niet meer precies met ons zessen zijn moet ik Michael ook vragen. O, nou ja. Negen is eigenlijk ook best. Tien dan. Allemaal prima.

Vervolgens Sharon aan de lijn. 'Ik hoop dat ik geen stommiteit heb uitgehaald, maar ik sprak Rebecca net en toen ik vroeg of zij ook op jouw verjaardag kwam, keek ze vreselijk beledigd.'

O. Nee. Nou moet ik Rebecca en Stomvervelende Martin ook nog uitnodigen. Maar dat betekent dat ik Joanna ook moet vragen. Shit shit! En ik heb al gezegd dat ik zou koken dus nu kan ik er niet plotseling mee aankomen dat we naar een restaurant gaan, want dan vinden ze me zowel een lui varken als een gierigaard.

O, god. Net thuis, ijzige en gekwetst klinkende boodschap van Woney op antwoordapparaat.

'Cosmo en ik willen graag weten wat je dit jaar voor je verjaardag zou willen hebben. Bel je ons terug?'

Besef nu dat ik op mijn verjaardag de hele dag moet staan koken voor zestien mensen.

ZATERDAG 18 MAART

56,5 kg, 4 eenheden alcohol (humeur), 23 sigaretten (z.z.s., en ook nog in 2 uur), 3827 calorieën (weerzinwekkend).

14.00 Grrr. Precies wat ik nodig had. Mijn moeder kwam binnenstormen. De crisis van afgelopen week, van 'de krekel die de hele zomer zong' wonderlijk genoeg alweer helemaal vergeten.

'Mijn god, lieverd,' pufte ze, terwijl ze als een stoomwals door mijn huis ging en de keuken binnenstoof, 'heb je een slechte week gehad? Je ziet er niet uit. Je lijkt wel negentig. Maar ja. Zal ik jou eens wat vertellen,' zei ze. Ze draaide zich om met de ketel in haar hand, sloeg bedeesd haar ogen neer en keek toen weer stralend op, net Bonnie Langford die op het punt staat zich in een tapdans te storten.

'Wat?' vroeg ik knorrig.

'Ik heb een baan als tv-presentatrice.'

Ik ga boodschappen doen.

ZONDAG 19 MAART

56 kg, 3 eenheden alcohol, 10 sigaretten, 2465 calorieën (maar hoofdz. chocola).

Hoera! Totaal nieuw, bemoedigend verjaardagsperspectief. Met Jude gepraat over boeken die zij gelezen had over feesten en overgangsriten in primitieve culturen en voel me gelukkig en vredig.

Zie nu in hoe oppervlakkig en fout ik ben geweest om te denken huis te klein voor negentien gasten, niet met luie reet hele dag in keuken te willen staan, en liever opgetut naar chique tent te worden meegenomen door sexy stuk met bom duiten. Ga nu daarentegen vrienden zien als enorme, warme Afrikaanse of eventueel Turkse familie.

Onze cultuur is te veel bezig met buitenkant, leeftijd en status. Liefde, daar gaat het om. Die negentien mensen zijn mijn vrienden, ze willen welkom geheten worden in mijn huis om mijn verjaardag te vieren met genegenheid en eenvoudige kost; niet om te oordelen. Moet ik dan gehakt met aardappelpuree maken, Echt Engels Eten? Het wordt een schitterende, warme, etnische, derdewereldachtige familiepartij.

MAANDAG 20 MAART

57 kg, 4 eenheden alcohol (raak al in de stemming), 27 sigaretten (maar laatste dag), 2455 calorieën.

Heb besloten het gehakt met aardappelpuree op te dienen met op houtskool geroosterde witlofsla met roquefortrolletjes en plakjes gebakken chorizo om het wat modieuzer te maken (nog nooit gemaakt maar is vast niet moeilijk) en als toetje souffleetjes met Grand Marnier. Verheug me z. op verjaardag. Krijg ongetwijfeld naam als fantastische kokkin en gastvrouw.

DINSDAG 21 MAART: JARIG

57 kg, 9 eenheden alcohol, 42* sigaretten, 4295* calorieën. *Als ik me niet eens te buiten kan gaan op verjaardag, wanneer dan wel?*

18.30 Ik kan niet meer. Net in een pan aardappelpuree gaan staan met mijn zwarte suède hakjes van Pied à Terre (Pied-à-pomme-de-terre, kan ik beter zeggen) omdat ik was vergeten dat de hele keuken, ook de vloer, volstond met pannen gehakt en aardappelpuree. Het is al halfzeven en ik moet nog naar Cullens voor de ingrediënten voor de souffleetjes met Grand Marnier, en andere vergeten spullen. O, god! Bedenk opeens dat er misschien nog een tube zaaddodende pasta op de wastafel ligt. Moet ook de voorraadbussen met gênant tuttige eekhoorntjes verstoppen, plus de verjaarskaart van Jamie met lammetjes op de voorkant, waarop staat: 'Hartelijk gefeliciteerd! Welk lammetje ben jij?' En dan binnenin: 'Die ene met zijn pootjes omhoog.' Grrr.

Plan:

18.30 Boodschappen.
18.45 Terug met vergeten inkopen.
18.45-19.00 Gehakt en puree in schalen in oven zetten (o, god, als het nu maar past).
19.00-1905 Souffleetjes voorbereiden. (Ik neem trouwens maar vast een slokje Grand Marnier, tenslotte ben ik jarig.)
19.05-19.10 Mmm. Grand Marnier verrukkelijk. Borden en bestek nazien op sporen van slonzig afwassen, en alles leuk waaiervormig rangschikken. O, moet nog servetten kopen (of moet ik ze vingerdoekjes noemen, of was dat nu juist ordinair?).
19.10-19.20 Opruimen, meubels opzijschuiven.
19.20-19.30 Roquefortrolletjes met chorizoplakjes-witlofsaladegeval in elkaar draaien.

Zodat ik nog een dik halfuur heb om alles klaar te krijgen dus geen paniek. Ik moet een sigaret. Kreun. Het is kwart voor zeven! Hoe kan dat nou. Kreun!

19.15 Net boodschappen gedaan, merk dat ik boter ben vergeten.

19.35 Shit, shit, shit! De keuken staat nog steeds helemaal vol met pannen gehakt en aardappelpuree en haar nog niet gewassen.

19.40 O, god! Wilde de melk pakken en merkte toen dat ik tas met boodschappen in winkel heb laten staan. De eieren zaten er ook in. Dat betekent... O, god! En de olijfolie... dus dat saladegeval gaat niet door.

19.40 Hmmm. Het is maar het beste om in bad te stappen met een glas champagne en me dan op te tutten. Als ik er goed uitzie kan ik gewoon verdergaan met koken als iedereen er is, en krijg ik Tom misschien zover dat hij de ontbrekende spullen gaat halen.

19.55 Kreun! De bel. Loop in bh en broekje met nat haar. Overal puree en gehakt. Haat ze allemaal. Heb twee dagen lang moeten sloven, en nu komen ze allemaal binnenwandelen om voedsel te eisen, als koekoeksjongen. Heb zin om de deur open te doen en 'sodemieter op' te schreeuwen.

2.00 Erg ontroerd. Op de stoep stonden Magda, Tom, Shazzer en Jude met een fles champagne. Ze zeiden dat ik op moest schieten. Ik ging haar drogen en aankleden en toen ik klaar was, was keuken opgeruimd en puree en gehakt weggegooid. Bleek dat Magda grote tafel had gereserveerd bij '192' en iedereen daarheen had gestuurd i.p.v. naar mijn huis, en daar zaten ze allemaal met cadeautjes, om mij een etentje aan te bieden. Magda zei dat ze er een eigenaardig, bijna griezelig voorgevoel van hadden gehad dat het niet goed zou aflopen met de souffleetjes en het roquefortrolletjes-saladegeval. Ik hou van mijn vrienden, zijn stukken beter dan zo'n uitgebreide Turkse familie met hoofddoeken en al.

Goed. Voor het komende jaar zal ik de goede voornemens van 1 januari weer oppoetsen, en er de volgende twee aan toevoegen:

WEL:
Ophouden met dat neurotische gedoe en angst voor alles
NIET:
Naar bed gaan met of notitie nemen van Daniel Cleaver.

APRIL

Innerlijk evenwicht

ZONDAG 2 APRIL

57 kg, 0 eenheden alcohol (geweldig), 0 sigaretten, 2250 calorieën.

In een artikel gelezen dat Kathleen Tynan, overleden vrouw van overleden Kenneth, 'innerlijk evenwicht' bezat en dat ze, onveranderlijk smetteloos gekleed, aan een klein tafeltje midden in de kamer, een glas koele witte wijn bij de hand, zat te schrijven. Als Kathleen Tynan te laat was met een perscommuniqué voor Perpetua zou zij nooit doodsbenauwd met al haar kleren aan onder haar donzen dekbed gaan liggen om de ene sigaret na de andere te roken, koude sake naar binnen te klokken uit een mok, en make-up op te doen als hysterische afleidingsmanoeuvre. Kathleen Tynan zou Daniel Cleaver nooit toestaan met haar naar bed te gaan als hij daar zin in had terwijl hij haar vriend niet wilde zijn. Ook zou ze zich nooit lam drinken en misselijk worden. Wou dat ik net zo was als Kathleen Tynan (maar niet dood natuurlijk).

De laatste tijd heb ik dus, telkens als de dingen uit de hand dreigden te lopen, vaak de woorden 'innerlijk evenwicht' uitgesproken, en me voorgesteld dat ik in wit linnen gekleed aan een tafeltje met bloemen zat. 'Innerlijk evenwicht.' Al zes dagen niet gerookt. Tegenover Daniel neem ik een hautaine houding aan; al drie weken geen e-mail gestuurd, niet geflirt, noch met hem naar bed geweest. Afgelopen week drie eenheden alcohol tot me genomen, als een schoorvoetende tegemoetkoming aan Tom, die klaagde dat een avond met de nieuwe zondeloze Bridget leek op een etentje met een kinkhoorn, een sint-jakobsschelp of een ander week zeebeest.

Mijn lichaam is een tempel. Zou het al bedtijd zijn? O, nee. Het is pas halfnegen. Innerlijk evenwicht. O! De telefoon.

21.00 Het was mijn vader. Hij sprak met een eigenaardige, holle stem, als een soort bovenaards wezen.

'Bridget. Zet je tv eens op BBC 1.'

Dat deed ik en ik deinsde toen vol afgrijzen achteruit. Ik zag een trailer voor de *Anne en Nick Show* en in een videokader, tussen Anne en Nick op de divan, prijkte de bevroren beeltenis van mijn moeder, helemaal opgetut en geschminkt alsof ze die Katie Boyle was of zoiets verschrikkelijks.

'Nick,' zei Anne gezellig.

'... en we introduceren onze nieuwe voorjaarsserie,' zei Nick, *Plotseling Alleen*, een dilemma waar steeds meer vrouwen voor komen te staan. Anne.'

'En we stellen onze splinternieuwe presentatrice aan u voor, Pam Jones,' zei Anne. 'Zij is zelf Plotseling Alleen, en maakt haar tv-debuut.'

Terwijl Anne sprak, kwam mijn moeder tot leven in het videokader dat naar voren begon te zoeven zodat Anne en Nick aan het zicht onttrokken werden. Je zag nu dat mijn moeder een microfoon onder de neus van een muizig vrouwtje duwde.

'Hebt u ook zelfmoordgedachten gehad?' galmde mijn moeder.

'Ja,' zei het muisje en ze barstte in tranen uit, waarop het beeld verstarde, opzij kantelde en een hoek in zweefde, waarna je Anne en Nick weer met begrafenisgezichten op de divan zag zitten.

Pap was er kapot van. Mam had hem niets gezegd over haar baan als tv-presentatrice. Het lijkt erop dat hij alles ontkent en zichzelf voorhoudt dat mam alleen maar een ouderdomscrisis doormaakt, en dat ze allang doorheeft dat ze zich heeft vergist, maar hem niet durft te vragen of ze terug mag komen.

Ik ben daar eigenlijk erg vóór, ontkenning. Je kunt jezelf overtuigen van om het even wat, en daar volkomen gelukkig mee zijn, zo lang je ex-partner maar niet plots op de buis verschijnt, waar ze uit de omstandigheid dat ze niet meer met jou getrouwd is een nieuwe carrière aan het smeden is. Ik hield vol dat er nog hoop was, en dat mam misschien wel van plan was haar serie van een pakkend slot te voorzien door zich met hem te herenigen, maar dat maakte geen indruk. Arme pap. Ik geloof niet dat hij iets weet van Julio of de belastingman. Ik vroeg hem of hij het leuk zou vinden als ik hem kwam opzoeken, we zouden zaterdagavond gezellig uit eten kunnen gaan, en zondag misschien een wandeling maken, maar hij zei dat hij zich wel redde. Zaterdagavond houden de Alconbury's een Oud Engels Souper, voor Lifeboat.

DINSDAG 4 APRIL

Nu vastbesloten iets te doen aan voortdurend laatkomen op werk en berg onbeantwoorde post, vol dreigementen van deurwaarders etc. Ga zelfverbeteringsprogramma beginnen met arbeidsanalyse.

7.00 Weeg me.

7.03 Terug naar bed, mok over gewicht. Koppijn. Slapen of opstaan beide onmogelijk. Denk aan Daniel.

7.30 Knagende honger drijft me uit bed. Koffie. Overweeg grapefruit, ontdooi chocoladecroissant.

7.35-7.50 Kijk uit raam.

7.55 Doe kleerkast open. Staar naar kleren.

8.00 Kies bloes. Zoek stretch minirokje. Sleur kleren van bodem kast op zoek naar rokje. Graaf in laden en zoek achter stoel. Woel in strijkmand. Grabbel in vuile was. Rokje weg. Sigaret om op te vrolijken.

8.20 Borstel huid droog af (tegen cellulitis), neem bad, was haar.

8.35 Begin met kiezen ondergoed. Loop achter met was dus alleen maar gigantische witte katoenen onderbroek. Geen denken aan, te lelijk (zelfs voor werk, psychische schade). Ga naar strijkmand. Vind kleine zwarte met kant, ongeschikt en prikt maar beter dan afstotelijk directoire.

8.45 Begin dikke zwarte panty aan te trekken. Lijkt gekrompen, kruis tien centimeter boven knieën. Volgende paar, gat aan achterkant been. Gooi weg. Bedenk opeens stretch minirok aan laatste keer dat Daniel meekwam. Ga naar woonkamer. Vis triomfantelijk rokje tussen divankussens vandaan.

8.55 Opnieuw panty. Nummer drie heeft gat in teen. Trek aan. Gat wordt ladder die boven schoenrand uitkomt. Ga naar strijkmand. Vis laatste zwarte dikke panty eruit, verknoopt geval vol zakdoekpluisjes. Haal uit elkaar, verwijder pluisjes.

9.05 Heb panty aan. Trek rok aan. Begin bloes te strijken.

9.10 Merk opeens dat haar in idioot model opdroogt. Zoek borstel. Vind hem in tas. Föhn haar. Blijft niet zitten. Plantenspuit eroverheen. Föhn opnieuw.

9.40 Terug naar strijkplank, ontdek hardnekkige vlek op voorkant bloes. Alle andere bloesjes vuil. Paniek: de tijd! Probeer vlek eruit te halen. Hele bloes klets. Droogstrijken.

9.55 Z. laat. Rook in wanhoop sigaret en lees reisbrochure, vijf kalmerende minuten.

10.00 Zoek tas. Tas weg. Besluit te kijken of er leuke post is.

10.07 Alleen iets van de belasting, over niet-betalen van minimumbedrag. Probeer te bedenken waar ik ook weer naar zocht. Hervat speurtocht tas.

10.15 Later dan laat. Bedenk opeens tas in slaapkamer, toen ik naar haarborstel zocht. Zie hem nergens. Vind hem ten slotte onder berg kleren uit kast. Smijt kleren terug in kast. Trek jasje aan. Ga vertrekken. Sleutels zoek. Stroop razend hele huis af.

10.25 Sleutels in tas. Merk dat ik haarborstel ben vergeten.

10.35 Vertrek.

Drie uur en vijfendertig minuten tussen wakker worden en vertrekken is te veel. Moet voortaan meteen bed uit en moet wassysteem totaal veranderen. Sla krant open en lees dat veroordeeld moordenaar in Amerika ervan overtuigd is dat de autoriteiten een microchip in zijn bil hebben aangebracht om zijn gangen na te gaan, zogezegd. Afgrijselijke gedachte een microchip in je bil te hebben, speciaal 's ochtends.

WOENSDAG 5 APRIL

56,5 kg, 5 eenheden alcohol (komt door Jude), 2 sigaretten (dat kan iedereen overkomen, betekent niet dat ik weer ben gaan roken), 1765 calorieën, 2 krasloten.

Jude verteld over dat innerlijk-evenwichtgedoe, interessant, zei ze, zij had methode gelezen met Zen. Zei dat je, als je het goed bekeek, Zen overal op kon toepassen: Zen en de kunst van het winkelen, Zen en de kunst van het huizenkopen, enz. Ze zei dat het eerder een kwestie was van stromen dan van strijden. En als je bijvoorbeeld moeilijkheden had of dingen lukten niet, dan moest je niet gestresst raken of kwaad worden, maar je juist ontspannen en je mee de Stroom in laten drijven en dan kwam alles weer goed. Het is net alsof je, zei ze, een deur niet open kunt krijgen; wanneer je woedend met de sleutel gaat wrikken wordt het erger, maar als je hem eruit haalt, er wat lippengloss op smeert en dan verder op je gevoel vertrouwt: hopla! Maar moest er niet met Sharon over praten want die vindt het allemaal lulkoek.

DONDERDAG 6 APRIL

Met Jude rustig wat gaan drinken om het nog eens over de Stroom te hebben. Bespeurde een vertrouwde figuur in net pak, met knap, donker, breipatronenhoofd, die in een hoekje zat te eten. Jeremy van Magda. Wuifde naar hem, en zag fractie van seconde uitdrukking van afgrijzen op zijn gezicht, zodat ik meteen keek met wie hij was: a) niet Magda, b) onder de dertig, c) pakje aan dat ik twee keer heb gepast bij Whistles en uit moest trekken want te duur. Wat een spook!

Ik zag dat Jeremy eronderuit probeerde te komen met die blik van 'o, hallo, maar nu even niet', die de oude, innige, eeuwigdurende vriendschap erkent maar tevens laat zien dat dit niet het juiste moment is haar met kussen en intieme gesprekken te bevestigen. Ik wilde het spelletje wel meespelen, maar dacht toen: ho, wacht eens even! We zijn zussen! Zo goed als! Magda! Als Magda's man zich er niet voor hoeft te generen dat hij met die waardeloze del in míjn pakje zit te eten, dan kan hij me netjes aan haar voorstellen.

Ik maakte met opzet een omweg langs zijn tafel, waarop hij onderdook in een intens gesprek met de del. Toen ik langsliep, keek hij op met een zelfverzekerd glimlachje, alsof hij wilde zeggen 'zakenbijeenkomst'. Ik keek terug met een blik van 'zakenbijeenkomst, je kammewat', en schreed verder.

Maar wat moet ik nou? O, god! Het aan Magda vertellen? Het niet aan Magda vertellen? Magda opbellen en vragen of alles in orde is? Jeremy opbellen en hem vragen of alles in orde is? Jeremy opbellen en dreigen het aan Magda te vertellen tenzij hij dat spook in mijn pakje laat vallen? Me er niet mee bemoeien?

Ik dacht aan Zen, Kathleen Tynan en het Innerlijk Evenwicht en voerde een soort Begroeting van de Zon uit die ik me herinnerde van lang vervlogen yogalessen, ik concentreerde me en richtte me op het innerlijk wiel, totdat de Stroom kwam. Toen nam ik het vreedzame besluit niets te zeggen want roddel is een kwaadaardig, om zich heen grijpend gif. Ik zal in plaats daarvan Magda vaak opbellen en voor haar klaarstaan zodat ze, als er wat mis is (wat ze natuurlijk meteen voelt met haar vrouwelijke intuïtie), het mij vertelt. En als ik dan aan de Stroom voel dat dat de juiste handelwijze is, vertel ik haar wat ik gezien heb. Strijd levert niets van waarde op; het gaat allemaal om de Stroom. Zen en de kunst van het leven. Stroom. Hmmmm. Maar dan moet het ook door de Stroom komen dat ik Jeremy en de waardeloze del tegen het lijf ben gelopen. Hoe zit dat dan?

DINSDAG 11 APRIL

55,5 kg, 0 eenheden alcohol, 0 sigaretten, 9 krasloten (daar moet ik mee ophouden).

Met Magda en Jeremy schijnt niets aan de hand zijn, dus misschien was het alleen maar een zakenbijeenkomst. Misschien klopt het wel, van Zen en Stroom, want er is geen twijfel mogelijk dat ik het juiste heb gedaan, door me te ontspannen en me door de vibraties te laten meevoeren. Ben uitgenodigd voor chique lancering van *Kafka's Motorbike*, volgende week in de Ivy, met allerlei literaire topfiguren. Vastbesloten me niet druk te maken voor dat enge feestje, me er niet bevend van angst doorheen te werken om dan aangeschoten en gedeprimeerd naar huis te gaan: ik ga wat doen aan mijn sociale vaardigheden en mijn zelfvertrouwen, zodat ik kan Genieten van Feestjes, volgens de regels die ik net in een tijdschrift heb gelezen.

Klaarblijkelijk is Tina Brown van de *New Yorker* geweldig op feestjes, ze glijdt beeldschoon van de ene groep naar de andere en roept: 'Martin Amis! Nelson Mandela! Richard Gere!' waarmee ze wil zeggen 'wat geweldig dat ik jóú hier ontmoet' en 'heb je de meest fantastische gast hier, op jou na, al ontmoet' en 'praat toch met elkaar! Maak contact! Dááááág!' Was ik maar meer zoals Tina Brown; ik wil alleen niet zo hard werken natuurlijk.

Het artikel staat vol nuttige tips. Je moet op een feestje blijkbaar nooit langer dan twee minuten met iemand praten. Als je tijd voorbij is, zeg je gewoon: 'Ik geloof dat we moeten circuleren. Leuk even met je gepraat te hebben,' en je verdwijnt. Als je niet meer weet wat je moet zeggen nadat je iemand hebt gevraagd wat hij doet, en hij heeft geantwoord 'begrafenisondernemer' of 'ik werk voor Kinderhulp', dan vraag je eenvoudig: 'Is dat leuk?' Wanneer je mensen aan elkaar voorstelt, geef je attent een paar inlichtingen over ieder van hen, zodat ze een uitgangspunt voor een gesprek hebben. Bijvoorbeeld: 'Dit is John, hij komt uit Nieuw-Zeeland en hij houdt van windsurfen.' Of: 'Gina is dol op parachutespringen en ze woont op een woonboot.'

Het belangrijkste is dat je nooit naar een feestje moet gaan zonder een duidelijk doelstelling, of het nu gaat om het uitbreiden van je 'netwerk', zodat nieuwe contacten je loopbaan kunnen bevorderen, om vriendschap te sluiten met iemand die je op het oog hebt, of om een voordelige transactie af te sluiten. Snap nu waarom ik het altijd fout heb gedaan: ging naar feestjes met als enig doel niet al te dronken te worden.

MAANDAG 17 APRIL

56 kg, 0 eenheden alcohol (z.g.), 0 sigaretten (z.g.), 5 krasloten (maar £2 gewonnen dus totale kosten loten maar £3).

Oké. Morgen dus *Kafka's Motorbike*. Ga zo meteen duidelijke doelstellingen formuleren. Over een minuut of wat. Eerst reclame kijken, dan Jude bellen.
Oké.

1. Niet te veel zuipen.
2. Me erop richten mensen te ontmoeten om contacten mee te leggen.

Hmmm. Nou ja, straks bedenk ik nog wel wat.

23.00 Oké.

3. De sociale vaardigheden uit het artikel in de praktijk brengen.
4. ~~Daniel laten denken dat ik innerlijk evenwicht heb zodat hij weer met me wil. Nee. Nee.~~
4. ~~Stuk ontmoeten en met hem naar bed~~.
4. Interessante contacten leggen in de uitgeverswereld en mogelijk in andere werelden, om nieuwe baan te vinden.

O, god, ik wil niet naar dat enge feestje. Wil thuisblijven met fles wijn en *Eastenders* kijken.

DINSDAG 18 APRIL

57 kg, 7 eenheden alcohol (help), 30 sigaretten, (moet er niet aan denken hoeveel) calorieën, 1 kraslot (uitstekend).

Feestje begon slecht want ik zag niemand die ik aan iemand kon voorstellen. Haalde een drankje en ontdekte toen Perpetua die stond te praten met James van de *Telegraph*. Ging vol vertrouwen op Perpetua af, klaar om tot actie over te gaan, maar Perpetua zei helemaal niet 'James, dit is Bridget, ze komt uit Northamtonshire en is dol op fitness' (ga gauw weer beginnen). Ze praatte gewoon door – veel langer dan twee minuten – en negeerde me.

Ik bleef een poosje hangen en voelde me een ontzettende sukkel, maar zag toen Simon van Marketing. Heel sluw deed ik net of ik helemaal niet van plan was geweest me in Perpetua's gesprek te mengen, en ik stapte doelbewust op Simon af, met het plan om te zeggen: 'Simon Barnett!' precies zoals Tina Brown. Maar toen ik bijna bij hem was zag ik dat Simon jammer genoeg met Julian Barnes stond te praten. Omdat ik vreesde dat het me niet echt goed af zou gaan om 'Simon Barnett! Julian Barnes!' te roepen op de vereiste uitgelaten toon, hield ik aarzelend mijn pas in en begon me steels terug te trekken, maar op dat ogenblik zei Simon met een geërgerde, hooghartige stem (die hij gek genoeg nooit opzet wanneer hij je probeert te versieren bij het kopieerapparaat): 'Wilde je wat vragen, Bridget?'

'Eh, ja!' zei ik, in doodsnood zoekend naar iets wat ik zou kunnen vragen. 'Eh.'

'Nóú?' Simon en Julian keken me vol verwachting aan.

'Weet jij waar de toiletten zijn!' bracht ik uit. Verdomme. Verdomme. Waarom toch? Waarom zei ik dat nou? Ik zag een glimlachje om de dunne maar aantrekkelijk lippen van Julian Barnes verschijnen.

'O, ik geloof dat ze daar ergens zijn. Fijn. Bedankt,' zei ik en ik beende naar de uitgang. Aan de andere kant van de klapdeuren leunde ik krachteloos tegen de muur en probeerde op adem te komen. Evenwicht, dacht ik, innerlijk evenwicht. Het viel niet te ontkennen dat het tot nu toe niet zo best ging.

Ik keek verlangend naar de trap. Naar huis gaan om in mijn pyjama tv te kijken kwam me opeens onweerstaanbaar voor. Maar ik dacht aan de Doelstellingen, haalde diep adem door mijn neus, prevelde 'innerlijk evenwicht' en ging de klapdeuren weer door, terug naar het feest. Perpetua stond nog altijd bij de deur, in gesprek met haar afgrijselijke vriendinnen Piggy en Arabella.

'Zo, Bridget,' zei ze, 'ga je soms een drankje halen?' en ze stak me haar glas toe. Toen ik terugkwam met drie glazen wijn en een mineraalwater stonden ze onstuitbaar te kakelen.

'Ik moet zeggen, ik vind het een schande. Het betekent in deze tijd alleen maar dat een hele generatie mensen de grote literaire werken – Austen, Eliot, Dickens, Shakespeare enzovoort – alleen maar leert kennen via de televisie.'

'Precies. Het is absurd. Het is misdadig.'

'Als ze zitten te zappen tussen *Noel's House Party* en *Blind Date* door, dan denken ze dat wat zij zien, werkelijk Austen of Eliot is.'

'*Blind Date* is op zaterdag,' zei ik.

'Pardon?' zei Perpetua.

'Op zaterdag. *Blind Date* is op zaterdag om kwart over zeven, na *Gladiators*.'

'O, werkelijk?' zei Perpetua op hatelijke toon, met een zijdelingse blik op Piggy en Arabella.

'Die verfilmingen van grote literaire werken worden meestal niet op zaterdagavond uitgezonden.'

'O, kijk, daar komt Mark,' onderbrak Piggy mij.

'O, jeetje, ja zag,' zei Arabella met loerende blikken. 'Hij is van zijn vrouw af, is het niet?'

'Ik wilde zeggen dat er tijdens die literaire meesterwerken meestal niets goeds op een andere zender is, zoals *Blind Date*, dus ik denk niet dat veel mensen dan aan het zappen zijn.'

'O? Dus *Blind Date* is iets "goeds"?' hoonde Perpetua weer.

'Ja. Erg goed.'

'En je weet toch wel dat *Middlemarch* oorspronkelijk een boek is, hè, Bridget, en geen soapserie?'

Ik haat Perpetua als ze zo doet. Stomme ouwe vette windbuil.

'Gut, ik dacht dat het shampooreclame was,' zei ik nijdig. Ik greep een handvol satéstokjes van een voorbijkomende schaal en stak die in mijn mond. Toen ik opkeek, stond er donkerharige man in een pak pal voor mijn neus.

'Hallo, Bridget,' zei hij. Ik deed bijna mijn mond open om alle sateetjes eruit te laten vallen. Het was Mark Darcy, maar zonder die Frank Bough-achtige, diagonaal geruite trui aan.

'Hallo,' zei ik met volle mond, en ik probeerde kalm te blijven. Toen dacht ik aan mijn artikel en ik draaide me om naar Perpetua.

'Mark. Dit is Perpetua en zij...' begon ik, en stokte. Wat moest ik zeggen? Perpetua is erg dik en doet niets anders dan mij op mijn kop zitten? Mark is erg rijk en heeft een ex-vrouw van een wreed ras?

'Nou?' zei Mark.

'... is mijn cheffin en ze is bezig een appartement te kopen in Fulham, en Mark,' zei ik wanhopig tegen Perpetua, 'is een belangrijk voorvechter van de mensenrechten.'

'O, hallo, Mark. Ik heb natuurlijk veel over je gehoord,' bruiste Perpetua, net of zij Prunella Scales was in *Fawlty Towers*, en hij de hertog van Edinburgh.

'Ha die Mark,' zei Arabella, met haar ogen wijd opengesperd en betoverend (dacht zij waarschijnlijk) met haar wimpers knipperend, 'heb je in geen eeuwigheid gezien. Hoe heb je het gehad in de Big Apple?'

'We hadden het net over culturele hiërarchieën,' galmde Perpetua. 'Bridget is zo iemand die het moment waarop *Blind Date* weer op het scherm verschijnt gelijkstelt met "hurl my soul from heaven" uit de monoloog van Othello,' zei ze schaterlachend.

'O, maar dan is Bridget duidelijk een belangrijk postmoderniste,' zei Mark Darcy. 'Dit is Natasha,' zei hij toen, met een gebaar naar een lang, slank, aantrekkelijk meisje dat naast hem stond. 'Natasha is een belangrijk advocate.'

Ik had het gevoel dat hij me voor gek probeerde te zetten; hoe durfde hij!

'Ik moet zeggen,' zei Natasha, met een alwetende glimlach, 'bij die klassieke verfilmingen vind ik altijd dat mensen eerst zouden moeten bewijzen dat ze het boek gelezen hebben, voordat ze naar de televisieserie mogen kijken.'

'O, ja, daar ben ik het helemáál mee eens,' zei Perpetua, onder het uitstoten van nog meer briesend gelach. 'Wat een geweldig goed idee!'

Ik zag hoe ze bij zichzelf Mark Darcy en Natasha een plaatsje gaf aan haar eettafel, tussen al haar Pooh's en Piggy's.

'Ze hadden het Wereldcup-deuntje moeten verbieden,' loeide Arabella, 'totdat bewezen was dat iedereen een keer de hele *Turandot* had uitgezeten.'

'Maar in veel opzichten,' zei die Natasha van Mark, plotseling ernstig, alsof ze bang was dat het gesprek helemaal de verkeerde kant op ging, 'is de democratisering van onze cultuur natuurlijk iets góéds...'

'Behalve dan in het geval van onze meneer Dikkop, die ze door hadden moeten prikken bij zijn geboorte,' gilde Perpetua.

Toen ik onwillekeurig naar haar achterwerk keek, en dacht: moet zij nodig zeggen, betrapte ik Mark Darcy erop dat hij hetzelfde deed.

'Maar waar ik ernstige bezwaren tegen heb...' zei Natasha, haar gezicht zenuwachtig verkrampt, alsof ze aan een universitaire debatingwedstrijd meedeed, '... is dat... dat arrogante individualisme dat veronderstelt dat elke nieuwe generatie de wereld opnieuw kan scheppen.'

'Maar dat dóén ze toch ook,' zei Mark Darcy vriendelijk.

'O, nou ja, als je het op dat niveau bekijkt,' zei Natasha in haar wiek geschoten.

'Niveau?' zei Mark Darcy. 'Het is geen niveau, het is gewoon een gezonde constatering.'

'Nee. Nee hoor, het spijt me, maar nu zeg je met opzet stupiditeiten,' zei ze, terwijl ze vuurrood werd. 'Ik heb het niet over een vernieuwend deconstructionalisme, ik heb het over het vernietigend cultuurvandalisme.'

Mark Darcy keek alsof hij elk moment in lachen uit kon barsten.

'Ik bedoel, als je op die opgefokte, moraal-relativistische toer gaat van "*Blind Date* is een geweldig programma" en zo, ja dan...' zei ze, met verwijtende blikken in mijn richting.

'Maar dat doe ik niet, ik vind *Blind Date* gewoon leuk,' zei ik. 'Hoewel ik het beter zou vinden als de gelukkigen zelf de antwoorden op de vragen moesten bedenken, in plaats van die stomme kant-en-klaar-antwoorden, vol grapjes en seksuele toespelingen, af te lezen van een briefje.'

'Je hebt absoluut gelijk,' viel Mark me bij.

'Maar ik haat *Gladiators*,' zei ik, 'dan voel ik me dik. Hoe dan ook. Leuk jullie even gesproken te hebben. Dag!'

Ik stond net op mijn jas te wachten en te bedenken hoeveel invloed de afwezigheid van zo'n diagonaal geruite trui toch had op iemands aantrekkelijkheid, toen iemand licht zijn hand om mijn middel legde.

Ik draaide me om. 'Daniel!'

'Jones! Wat is dit? Waarom sluip je zo vroeg weg?' Hij boog zich naar me toe, kuste me, 'mmmm, wat ruik je lekker', en bood me toen een sigaret aan.

‘Nee, dank je. Ik heb mijn innerlijk evenwicht gevonden en rook niet meer,’ zei ik op een *Vrouwen van Stepford*-achtige robottoon, en ik zou willen dat Daniel niet zo aantrekkelijk was wanneer je alleen met hem was.

‘O, zo,’ meesmuilde hij, ‘innerlijk evenwicht.’

‘Ja,’ zei ik tuttig. ‘Was jij ook op het feest? Ik heb je helemaal niet gezien.’

‘Dat weet ik. Maar ik jou wel. Je stond met Mark Darcy te praten.’

‘Hoe ken jij Mark Darcy?’ vroeg ik verbaasd.

‘Cambridge. Kan die zak niet uitstaan. Ontzettend oud wijf is het. Hoe ken jij hem eigenlijk?’

‘Hij is de zoon van Malcolm en Elaine Darcy,’ begon ik, en ik voegde er bijna aan toe: je ként Malcolm en Elaine toch nog wel, hè, schat? Ze kwamen bij ons toen we in Buckingham woonden...

‘Wie zijn in vredesnaam...’

‘Vrienden van mijn ouders. Ik speelde altijd met hem in het kikkerbadje.’

‘Ja, dat zal best, kleine sloerie,’ gromde hij. ‘Heb je zin om mee uit eten te gaan?’

Innerlijk evenwicht, sprak ik mijzelf toe, innerlijk evenwicht.

‘Toe nou, Bridge,’ zei hij, en hij boog zich verleidelijk over me heen. ‘Ik moet eens ernstig met je praten over je bloesje. Het is namelijk erg dun. Als je goed kijkt, is het haast doorzichtig te noemen. Heb je er weleens aan gedacht dat je bloesje misschien last heeft van... boulimia?’

‘Ik heb een afspraak,’ fluisterde ik wanhopig.

‘Kom op, Bridge.’

‘Nee,’ zei ik, met een vastbeslotenheid waar ik zelf nogal verbaasd van stond.

‘Jammer,’ zei hij zachtjes. ‘Tot maandag dan,’ en hij keek me zo smerig aan dat ik zin had me op hem te storten en te roepen: Pak me! Pak me!

23.00 Net Jude gebeld om haar over het gebeurde met Daniel te vertellen, en ook over de zoon van Malcolm en Elaine Darcy, die mam en Una aan mij hadden willen koppelen op het kalkoenenpartijtje, en die op het feest was opgedoken en er aantrekkelijk had uitgezien.

'Wacht eens even,' zei Jude, 'je bedoelt toch niet Márk Darcy, de advocaat?'

'Ja. Hoe... ken jij die ook al?'

'Nou, ja, dat wil zeggen, we hebben weleens met hem gewerkt. Hij is ontzettend aardig en aantrekkelijk. Ik dacht dat jij zei dat die vent bij dat kalkoenengedoe een echte flop was.'

Grrr. Misselijk mens!

ZATERDAG 22 APRIL

53,5 kg, 0 sigaretten, 0 eenheden alcohol, 1800 calorieën.

Historische, vreugdevolle dag: na achttien jaar er eindelijk in geslaagd onder de 54 kilo te komen. Geen fout van de weegschaal, maar bevestigd door spijkerbroek. Ik ben slank.

Er is geen goede verklaring voor. Afgelopen week ben ik twee keer wezen fitnessen; dat doe ik niet vaak, maar het is ook niet extreem. Ik heb normaal gegeten. Het is een wonder. Tom opgebeld, die zei dat ik misschien een lintworm had. Om eraf te komen, zei hij, moet je een kom warme melk en een potlood voor je mond houden. (Lintwormen houden kennelijk van warme melk. Ze zijn er gewoon dol op.) Dan je mond open doen, en als de kop van de worm verschijnt, hem zorgvuldig om het potlood wikkelen.

'Hoor eens,' zei ik tegen hem, 'deze lintworm hou ik. Ik ben erg op hem gesteld. Ik ben niet alleen slank, maar ik heb ook geen zin meer om te roken of wijn naar binnen te gieten.'

'Ben je soms verliefd?' vroeg Tom, op een achterdochtige en jaloerse toon. Zo doet hij altijd. Niet dat hij wat met mij wil, want hij is natuurlijk homoseksueel. Maar als je alleen bent dan is het laatste wat je wilt dat je beste vriend of vriendin een echte relatie aangaat met iemand anders. Ik pijnigde mijn hersens, en stokte toen ik een verbijsterende ontdekking deed. Ik ben niet meer verliefd op Daniel. Ik ben vrij.

DINSDAG 25 APRIL

53,5 kg, 0 eenheden alcohol (uitstekend), 0 sigaretten (z.z.g.), 995 calorieën (ga zo door).

Grrr. Vanavond naar Jude's feestje geweest, in strak zwart jurkje om figuur goed te laten uitkomen, z. vol van mezelf.

'God, gaat het wel goed met je?' vroeg Jude toen ik binnenkwam. 'Je ziet er zo moe uit.'

'Prima,' zei ik, verpletterd. 'Ik ben drie kilo afgevallen. Hoezo eigenlijk?'

'O, nee, niks. Ik dacht gewoon...'

'Wat? Wat?'

'Dat je een beetje te snel bent afgevallen in je... in je gezicht,' mompelde ze, en ze keek naar mijn inderdaad wat ingezakte decolleté.

Simon was al geen haar beter.

'Bridgiiiit! Heb je een sigaretje?'

'Nee. Ik ben gestopt.'

'O, godsamme. Geen wonder dat je er zo...'

'Zo wát?'

'O. Niks. Gewoon, je ziet er een beetje... getekend uit.'

En dat ging de hele avond zo door. Er is niets erger dan mensen die tegen je zeggen dat je er moe uitziet. Ze hadden net zo goed meteen kunnen zeggen dat ik eruitzie als een oud vod. Ik was zo trots op mezelf omdat ik niets dronk, maar naarmate de avond vorderde, en iedereen dronkener werd, begon ik me zo kalm en zelfgenoegzaam te voelen dat ik me er ook zelf aan begon te ergeren. Er begonnen de hele tijd mensen tegen me aan te lullen, terwijl ik helemaal geen zin had om ook maar een woord te zeggen, en dus alleen maar heel wijs en afstandelijk stond te kijken en te knikken.

'Heb je soms kamillethee?' zei ik op een gegeven moment tegen Jude, toen ze opgewekt hikkend voorbijwankelde. Ze kreeg een giechelbui, sloeg haar arm om me heen en viel om. Ik besloot om maar naar huis te gaan.

Daar aangekomen kroop ik in bed en legde mijn hoofd op het kussen, maar er gebeurde niets. Ik legde mijn hoofd dan weer hier neer, dan weer daar, maar het wilde nog steeds niet slapen. Normaal had ik allang geslapen, ronkend en wel, met allerlei angstaanjagende paranoïde dromen. Ik knipte het licht aan. Het was pas halftwaalf. Misschien moest ik nog iets gaan doen, zoals bijvoorbeeld... verstellen? Innerlijk evenwicht. De telefoon ging. Tom.

'Gaat het wel goed met je?'

'Ja. Prima. Hoezo?'

'Ik vond je een beetje, tja, een beetje duf vanavond. Iedereen zei dat je niet jezelf was.'

'Helemaal niet. Ik voelde me prima. Heb je wel gezien hoe slank ik ben geworden?'

Stilte.

'Tom?'

'Ik vond je er eerst beter uitzien, liefje.'

En nu voel ik me zo leeg en verbijsterd, alsof het tapijt onder mijn voeten vandaan is gerukt. Achttien jaar, achttien jaar weggegooid. Achttien jaar rekensommen met calorieën en veteenheden. Achttien jaar van lange bloezen en truien en achterwaarts de kamer uitlopen in intieme situaties om mijn achterste te verbergen. Miljoenen kwarkpunten en schaaltjes tiramisu, tientallen miljoenen plakken Emmentaler, allemaal laten staan. Achttien jaar strijd, opoffering en inspanning. En waarvoor? Achttien jaar, resultaat: moe en duf. Ik voel me net als een wetenschapper die ontdekt dat zijn levenswerk een grote vergissing is geweest.

DONDERDAG 27 APRIL

0 eenheden alcohol, 0 sigaretten, 12 krasloten (z.z. slecht maar heb me de hele dag niet gewogen noch aan diëten gedacht, z.g.).

Moet stoppen met die loten maar het probleem is dat ik best vaak iets win. De krasloten zijn beter dan die van de nationale loterij, want daarbij worden de nummers niet langer bekendgemaakt tijdens *Blind Date* (dat is er op het ogenblik niet), en bovendien zit er meestal niet één cijfer bij wat jij ook hebt, zodat je je zowel onmachtig als bedrogen voelt, terwijl je niets anders kunt doen dan je lot verfrommelen en het kwaad op de vloer gooien.

Met krasloten is het heel wat anders; dan heb je het gevoel dat je echt mee kunt doen, doordat je zes bedragen kunt openkrassen – dat is nog niet zo eenvoudig en je moet er echt handigheid in hebben – en je nooit het idee hebt dat je geen enkele kans had. Drie dezelfde bedragen betekent dat je wat wint, en ik heb gemerkt dat je er altijd heel dichtbij komt, vaak met wel twee gelijke bedragen van wel £50.000.

Hoe dan ook, je kunt je toch niet alle pleziertjes ontzeggen. Ik doe er maar vier of vijf per dag, en ik ga trouwens binnenkort stoppen.

VRIJDAG 28 APRIL

14 eenheden alcohol, 64 sigaretten, 8400 calorieën (z.g., maar had niet moeten tellen. Lijn-obsessie z. slecht), 0 krasloten.

Gisteravond om kwart voor negen, toen ik mijn bad liet vollopen voor mijn aromatherapie en mijn kamillethee zat te drinken, ging er opeens een autoalarm af. Ik heb in onze straat een campagne gevoerd tegen die onuitstaanbare alarminstallaties in auto's, die trouwens het omgekeerde effect hebben, omdat je auto eerder zal worden opengebroken door een boze buurtbewoner die een eind aan het lawaai wil maken, dan door een inbreker.

Maar in plaats van in razernij de politie te bellen bleef ik gewoon in- en uitademen met opengesperde neusgaten, en ik prevelde 'innerlijk evenwicht'. De bel ging. Ik pakte de intercom. Een chique klinkende blaatstem: 'Hij gaat godverdomme vréémd.' Toen hysterisch gesnik. Ik rende naar beneden, waar voor de voordeur een hard huilende Magda stond te prutsen onder het stuur van Jeremy's Saab-cabriolet, die onbeschrijfelijk harde toe-wie-toe-wie-tonen uitbraakte met knipperende lichten, terwijl de baby in zijn zitje lag te krijsen alsof hij door de huiskat werd vermoord.

'Zet dat ding af!' schreeuwde iemand boven uit een raam.

'Kan ik niet!' gilde Magda en ze rukte aan de motorkap.

'Jerrers!' krijste ze in de draagbare telefoon. 'Jerrers, overspelige klootzak! Hoe moet de motorkap van de Saab open!'

Magda is chique. Onze straat niet. Het is het soort straat waar nog posters hangen met 'Nelson Mandela moet vrij'.

'Ik kom godverdomme niet meer terug, klootzak die je bent!' gilde Magda. 'Zeg nou hoe je die godvergeten motorkap opendoet.'

Magda en ik zaten nu allebei in de auto en trokken aan alle hendels die we konden vinden, terwijl Magda af en toe een slok uit een fles Laurent-Perrier nam. Inmiddels had er zich een boze meute bij de auto verzameld. Even later kwam Jeremy aangebruld op zijn Harley Davidson. Maar in plaats van dat hij het alarm afzette, probeerde hij de baby uit zijn zitje op de achterbank te graaien terwijl Magda tegen hem krijste. Toen deed Dan, de Australische jongen die beneden mij woont, zijn raam open.

'Hai, Bridgit,' schreeuwde hij, 'er komt water door mijn plafond.'

'Shit, het bad!'

Ik rende naar boven maar toen ik bij mijn deur kwam, besefte ik dat ik hem achter me had dichtgeslagen met de sleutel aan de binnenkant. Ik begon er met mijn hoofd tegenaan te bonken, en gilde: 'Shit, shit, shit!'

Toen verscheen Dan in de gang. 'Chrisduz,' zei hij, 'neim een siggerit.'

'Dank je,' zei ik, er half op kauwend.

Na een paar sigaretten en een hoop gepruts met een creditcard konden we eindelijk naar binnen, om te constateren dat mijn hele appartement onder water stond. We konden de kranen niet dicht krijgen. Dan rende naar beneden en kwam terug met een Engelse sleutel en Schotse whisky. Hij slaagde erin de kranen dicht te draaien en begon toen te helpen het water op te dweilen. Toen stokte het autoalarm en we vlogen naar het raam, net op tijd om de Saab brullend te zien wegrijden, met de Harley Davidson op zijn hielen.

We begonnen allebei te lachen, we hadden inmiddels heel wat whisky achterovergeslagen. En toen, opeens, ik weet niet hoe het kwam, was hij me aan het kussen. Het was een vreemde situatie, qua etiquette, omdat ik zojuist zijn huis had laten onderlopen en zijn avond bedorven, dus ik wilde niet ondankbaar lijken. Ik weet wel dat dat hem niet de vrijheid gaf om mij lastig te vallen, maar eigenlijk was het een hele prettige complicatie, na al die drama's en het gedoe met het innerlijk evenwicht en zo. Maar toen verscheen er opeens een vent in een leren motorpak in de open deur, met een pizzadoos.

'Shid,' zei Dan, 'heilemaal vergeiten dat ik pizza had bestild.'

En dus aten we de pizza op en dronken een fles wijn en rookten nog meer sigaretten en namen nog meer whisky en toen probeerde hij me weer te kussen en ik brabbelde: 'Nee, nee, beter van niet,' waarop hij ontzettend raar ging doen en prevelde: 'O, Jeizus Chrisduz.'

'Wat is er?' vroeg ik.

'Ik ben getrouwd,' zei hij, 'maar, Bridgid, ik geloof dat ik van jou hou.'

Toen hij eindelijk weg was, zakte ik bevend op de vloer in elkaar, met mijn rug naar de voordeur, en ik rookte de ene peuk na de andere. 'Innerlijk evenwicht,' zei ik zwakjes, 'innerlijk evenwicht.' Toen ging de bel. Ik reageerde niet. Nog eens. Iemand hield zijn vinger erop. Ik nam de intercom op.

'Schat,' zei weer een andere dronken stem, die ik herkende.

'Donder op, Daniel,' siste ik.

'Nee. Laammenou uitleggen.'

'Nee.'

'Bridge. Laammenou binnen.'

Stilte. O, god. Waarom wil ik Daniel nou nog steeds?

'Ik hou van je, Bridge.'

'Ga weg. Je bent dronken,' zei ik met meer overtuiging dan ik in me had.

'Jones?'

'Wat?'

'Ik moet naar de wc.'

ZATERDAG 29 APRIL

12 eenheden alcohol, 57 sigaretten, 8489 calorieën (uitstekend).

Tweeëntwintig uur, vier pizza's, één Indiase afhaalmaaltijd, drie pakjes sigaretten en drie flessen champagne later, en Daniel is er nog steeds. Ik ben verliefd. Ik ben ook één, meer of alle van de volgende dingen:

a) terug op dertig per dag.
b) verloofd.
c) stom.
d) zwanger.

23.45 Net overgegeven. Hing boven de wc, en probeerde het zachtjes te doen zodat Daniel het niet zou horen, maar toen schreeuwde hij opeens uit de slaapkamer: 'Daar gaat je innerlijk evenwicht, molletje van me. Op de juiste plaats gedeponeerd, volgens mij.'

MEI

Aanstaande moeder

MAANDAG 1 MEI

0 eenheden alcohol, 0 sigaretten, 4200 calorieën (eet voor twee).

Denk serieus dat ik zwanger ben. Hoe hebben we zo stom kunnen zijn? Uit gelukzaligheid weer bij elkaar te zijn hebben Daniel en ik alle realiteitszin overboord gegooid, en als je één keer... nou ja, goed, ik wil er niet over praten. Vanmorgen voelde ik beslist ochtendmisselijkheid opkomen, maar het kon ook komen doordat ik gisteren, toen Daniel eindelijk was vertrokken, de volgende dingen heb gegeten om mezelf wat op te beuren:

2 pakjes gesneden Emmentaler.
1 liter vers geperst sinaasappelsap.
1 koude gepofte aardappel.
2 kwarkpunten (heel licht; mogelijk ook voor twee).
1 Milky Way (maar 125 calorieën. Gretige lichamelijke reactie op kwarktaart wees op suikerbehoefte baby).
1 Viennoise-dessertgeval met chocola en slagroom (baby gulzig en veeleisend).
Gestoomde broccoli (poging baby goed te voeden en niet meer te verwennen).
4 koude knakworsten (enige blikje in de kast, door zwangerschap te uitgeput om weer boodschappen te gaan doen).

O. Jezus. Merk dat ik me laat meeslepen door beeld van mezelf als jonge moeder in kleren van Calvin Klein, evt. met navelvrij truitje aan, die baby in de lucht gooit en voldaan glimlacht in reclamespot voor designer-gasfornuis, optimistische film, of iets dergelijks.

Op het werk was Perpetua vandaag zo afschuwelijk mogelijk, hing drie kwartier aan de telefoon met Desdemona over de vraag of gele muren mooi zouden staan bij de rolgordijnen, die rose-met-grijze volants hadden, of dat zij en Hugo moesten besluiten tot sang-de-boeuf met bloemenrand. Een heel kwartier lang zei ze niets anders dan 'absoluut waar... nee, absoluut... absoluut,' en kwam toen tot de slotsom: 'Maar in zekere zin zou je precies dezelfde argumenten kunnen aanvoeren voor het rood.'

Ik had niet eens de neiging om dingen aan haar hoofd vast te nieten, maar zat alleen gelukzalig te glimlachen, en te bedenken dat zulke dingen voor mij binnenkort niets meer zouden betekenen, wanneer ik eenmaal voor zo'n klein menselijke wezentje zou zorgen. Vervolgens ontdekte ik een heel nieuw arsenaal aan fantasieën over Daniel: Daniel met de baby in een draagzak, Daniel die zich na zijn werk naar huis spoedt, verrukt om ons beidjes roze en warm in het bad aan te treffen, en Daniel die, na een aantal jaren, een ongelooflijke indruk maakt op ouderavonden.

Maar toen kwam Daniel binnen. Hij heeft er nog nooit zo verschrikkelijk uitgezien. Het kon niet anders of hij was doorgegaan met drinken nadat hij gisteren bij mij was vertrokken. Hij wierp een korte blik op mij, met het gezicht van de man met de bijl. Opeens werden de fantasieën vervangen door beelden uit de film *Barfly*, met dat stel dat elkaar de hele tijd stomdronken en krijsend met flessen te lijf gaat, of uit *The Slobs* van Harry Enfield, met Daniel die gilt: 'Bridge. Dat jong. Brult se longe uit se lijf.'

En dan ik: 'Dàniel. Ik rauk net effe. 'n Segretje.'

WOENSDAG 3 MEI

58 kg (Oei. Baby groeit afschuwelijk, onnatuurlijk snel), 0 eenheden alcohol, 0 sigaretten, 3100 calorieën (maar voorn. aardappelen, o god).*
** Moet nu weer op gewicht letten, vanwege baby.*

Help. De hele maandag, en bijna de hele dinsdag, dacht ik wel dat ik zwanger was, maar ging er intussen van uit dat het niet echt zo was, net zoals wanneer je laat naar huis loopt en denkt dat je gevolgd wordt, maar wel weet dat je het je verbeeldt.

Maar dan grijpen ze je opeens bij je nek. En ik ben twee dagen over tijd. Daniel liet me de hele maandag links liggen, wachtte me toen om zes uur op en zei: 'Hoor eens, ik zit tot het einde van de week in Manchester. We zien elkaar zaterdagavond, oké?' Hij heeft niet gebeld. Ben alleenstaande moeder.

DONDERDAG 4 MEI

58,5 kg, 0 eenheden alcohol, 0 sigaretten, 12 aardappelen.

Naar drogist om stiekem zwangerschapstest te kopen. Net toen ik het meisje achter de kassa met gebogen hoofd het pakje toeschoof, en het betreurde dat ik mijn ring niet aan mijn trouwringvinger had geschoven, schreeuwde de drogist: 'Wilt u een zwangerschapstest?'

'Ssst!' siste ik, over mijn schouder kijkend.

'Wanneer had u ongesteld moeten worden?' bulderde hij. 'U kunt beter die blauwe nemen. Die laat zien of u zwanger bent, op de eerste dag dat u over tijd bent.'

Ik graaide de blauwe test uit zijn hand, betaalde (£8,95 godverdomme) en vluchtte naar buiten.

Vanochtend twee uur lang naar mijn handtas zitten staren alsof het een onontplofte bom was. Om halftwaalf kon ik het niet langer uithouden. Greep mijn tas, schoot de lift in en ging naar de wc's twee verdiepingen lager, om te voorkomen dat iemand die ik kende verdacht geritsel zou horen. Om de een of andere reden was ik plotseling razend op Daniel door dit hele gedoe. Het was ook zijn verantwoordelijkheid, en hij hoefde geen £8,95 uit te geven en zich te verstoppen in een toilet om op een stokje te plassen. Woedend maakte ik het pakje open, stopte het doosje en de hele mikmak in de vuilnisbak, en ging aan de slag. Erna legde ik het stokje ondersteboven op de achterrand van de wc, zonder te kijken. Drie minuten. Ik ging heus niet toekijken hoe mijn lot werd bezegeld door een traag opkomende blauwe streep. Op een of andere manier kwam ik door die honderdtachtig seconden heen, mijn laatste honderdtachtig seconden vrijheid, pakte het stokje op, en slaakte bijna een gil. Daar, in het venstertje, stond een blauwe streep, zo duidelijk als wat. Kreun! Kreun!

Nadat ik drie kwartier wezenloos naar het computerscherm had zitten staren en telkens als Perpetua me vroeg wat er aan de hand was, net had gedaan of ze een vetplant was, ging ik ervandoor. Ik ging naar buiten en belde in een telefooncel Sharon op. Die misselijke Perpetua. Als Perpetua per ongeluk zwanger zou zijn dan zou ze zo gesteund worden door de gevestigde orde dat ze binnen tien minuten door het middenpad van de kerk zou wandelen in een trouwjurk van Amanda Wakeley. Door al het verkeerslawaai kon ik me niet verstaanbaar maken voor Sharon.

'Wat? Bridget? Ik kan je niet horen! Heb je problemen met de politie?'

'Nee,' snotterde ik. 'Het blauw van de zwángerschapstest.'

'Jezus! Ik zie je over een kwartier in Café Rouge.'

Het was pas kwart voor een, maar ik vond dat een wodka met sinaasappelsap geen kwaad zou kunnen; het was immers een serieus noodgeval, maar toen dacht ik eraan dat het baby'tje geen wodka mocht. Terwijl ik zat te wachten voelde ik me een raar soort hermafrodiet, en had de meest tegenstrijdige gevoelens over de baby, alsof ik tegelijkertijd een man en een vrouw was. Aan de ene kant had ik kneuterige en sentimentele gedachten over Daniel, was ik heel zelfvoldaan dat ik een echte vrouw was – zo vruchtbaar! – en stelde me dat aanbiddelijke wezentje voor met zijn poezelige velletje en die schattige kleertjes van Ralph Lauren. Maar aan de andere kant dacht ik: o, god, mijn leven is voorbij, Daniel is een gestoorde dronkelap, hij vermoordt me, hij laat me vallen als hij het te weten komt. Nooit meer uit met de meisjes, winkelen, flirten, seks, flessen wijn, sigaretten. Ik word een weerzinwekkende opgeblazen ballon annex melkkoe, voor niemand meer aantrekkelijk, en kan geen enkele broek meer aan, vooral niet mijn splinternieuwe gifgroene spijkerbroek van Agnès B. Een dergelijke verwarring is, neem ik aan, de prijs die ik moet betalen, omdat ik een moderne vrouw ben geworden in plaats van de loop der natuur te volgen en op mijn achttiende te trouwen met Abnor Rimmington van bij de bushalte.

Sharon kwam, en onder de tafel door stak ik haar somber de zwangerschapstest toe, met zijn veelzeggende blauwe streep.

'Is dit hem?' vroeg ze.

'Natuurlijk,' foeterde ik, 'wat dacht je dan dat het was? Een draagbare telefoon?'

'Bridge,' zei ze, 'onnozele trut die je bent. Heb je de gebruiksaanwijzing niet gelezen? Er moeten twee strepen verschijnen. Deze laat alleen maar zien dat de test werkt. Eén streep betekent dat je níét zwanger bent, sufferd.'

Thuis boodschap van mijn moeder op antwoordapparaat. 'Lieverd, bel me meteen. Ik ben op van de zenuwen.'

Zij, op van de zenuwen!

VRIJDAG 5 MEI

57 kg (o, kut, me mijn hele leven gewogen, kan het niet meer laten, vooral niet na zwangerschapstrauma – moet een of andere therapie nemen), 6 eenheden alcohol (hoera!), 25 sigaretten, 1895 calorieën, 3 krasloten.

De hele ochtend lopen rondzwalken, rouwend om verloren baby, maar wat opgeklaard toen Tom belde met voorstel tussen de middag een bloody mary te gaan drinken om het weekeinde gezond te beginnen. Thuis kregelige boodschap van mijn moeder. Is naar gezondheidsboerderij en belt nog. Vraag me af wat er is. Waarschijnlijk bezweken onder een teveel aan chique cadeaus van minzieke aanbidders en aanbiedingen voor tv-baantjes van rivaliserende omroepen.

23.45 Daniel belde net uit Manchester.

'Goeie week gehad?' vroeg hij.

'Prima, dank je,' zei ik stralend. Prima! Dank je! Jawel. Ik heb ooit ergens gelezen dat rust het beste is wat een vrouw aan een man kan geven, en omdat we nog maar net echt wat met elkaar hebben kon ik hem dus beter niet bekennen dat ik me, zodra hij zijn hielen had gelicht, in een neurotische hysterie had gestort vanwege een spookzwangerschap.

O. Nou ja. Wat doet het ertoe. We zien elkaar morgenavond. Hoera! Tralala!

ZATERDAG 6 MEI, BEVRIJDINGSDAG

57,5 kg, 6 eenheden alcohol, 25 sigaretten, 3800 calorieën (maar vier herdenking van einde voedseltekorten), 0 juiste lotnummers (niet best).

Werd wakker op bevrijdingsdag in voortijdige hittegolf, probeer heftige gevoelens op te wekken i.v.m. einde oorlog, bevrijd Europa, geweldig, geweldig enz. enz. Maar om de waarheid te zeggen voel ik me er heel beroerd bij. 'Uit de boot gevallen', dat is geloof ik de uitdrukking die ik zoek. Ik heb geen opa's. Pappa is helemaal opgewonden vanwege een feest dat gehouden wordt in de tuin van de Alconbury's, en waar hij, om onduidelijke redenen, pannenkoeken gaat bakken. Mam gaat naar de straat waar ze is opgegroeid, in Cheltenham, voor een feestje met gefrituurde walvis, waarschijnlijk met Julio (godzijdank is ze niet met een Duitser weggelopen).

Niemand van mijn vrienden doet iets. Op een of andere manier zou dat verkeerd zijn, en al te geestdriftig, alsof we een positieve levensinstelling hebben, of stiekem proberen iets te annexeren wat ons eigenlijk niet aangaat. Ik bedoel, ik was nog niet eens een eitje toen de oorlog voorbij was. Terwijl iedereen aan het vechten en worteljam aan het maken was en wat al niet, was ik gewoon niets.

Een irritante gedachte. Ik overweeg mam te bellen om te vragen of zij al menstrueerde toen de oorlog voorbij was. Worden die eitjes één voor één geproduceerd, vraag ik me af, of liggen ze vanaf je geboorte in microgedaante opgeslagen totdat ze geactiveerd worden? Zou ik op een of andere manier als opgeslagen eitje het einde van de oorlog bespeurd kunnen hebben? Had ik maar een opa, dan kon ik tenminste de aardige kleindochter uithangen, en me erin verdiepen. O, val allemaal toch dood. Ik ga winkelen.

19.00 Ben twee keer zo dik geworden door de hitte, ik zweer het. Ik ga nooit meer in zo'n gemeenschappelijk paskamer. Bij Warehouse bleef er een jurk onder mijn oksels steken en ik wankelde rond met dat geval binnenstebuiten over mijn hoofd, eraan rukkend met mijn armen in de lucht, zodat de vetrollen op mijn buik en dijen uitgebreid bekeken konden worden door al die gniffelende vijftienjarigen. Toen ik het stomme ding naar beneden trok om eruit te stappen bleef het op mijn heupen steken.

Ik haat die gemeenschappelijke paskamers. Iedereen loert er stiekem naar elkaars lichaam, maar niemand kijkt elkaar ooit aan. Er zijn altijd van die meisjes die weten dat ze er in alles fantastisch uitzien, stralend rondspringen, met hun haar zwiepen, als een fotomodel voor de spiegel gaan staan en dan zeggen: 'Maakt dit me niet dik?' tegen hun onvermijdelijk zwaarlijvige vriendin, die er in alle kleren uitziet als een waterbuffel.

Het hele winkelen was hoe dan ook een ramp. Ik weet dat je gewoon een paar tijdloze dingen moet kopen van Nicole Farhi, Whistles en Joseph, maar die prijzen zijn zo schrikbarend dat ik dan maar weer naar Warehouse en Miss Selfridge vlucht, me daar in een stapel jurken van £34,99 stort die ik niet meer uitkrijg, vervolgens kleren koop bij Marks & Spencer omdat ik die niet hoef te passen en ik dan tenminste met iets thuiskom.

Ik heb nu vier dingen gekocht die ik niet kan dragen en die me niet staan. Het ene zal twee jaar lang in een Marks & Spencer-tas achter de stoel in de slaapkamer blijven staan. De andere drie zullen geruild worden voor tegoedbonnen bij Boules, Warehouse, enz., die ik vervolgens zal verliezen. Ik heb hiermee £119 verkwist, waar ik iets echt goeds voor had kunnen kopen van Nicole Farhi, bijvoorbeeld zo'n heel klein T-shirtje.

Het is allemaal voor straf, besef ik, omdat ik in mijn materialistische oppervlakkigheid zo bezeten ben van winkelen, in plaats van de hele zomer hetzelfde kunstzijden jurkje te dragen en een naad te tekenen op de achterkant van mijn benen, en ook omdat ik niet meedoe aan de bevrijdingsfeesten. Misschien moet ik Tom bellen en een leuk feestje organiseren voor Bank Holiday. Kun je ook een namaak, ironisch bedoeld bevrijdingsfeestje hebben, zoals bij het Koninklijk Huwelijk? Nee. Nee, want je kunt niet ironisch doen over dode mensen. En dan krijg je ook dat gedoe met vlaggen. Een heleboel van Toms vrienden waren altijd anti-nazi, en als er Britse vlaggen hingen zouden ze denken dat dat betekende dat we skinheads verwachtten. Ik vraag me af wat er gebeurd zou zijn als onze generatie een oorlog had meegemaakt. Nou ja. Tijd voor een slokje van het een of ander. Daniel komt zo. Ga maar eens aan de slag.

23.59 Jezus Mina. Verstop me in de keuken met een sigaret. Daniel slaapt. Eigenlijk denk ik dat hij doet alsof. Volslágen stompzinnige avond. Heb beseft dat onze hele verhouding tot dusver gebaseerd was op de veronderstelling dat een van ons tweeën zich moet verzetten tegen seks. Samen een avond doorbrengen in de verwachting dat we op een gegeven moment met elkaar naar bed zouden gaan, was bepaald een bizarre ervaring. We zaten naar het bevrijdingsprogramma op de televisie te kijken en Daniel had zijn arm ongemakkelijk om mijn schouders gelegd, net twee veertienjarigen in de bioscoop. Zijn arm drukte pijnlijk tegen mijn nek maar ik durfde niet te vragen of hij hem weg wilde halen. Toen we het onderwerp bedtijd niet langer konden ontwijken gingen we heel vormelijk en Engels doen. In plaats van elkaar als beesten de kleren van het lijf te rukken stonden we daar keurig te zeggen: 'Ga jij maar eerst naar de badkamer.'

'O, nee. Ga jij maar eerst.'

'Nee, nee, nee, jij eerst.'

'Nee. Jij, ik sta erop.'

'Nee, nee. Geen sprake van. Ik zal even een gastendoekje voor je pakken en een paar schelpvormige minizeepjes.'

En tot slot lagen we naast elkaar zonder elkaar aan te raken, net Morecambe en Wise, of John Noakes en Valerie Singleton in het Blue Peter House. Als God bestaat, dan zou ik Hem nederig willen verzoeken – innig dankbaar als ik Hem ben dat hij Daniel onbegrijpelijkerwijze plots tot iets regelmatigs heeft gemaakt na al die gevoelsarme zakkigheid – ervoor te zorgen dat hij niet meer in bed stapt met pyjama en leesbril, vervolgens 25 minuten naar een boek staart, dan het licht uitdoet en zich om-

draait, en om hem weer te veranderen in dat naakte geile seksbeest dat ik vroeger kende en van wie ik hield.
Ik dank U, Heer, voor Uw vriendelijke aandacht in deze.

ZATERDAG 13 MEI

57 kg, 1 pond en 3 ons, 7 sigaretten, 1145 calorieën, 5 krasloten (£2 gewonnen dus totale kosten krasloten maar £3, z.g.), echte loten £2, aantal correcte cijfers 1 (al beter).

Hoe kan ik nu maar 3 ons zijn aangekomen na die orgie van overconsumptie gisteravond?

Misschien werkt voedsel op je gewicht net zoals knoflook op je adem, als je een paar hele bollen eet, stink je helemaal niet, dus als je een gigantische hoeveelheid eet kom je niet aan. Een merkwaardig opbeurende theorie, maar z. slecht voor situatie hoofd. Wou dat ik het kon wegbrengen voor grondige opknapbeurt. Maar heb het er wel voor over. Had heerlijke avond vol dronken feministisch gebral met Sharon en Jude.

Onvoorstelbare hoeveelheden voedsel en wijn verslonden, daar die gulle wijven niet alleen ieder een fles wijn bij zich hadden, maar ook nog allerlei extraatjes van Marks & Spencer. Dus boven op het driegangenmaal (plus twee flessen wijn, één bubbels, één wit) dat ik al bij M&S gekocht had (ik bedoel, klaargemaakt, hele dag slovend boven gloeiend gasfornuis) aten we ook nog:

1 bakje kekererwtenpuree + pak mini-pittabroodjes
12 gerookte zalm/roomkaas-cups
12 minipizza's
1 frambozenpavlova
1 tiramisu (reuzenverpakking)
2 plakken Zwitserse chocola

Sharon was helemaal in vorm. Al om 20.35 gilde ze: 'Klootzakken zijn het!' terwijl ze driekwart glas Kir Royale door haar keelgat goot. 'Stomme, zelfgenoegzame, arrogante, manipulerende, karakterloze klootzakken. Ze leven in een geïsoleerde wereld van mannenrechten. Geef me eens zo'n minipizza.'

Jude was een beetje down omdat Ranzige Richard, met wie het op het ogenblik uit is, haar steeds belt en allerlei verleidelijke dingetjes zegt waaruit zou blijken dat hij haar terug wil, zodat hij haar aan het lijntje kan houden, maar intussen zichzelf indekt door te zeggen dat hij alleen maar 'vrienden' wil blijven (ook zo'n bedrieglijke en vergiftigde formule). Maar gisteravond belde hij weer en vroeg haar op een ongelooflijk irritante, hooghartige toon of ze naar het feestje van een gemeenschappelijke kennis ging.

'O, nou, in dat geval kom ik maar niet,' zei hij. 'Nee. Dat zou echt niet eerlijk zijn tegenover jou. Ik zou namelijk een eh... soort vriendin meebrengen. Het betekent niets, hoor. Gewoon een meid die stom genoeg is om zich een week of wat door mij te laten neuken.'

'Wát?' barstte Sharon uit, terwijl het bloed haar naar de wangen steeg. 'Dat is wel het walgelijkste wat ooit heb horen zeggen over een vrouw. Wat een arrogante zák! Hoe durft hij te denken dat hij jou maar kan behandelen zoals het hem uitkomt, onder het mom van vriendschap, om dan de slimmerik te spelen en jou van streek te maken met die achterlijke nieuwe relatie. Als hij zich echt wat gelegen liet liggen aan jouw gevoelens dan hield hij zijn bek en kwam hij alleen naar dat feestje, in plaats van jou dat wijf onder je neus te douwen.'

'Wat je vrienden noemt! Bah. Vijanden zul je bedoelen!' schreeuwde ik opgetogen, terwijl ik nog een Silk Cut opstak en een paar zalmcupjes nam. 'Wat een klootzak!'

Rond halftwaalf was Sharon niet meer te stuiten.

'Tien jaar geleden werden de mensen die om het milieu gaven uitgelachen; dat waren geitenharen-sokkentypes, en moet je nou eens kijken hoeveel macht de groene consument heeft,' schreeuwde ze, terwijl ze met haar vingers de tiramisu zo uit de bak at. 'In de komende jaren zal hetzelfde gebeuren met het feminisme. Mannen zullen niet langer hun gezinnen en hun menopauzelende vrouwen in de steek laten voor jonge minnaressen, of proberen vrouwen op te vrijen met stoere verhalen over alle andere vrouwen die zich aan hun voeten werpen, of proberen een vrouw in bed te krijgen zonder het minste gevoel of verantwoordelijkheid, omdat de jonge minnaressen en vrouwen ze gewoon zullen vertellen dat ze op kunnen sodemieteren, zodat de mannen het zonder seks en zonder vrouwen zullen moeten doen tenzij ze leren zich behoorlijk te gedragen in plaats van de bedding van de vrouwenzee te vervuilen met de wrakken van hun WALGELIJKE, ZELFGENOEGZAME, KARAKTERLOZE GEDRAG.'

'Klootzakken,' gilde Jude, slurpend van haar Pinot Grigio.

'Klootzakken,' gilde ik met mijn mond vol franbozenpavlova vermengd met tiramisu.

'Verdomde klootzakken,' schreeuwde Jude, die een volgende Silk Cut opstak met het peukje van de vorige.

En toen ging de bel.

'Dat is vast Daniel, die verdomde klootzak,' zei ik. 'Ja? Wat moet je?' gilde ik door de intercom.

'O, hallo schat,' zei Daniel, met zijn vriendelijkste, beleefdste stem. 'Het spijt me echt dat ik je stoor. Ik heb eerst gebeld en een boodschap achtergelaten op je antwoordapparaat. Ik heb de hele avond vastgezeten in de vervelendste vergadering die je je voor kunt stellen, en ik wilde je zo graag zien. Ik geef je even een kusje, en dan ga ik weer, als je dat liever hebt. Kan ik boven komen?

'Pff. Nou, goed dan,' mopperde ik. Ik drukte op de zoemer en wankelde weer terug naar de tafel. 'Verdomde klootzak.'

'Mannenrechten,' gromde Sharon. 'Lekkere maaltijden, een toevluchtsoord, de lichamen van mooie jonge meisjes als ze zelf oud en dik zijn. Denken dat vrouwen er zijn om hun te geven waar ze goddomme recht op hebben... Hé, is er geen wijn meer?'

Toen verscheen Daniel boven aan de trap met een liefhebbende glimlach op zijn gezicht. Hij zag er moe uit, maar met een fris, gladgeschoren gezicht, en erg keurig in het pak. Hij had drie dozen bonbons in zijn hand.

'Ik heb er voor jullie allemaal een gekocht,' zei hij, met één wenkbrauw sexy opgetrokken, 'voor bij de koffie. Trek je vooral niets van mij aan. Ik heb boodschappen gedaan voor het weekeinde.'

Hij droeg acht plastic tassen van Cullens de keuken binnen en begon alles in de kastjes te zetten.

Op dat moment ging de telefoon. Het was het minitaxibedrijf dat de meiden een halfuur tevoren gebeld hadden. Ze zeiden dat er een verschrikkelijke kettingbotsing had plaatsgehad op Ladbroke Grove, en dat al hun auto's onverwacht geëxplodeerd waren en dat ze pas over drie uur bij mij konden zijn.

'Waar moeten jullie naar toe?' zei Daniel. 'Ik breng jullie wel thuis. Je kunt niet zo laat buiten rondhangen op zoek naar een taxi.'

De meiden holden zenuwachtig rond om hun tas te zoeken, en met een domme grijns naar Daniel begon ik alle bonbons met noot-, praline-, toffee- en caramelvulling uit mijn doos op te eten, met een verbijsterend mengsel van zelfgenoegzaamheid en trots vanwege mijn volmaakte nieuwe liefde, die de meiden duidelijk wel een smakelijk hapje vonden, en woede om de gewoonlijk weerzinwekkende seksistische dronkaard die ons feministische geraaskal had verstoord door als een idioot de volmaakte man te komen uithangen. Pfff. We zullen weleens zien hoe lang dat duurt, dacht ik toen ik zat te wachten tot hij ze had weggebracht.

Toen hij terugkwam, rende hij de trap op, nam me in zijn armen en droeg me de slaapkamer in.

'Je krijgt een extra chocolaatje omdat je zo mooi bent, zelfs als je aangeschoten bent,' zei hij, en hij haalde een in folie gewikkeld chocoladehart uit zijn zak. En toen... Mmmmmmm.

ZONDAG 14 MEI

19.00 Haat zondagavond. Lijkt wel huiswerkavond. Moet voor Perpetua kopij schrijven voor prospectus. Moet morgen af zijn. Ik denk dat ik eerst Jude even bel.

19.05 Geen gehoor. Grrr. Hoe dan ook, aan de slag.

19.10 Denk dat ik Sharon even bel.

19.45 Sharon was kwaad omdat ik belde. Ze kwam net binnen en stond op het punt om 1471 te bellen om erachter te komen of die knul met wie ze uit was geweest nog had opgebeld toen zij er niet was, en nu wordt mijn nummer opgeslagen in plaats van het zijne.

Ik vind 1471, waarmee je meteen weet wie je als laatste heeft opgebeld, een geweldige uitvinding. Het was eigenlijk een ironische situatie, want toen wij drieën voor het eerst over 1471 hoorden zei Sharon dat ze er faliekant op tegen was. Ze vond dat de telefoonmaatschappij de menselijke neiging tot verslaving en de epidemie van verbroken relaties onder de Britse bevolking uitbuitte. Sommige mensen draaien dat nummer kennelijk wel twintig keer per dag. Jude is daarentegen sterk vóór 1471, maar geeft toe dat het, als je het net hebt uitgemaakt met iemand of net bent begonnen met iemand naar bed te gaan, je ellende verveelvoudigt wanneer je thuiskomt: boven op ellende a) geen boodschap op antwoordapparaat, komt nog eens ellende b) opgeslagen nummer blijkt van moeder te zijn, of ellende c) helemaal geen nummer opgeslagen.

In Amerika krijgt je op het equivalent van 1471 blijkbaar alle nummers van degenen die je hebben opgebeld sinds de laatste keer dat je het gecontroleerd hebt, en ook hoeveel keer. Ik krijg de rillingen bij de gedachte dat mijn eigen bezeten draaien van Daniels nummer, in het begin, op die manier aan het licht zou komen. Het prettige hier is dat je, als je 141 draait voor het abonneenummer, jouw nummer niet wordt opgeslagen door de telefoon van de ontvanger. Jude zegt dat je toch voorzichtig moet zijn, want als je een bezeten passie hebt voor iemand die je per ongeluk opbelt wanneer hij thuis is, en dan neerlegt zonder dat er een nummer wordt opgeslagen, hij dan zou kunnen raden dat jij het bent geweest. Moet ervoor zorgen dat dit alles voor Daniel verborgen blijft.

21.30 Ben even sigaretten wezen halen om de hoek. Op weg naar boven hoorde ik de telefoon. Ik besefte opeens dat ik het antwoordapparaat niet had ingeschakeld nadat Tom had gebeld, vloog naar boven, kiepte tas leeg op vloer om sleutel te zoeken en stormde de kamer door naar de telefoon die toen ophield met rinkelen. Zat net op de wc toen telefoon opnieuw ging. Hield op toen ik er aankwam. Begon weer te rinkelen toen ik wegliep. Eindelijk opgenomen.

'O, hallo, lieverd, moet je horen!' Mam.

'Wat?' zei ik teleurgesteld.

'Je gaat met mij mee om je kleuren te laten vaststellen! En zeg toch niet steeds "wat", lieverd. Kleuren Maken Mooi. Ik kan het absoluut niet meer aanzien zoals jij erbij loopt in die grauwe vodden van je. Je lijkt wel iemand uit de tijd van Mao.'

'Mam, ik heb geen tijd om te praten. Ik verwacht...'

'Kom, Bridget. Niet dat idiote gedoe,' zei ze, met die stem van Djengiz Khan op zijn ergst. 'Mavis Enderby voelde zich altijd doodongelukkig in geelbruin en mosgroen. Nu heeft ze haar kleuren laten bepalen en is ze gehuld in fantastische nuances knalroze en flessengroen. Ze ziet er twintig jaar jonger uit.'

'Maar ik wil niet gehuld worden in nuances knalroze en flessengroen,' zei ik met op elkaar geklemde tanden.

'Mavis is namelijk een Wintervrouw, begrijp je, schat. En ik ben ook een Wintervrouw, maar jij bent misschien een Zomervrouw, zoals Una, en dan krijg je pastelkleuren. Dat kun je pas zien als ze de handdoek om je hoofd hebben gewikkeld.'

'Mam, ik ga niet naar Kleuren Maken Mooi,' siste ik wanhopig.

'Bridget, ik luister niet meer naar die onzin van je. Tante Una zei het laatst ook nog tegen me: als jij op het kalkoenenbuffet iets opvallenders en vrolijkers had gedragen dan had Mark Darcy vast wat meer interesse getoond. Geen enkele man wil een vriendin die erbij loopt alsof ze net uit Auschwitz komt, lieverd.' Dacht erover tegen haar op te scheppen dat ik, hoewel van top tot teen in grauwe lorren, een vriendje had, maar weerhouden door vooruitzicht dat mam dan over niets anders meer zou praten dan over Daniel en mij en meedogenloze vloed volkswijsheden over me uit zou storten. Slaagde er ten slotte in haar de mond te snoeren over Kleuren Maken Mooi door te zeggen dat ik erover zou denken.

DINSDAG 17 MEI

58 kg (hoera!), 7 sigaretten (z.g.), 6 eenheden alcohol (z.g. hoor, z. zuiver).

Daniel nog steeds adembenemend. Hoe kan iedereen zich nou zo in hem vergist hebben? Heb hoofd vol dromerige fantasieën over samenwonen en langs het strand rennen met kleintjes, net reclame van Calvin Klein, modieus Voldaan Getrouwd i.p.v. zo'n onnozele Vrije Meid. Heb nu afspraak met Magda.

23.00 Hmm. Aan het denken gezet door etentje met Magda, die z. depri is vanwege Jeremy. Die avond van het autoalarm en gillende ruzie bij mij in de straat was het resultaat van een opmerking van Woney Tuttemans, die beweerde dat zij Jeremy in de Harbour Club had gezien met een meisje, dat verdacht veel leek op die heks met wie ik hem weken geleden zag. Daarna vroeg Magda me doodleuk of ik iets had gehoord of gezien dus vertelde ik haar over die heks in het pakje van Whistles.

Bleek dat Jeremy had toegegeven dat hij iets had gehad met een meisje, tot wie hij zich erg aangetrokken had gevoeld. Hij beweerde dat hij niet met haar naar bed was geweest. Maar het zat Magda tot híér.

'Zolang je ongetrouwd bent, moet je eruit halen wat erin zit, Bridge,' zei ze. 'Als je eenmaal kinderen hebt, en je baan hebt opgegeven, dan ben je zo vreselijk kwetsbaar. Ik weet wel dat Jeremy vindt dat mijn leven één grote vakantie is, maar eigenlijk is het keihard werken, de hele dag voor een peuter en een baby zorgen, en het houdt nooit op. Als Jeremy uit zijn werk komt, wil hij uitpuffen en vertroeteld worden, en, zoals ik me nu steeds voorstel, fantaseren over meisjes in balletpakjes in de Harbour Club.

Ik had een goeie baan. Ik weet nu zeker dat het veel leuker is om naar je werk te gaan, je lekker op te tutten, te flirten met collega's en gezellig uit lunchen te gaan, dan naar die ellendige supermarkt te moeten en Harry op te halen van de peuterzaal. Maar Jeremy heeft altijd zo'n gekwetste houding alsof ik niets anders doe dan dure kleren kopen en lunchen, terwijl hij al het geld verdient.'

Magda is zo mooi. Ik zat naar haar te kijken terwijl ze vertwijfeld met haar champagneglas zat te spelen, en vroeg me af hoe het eigenlijk moet met ons, meiden. En dan zeggen ze nog dat een ander altijd alles beter heeft. Hoe vaak ben ik niet depressief in elkaar gestort omdat ik vind dat ik zo nutteloos ben en elke zaterdagavond stomdronken word en maar klaag tegen Jude en Shazzer of Tom dat ik geen vriendje heb. Ik worstel om de eindjes aan elkaar te knopen en word belachelijk gemaakt als een ongetrouwde rariteit, terwijl Magda in een groot huis woont met acht verschillende soorten pasta in glazen potten, en de hele dag kan winkelen. Maar daar zit ze dan, zo verslagen en ellendig en onzeker, en ze vindt dat ik bof...

'O, trouwens,' zei ze, wat opgewekter, 'over dure kleren gesproken, ik heb een fantastische hemdjurk gekocht van Joseph, rood, met twee knopen opzij aan de hals, heel mooi van snit, £280. God, ik wou dat ik net zo kon leven als jij, Bridge, en gewoon een verhouding kon beginnen. Of op zondag twee uur lang in een schuimbad liggen. Of de hele nacht wegblijven zonder dat iemand ergens naar vraagt. Je hebt zeker geen zin om morgenochtend met me te gaan winkelen, hè?'

'Eh... nou, ik moet naar mijn werk,' zei ik.

'O,' zei Magda, eventjes verbaasd. 'Weet je,' zei ze toen, spelend met haar glas champagne, 'als je eenmaal het idee hebt dat er een vrouw is op wie je man meer valt dan op jou, dan hou je het thuis niet goed meer uit. Dan stel je je de hele tijd van dat soort vrouwen voor die hij daarbuiten nog eens tegen het lijf zou kunnen lopen. Je voelt je dan nogal machteloos.'

Ik dacht aan mijn moeder. 'Je moet de macht grijpen,' zei ik, 'met een staatsgreep zonder bloedvergieten. Ga weer werken. Neem een minnaar. Laat Jeremy maar eens versteld staan.'

'Niet met twee kinderen onder de drie,' zei ze berustend. 'Ik heb dit gekozen, dus moet ik me er ook bij neerleggen.'

O, god. Zoals Tom eeuwig en altijd tegen me zegt, met zo'n grafstem, een hand op mijn arm en een angstaanjagende blik in zijn ogen: 'Het is de Vrouw die Bloedt.'

VRIJDAG 19 MEI

56 kg en $2^{1}/_{2}$ ons ($17^{1}/_{2}$ ons kwijtgeraakt in één nacht, moet iets gegeten hebben dat meer calorieën verteert dan het oplevert, bv. z. harde sla), 4 eenheden alcohol (redelijk), 21 sigaretten (slecht), 4 krasloten (niet z.g.).

16.30 Net toen Perpetua mij achter de vodden zat omdat ze op tijd weg wilde voor haar weekeinde bij de Trehearnes in Gloucestershire, ging de telefoon.

'Hallo, lieverd!' Mijn moeder. 'Moet je horen, je krijgt de kans van je leven!'

'Voor wát?' mompelde ik humeurig.

'Je komt op tv!' juichte ze en ik liet mijn hoofd met een klap op het bureau vallen.

'Morgen om tien uur kom ik met de cameraploeg bij je langs. O, lieverd, is het niet énig!'

'Mam, als jij met een cameraploeg naar mijn huis komt dan ben ik er niet.'

'O, maar je moet er zijn,' zei ze kil.

'Nee,' zei ik. Maar toen begon mijn ijdelheid de overhand te krijgen. 'Waarom eigenlijk? Wat is dat voor iets?'

'O, lieverd,' kirde ze, 'ze willen dat ik een wat jónger iemand interview voor die serie *Plotseling Alleen*, iemand die voor de menopauze zit en plotseling alleen is en wat kan zeggen over, nou ja, schat, je weet wel, de druk van de naderende kinderloosheid en dat soort dingen.'

'Moeder, ik zit niet voor de menopauze!' barstte ik los. 'En ik ben ook niet plotseling alleen. Ik ben plotseling de helft van een stel.'

'O, lieverd, doe niet zo mal,' siste ze. Ik hoorde kantoorgeluiden op de achtergrond.

'Ik heb een vriendje.'

'Wie is het?'

'Gaat je niets aan,' zei ik. Ik keek vlug over mijn schouder naar Perpetua, die vals zat te grijnzen.

'O, lieverd, alsjeblieft. Ik heb al gezegd dat ik iemand had gevonden.'

'Nee.'

'O, toe! Alsjeblíéft! Ik heb nog nooit van mijn leven carrière gemaakt en nu ben ik in de herfst van mijn leven en ik heb iets voor mezelf nodig,' ratelde ze alsof ze het oplas van een spiekbriefje.

'Maar als er nou iemand kijkt die ik ken? En trouwens, ze merken toch dat ik jouw dochter ben?'

Er viel een stilte. Ik hoorde haar met iemand op de achtergrond praten. Toen kwam ze terug en zei: 'We kunnen je gezicht uitvlakken.'

'Wat? Een zak over mijn hoofd? Bedankt.'

'In silhouet, lieverd. O, Bridget, alsjeblieft. Bedenk dat ik je het leven heb gegeven. Waar zou je zonder mij zijn? Nergens. Niets. Een dood eitje. Een luchtbel, lieverd.'

Het punt is dat ik altijd stiekem op tv heb willen komen.

ZATERDAG 20 MEI

58,5 kg (waarom? waarom? waar komt het vandaan?), 7 eenheden alcohol (maar zaterdag), 17 sigaretten (niet veel, gez. omstandigh.), 0 juiste lotcijfers (maar afgeleid door filmen).

Voor ze een halve minuut binnen waren, hadden de cameramannen al een paar wijnglazen in het tapijt getrapt, maar dat zijn dingen waar ik me niet zo druk om maak. Pas toen een van hen naar binnen kwam wankelen, 'pas op je rug' schreeuwend, met een gigantische lamp met flappen in zijn armen, toen brulde: 'Trevor, waar moet ik dit monster zetten?' vervolgens zijn evenwicht verloor, de lamp door de glazen deur van de keukenkast sloeg en een open fles olijfolie 'extra vergine' omstootte over mijn River Café-kookboek, besefte ik waar ik aan begonnen was.

Na drie uur waren ze nog altijd niet begonnen met filmen en ze liepen nog steeds rond te banjeren en te zeggen: 'Als je nou nog een pietsie deze kant op schoof, meid?' Toen we dan eindelijk begonnen, en moeder en ik in het halfduister tegenover elkaar zaten, was het bijna halftwee.

‘Vertel me eens,’ zei ze, met een zorgzame, begripvolle stem die ik nog nooit van haar had gehoord, ‘toen je man je in de steek liet, had je toen’ – ze fluisterde nu haast – ‘zelfmoordneigingen?’

Ik staarde haar ongelovig aan.

‘Ik begrijp dat dit pijnlijk voor je is. Als je denkt dat je het niet aankunt, dan stoppen we wel even,’ zei ze hoopvol.

Ik was zo woest dat ik geen woord uit kon brengen. Welke man?

‘Ik bedoel, het moet toch vreselijk zijn, geen zicht op een partner, en die biologische klok die maar door blijft tikken,’ zei ze, en ze gaf me onder de tafel een schop. Ik schopte terug en ze slaakte een kreetje van schrik.

‘Wil je geen kind?’ vroeg ze, terwijl ze me een tissue gaf.

Toen klonk er een luide proestlach aan de andere kant van de kamer. Ik had gedacht dat ik Daniel wel in bed kon achterlaten omdat hij op zaterdag nooit voor lunchtijd wakker wordt, en ik had zijn sigaretten op het kussen naast hem gelegd.

‘Als Bridget een kind had, zou ze het ergens laten liggen,’ schaterde hij. ‘Leuk dat u er bent, mevrouw Jones. Bridget, waarom tut jij je op zaterdag nooit op, net als je moeder?’

ZONDAG 21 MEI

Mijn moeder praat niet meer tegen ons omdat we haar vernederd hebben, en haar hebben ontmaskerd voor haar cameraploeg. Maar misschien laat ze ons dan tenminste met rust. Ik verheug me trouwens ontzettend op de zomer. Heerlijk om een vriendje te hebben als het warm is. We kunnen allerlei kleine romantische uitstapjes maken. Z. gelukkig.

JUNI

Vriendje! Wat heet!

ZATERDAG 3 JUNI

56,5 kg, 5 eenheden alcohol, 25 sigaretten, 600 calorieën, 132 min. reisbrochures bekeken: 45 v. lange reizen, 87 v. weekenduitstapjes, 7 x 1471 gebeld (g.).

Onmogelijk me ergens op te concentreren in die hitte, fantaseer alleen maar over weekenduitstapjes met Daniel. Hoofd vol visioenen. Wij samen op grazige oevers, ik in lange witte flodderjurk. Daniel en ik in Cornwall met een biertje op terras van eeuwenoud café aan het water, met bij elkaar passende gestreepte T-shirts aan, om de zon in de zee te zien zakken. Daniel en ik aan tafel met kaarslicht op binnenplaats van tot hotel verbouwd historisch landhuis, daarna op onze kamer om de hele hete zomernacht lang te neuken.

Maar ja. Daniel en ik gaan vanavond naar een feestje bij zijn vriend Wicksy, en ik denk dat we dan morgen naar het park gaan of lunchen in een leuk café op het platteland. Het is heerlijk om een vriendje te hebben.

ZONDAG 4 JUNI

57 kg, 3 eenheden alcohol (g.), 13 sigaretten (g.), 82 minuten reisbrochures bekeken: 30 min. lange reizen (g.), 52 min. weekenduitstapjes, 3 x 1471 gebeld (g.).

19.00 Grrr. Daniel is net naar huis gegaan. Heb eigenlijk nogal de pest in. Verrukkelijke warme zondag maar Daniel wilde nergens heen en ook niet over weekenduitstapjes praten. Stond erop de hele middag met de gordijnen dicht naar cricket te kijken. Feestje gisteravond ook leuk, maar op een gegeven moment voegden we ons bij Wicksy, die met een heel knap meisje stond te praten. Ik zag dat ze nogal afwerend keek toen ze ons aan zag komen.

'Daniel,' zei Wicksy, 'ken je Vanessa al?'

'Nee,' zei Daniel. Hij trok zijn innemendste veroveringsglimlach, stak zijn hand uit en stelde zich voor.

'Daniel,' zei Vanessa met over elkaar geslagen armen en een gezicht als een donderwolk, 'we zijn met elkaar naar béd geweest.'

God, wat is het warm. Lekker om uit het raam te leunen. Iemand speelt saxofoon, zeker om net te doen of we allemaal in een filmset in New York zitten; overal stemmen want iedereen heeft de ramen open, en etensgeuren van restaurants. Hmmm. Zou wel naar New York willen verhuizen, hoewel je daar bij nader inzien waarsch. geen goeie weekenduitstapjes kunt maken. Tenzij weekeinduitstapje naar New York zelf, wat nergens op zou slaan want daar waren we dan al.

Bel Tom even, en dan aan het werk.

20.00 Even naar Tom voor een drankje. Halfuurtje, niet langer.

DINSDAG 6 JUNI

58 kg, 4 eenheden alcohol, 3 sigaretten (z.g.), 1326 calorieën, 0 krasloten (uitstekend), 12 x 1471 gebeld (slecht), 15 u. geslapen (slecht maar niet mijn schuld want hittegolf).

Perpetua ertoe overgehaald me thuis te laten werken. Stemde vast alleen maar toe omdat zij ook in de zon wil zitten. Mmmm. Leuke nieuwe brochure met weekenduitstapjes: 'De mooiste landhuishotels van de Britse Eilanden.' Fantastisch. Bestudeer stuk voor stuk de bladzijden en stel me Daniel en mezelf voor in alle slaapkamers (seks) en eetkamers (romantiek).

11.00 Zo. En nu ga ik me concentreren.

11.25 Hè, ik heb een haakje aan mijn nagel.

11.35 God, er komt net, zonder enige reden, een paranoïde fantasie bij me op over Daniel die wat heeft met een ander, en ik zit nu stijlvolle doch snijdende opmerkingen te verzinnen om te zorgen dat hij berouw krijgt. Waar slaat dat nou op? Zou ik soms met mijn vrouwelijke intuïtie aanvoelen dat hij vreemdgaat?

Relaties proberen aan te gaan als je ouder bent, is zo problematisch omdat alles zo beladen wordt. Als je over de dertig bent en je hebt geen vriend, dan wordt de lichte verveling van het vrijgezellenbestaan – geen seks, geen gezelschap op zondag, eeuwig alleen naar huis na een feestje – verergerd door het paranoïde gevoel dat de reden van je partnerloosheid je leeftijd is, dat je je allerlaatste relatie en je allerlaatste seksuele ervaring achter de rug hebt, en dat het allemaal je eigen schuld is omdat je te wild of te eigenwijs bent geweest om je in de eerste bloei van je jeugd te binden.

Je kijkt dan volledig over het feit heen dat je het op je tweeëntwintigste alleen maar een beetje saai vond om geen vriend te hebben of drieëntwintig maanden lang niemand te ontmoeten die je ook maar in de verste verte aanstond. De hele situatie wordt buiten alle proporties opgeblazen, zodat je je laat verblinden door dat bijna onbereikbare doel een partner te vinden. Als je dan iemand ontmoet, valt het natuurlijk altijd tegen.

Is dat het? Of loopt het tussen mij en Daniel toch niet helemaal lekker? Heeft Daniel een ander?

11.50 Hmmm. Die nagel is echt erg scherp. Als ik er nu niet iets aan doe, ga ik eraan trekken en dan heb ik straks geen nagel meer over. Nou, ik moet nu echt een vijl gaan zoeken. Bij nader inzien ziet deze nagellak er trouwens een beetje armoedig uit. Moet alles eraf halen en opnieuw opdoen. Kan het net zo goed meteen doen, voor ik het weer vergeet.

12.00 Het is echt stomvervelend als het zulk warm weer is en je *soi-disant* vriend het verdomt om je mee te nemen op een leuk uitje. Ik ben bang dat hij denkt dat ik hem probeer te strikken voor een weekeinduitstapje, alsof het geen weekeinduitstapje was maar een huwelijk, met drie kinderen en de plee boenen in huis vol geloogd grenen in Stoke Newington. Ik geloof dat er een psychische crisis op komst is. Ik ga Tom bellen (kan die prospectus voor Perpetua altijd nog vanavond doen).

12.30 Hmmmm. Tom zegt dat je, als je gaat 'weekeinden' met iemand met wie je wat hebt, je er dan de hele tijd over gaat zitten tobben hoe je relatie verder zal gaan, en dat je dus beter met een vriendin kunt gaan.

Behalve dan wat seks betreft, zeg ik. Behalve wat seks betreft, vindt hij ook. Ik zie Tom vanavond met brochures om plan te maken voor fantasie- of fantoomweekeind. Dus ik moet vanmiddag echt hard werken.

12.40 Korte broek en T-shirt zitten echt niet lekker in deze hitte. Ik ga een lange flodderjurk aantrekken.

O, help. Je kunt mijn onderbroek erdoorheen zien. Ik kan maar beter een huidkleurige aantrekken, voor het geval er iemand aan de deur komt. Die ene satijnen van Gossard zou perfect zijn. Ik vraag me af waar hij is.

12.45 Ik denk erover om ook de bijbehorende satijnen bh aan te doen, als ik die kan vinden.

12.55 Dat zit een stuk beter.

13.00 Lunchtijd! Tenminste eventjes vrij.

14.00 Zo. Vanmiddag ga ik eens even echt aan het werk zodat ik voor de avond klaar ben en uit kan. Z. slaperig. Het is zo heet. Als ik nu eens vijf minuten mijn ogen dichtdoe. Een hazenslaapje schijnt erg goed te zijn om weer op krachten te komen. Margareth Thatcher en Winston Churchill hadden daar ook veel baat bij. Goed idee. Ik ga maar even op bed liggen.

19.30 O, godallemachtig!

VRIJDAG 9 JUNI

58 kg, 7 eenheden alcohol, 22 sigaretten, 2145 calorieën, 230 minuten rimpelcontrole.

9.00 Hoera! Vanavond met de meiden uit!

19.00 O, nee! Blijkt dat Rebecca ook komt. Een avond met Rebecca is net als zwemmen in een zee vol kwallen: alles gaat goed, en dan opeens krijg je een beet zodat in één klap al je zelfvertrouwen weg is. De ellende is dat de beten van Rebecca zo subtiel op je achilleshiel gericht zijn, net raketten in de Golfoorlog die in Bagdad 'fzzzzzz woesssj' door hotelgangen zoeven, dat je er nooit op verdacht bent. Sharon zegt dat ik geen vierentwintig meer ben en dat ik onderhand volwassen genoeg moet zijn om Rebecca aan te kunnen. Ze heeft gelijk.

24.00 Afscucluhlike avnd. Stomlazrus. Gezicht immekaar gezacht.

ZATERDAG 10 JUNI

Jezus. Vanochtend opgewekt wakker geworden (nog dronken van gisteren) maar dacht opeens weer aan de avond met de meiden, die afschuwelijk uitpakte. Na de eerste fles Chardonnay stond ik net op het punt mijn voortdurend gedwarsboomde weekendplannetjes ter sprake te brengen, toen Rebecca plotseling zei: 'Hoe is het met Magda?'

'Goed,' zei ik.

'Ze is ontzettend aantrekkelijk, vind je niet?'

'Mmmm,' zei ik.

'En ze ziet er ongelooflijk jong uit, ik bedoel, ze kan gemakkelijk voor vier- of vijfentwintig doorgaan. Jij hebt toch met haar op school gezeten, hè, Bridget? Zat ze drie of vier klassen lager?'

'Ze is zes maanden ouder dan ik,' zei ik, en ik voelde met afschuw waar het heen ging.

'Echt?' zei Rebecca, waarna er een lange, pijnlijke stilte viel.

'Nou, dan boft Magda. Ze heeft echt een mooie huid.'

Ik voelde het bloed uit mijn hersens wegtrekken toen de gruwelijke waarheid van Rebecca's uitspraak tot mij doordrong.

'Ik bedoel, ze glimlacht niet zoveel als jij. Daarom heeft ze waarschijnlijk ook niet zo veel rimpels.'

Ik greep me vast aan de tafelrand en probeerde normaal te ademen. Ik verouder voortijdig, besefte ik. Net als op zo'n versneld afgedraaide film waarop je een pruim in een pruimedant ziet veranderen.

'Hoe is het met jouw dieet, Rebecca?' vroeg Shazzer.

Kreun. Jude en Shazzer ontkenden mijn vroegtijdig verouderen niet eens, maar accepteerden het als een feit en veranderden tactvol van onderwerp om mijn gevoelens te sparen. Ik zakte in een spiraal van afgrijzen, en greep naar mijn verslappende gezicht.

'Ik moet even naar de wc,' zei ik met opeengeklemde tanden, en als een buikspreker hield ik mijn gezicht strak, zodat je de rimpels minder goed kon zien.

'Is er wat, Bridge?' vroeg Jude.

'Niks,' antwoordde ik stug.

Toen ik eenmaal voor de spiegel stond, wankelde ik toen het schelle tl-licht mijn opgezette, door de leeftijd aangetaste, uitzakkende gelaatstrekken onthulde. Ik stelde me voor hoe de anderen aan onze tafel zaten en Rebecca berispten omdat ze mij had gewezen op iets wat iedereen altijd al over me gezegd had, maar wat ik niet had hoeven weten.

Werd plots bezeten door het verlangen het restaurant in te rennen om aan alle gasten te vragen hoe oud ze dachten dat ik was, net als die keer op school, toen ik mezelf ervan overtuigd had dat ik geestelijk abnormaal was, aan iedereen op de speelplaats vroeg 'ben ik gestoord?' en achtentwintig kinderen 'ja' zeiden.

Als je één keer bent begonnen na te denken over verouderen, dan is er geen ontkomen meer aan. Het leven lijkt dan een vakantie waarop halverwege alles versneld ten einde loopt. Ik moet iets doen om het verouderingsproces te stoppen, maar wat? Facelift kan ik me niet veroorloven. Zit muurvast, want zowel dik-zijn als vermageren bevordert het verouderingsproces. Waarom zie ik er oud uit? Waarom? Staar oude dames aan op straat en probeer me al die verborgen procesjes voor te stellen waardoor gezichten oud worden en niet meer jong zijn. Snuffel de kranten door om leeftijd van allerlei bekende mensen te achterhalen, en dan te kijken of ze er oud uitzien voor hun leeftijd.

11.00 Telefoon. Simon, om me te vertellen over een nieuw meisje op wie hij een oogje heeft. 'Hoe oud is ze?' vroeg ik achterdochtig.

'Vierentwintig.'

Kreun. Kreun! Heb de fase bereikt waarin mannen van mijn eigen leeftijd hun generatiegenoten niet meer aantrekkelijk vinden.

16.00 Ga met Tom theedrinken. Heb besloten dat ik meer tijd aan mijn uiterlijk moet besteden, net als Hollywood-sterren, en heb dus urenlang camouflerende crème onder mijn ogen zitten smeren, rouge op mijn wangen en potlood overal waar nodig.

'Goeie god,' zei Tom toen hij me zag.

'Wat is er?' vroeg ik.

'Je gezicht! Je lijkt Barbara Cartland wel.'

Ik knipperde razendsnel met mijn oogleden, en probeerde te aanvaarden dat er een gruwelijke tijdbom was afgegaan onder mijn huid, die daardoor plotseling en onherroepelijk was verschrompeld.

'Ik zie er echt oud uit voor mijn leeftijd, hè?' vroeg ik diep verslagen.

'Welnee. Je ziet eruit als een kind van vijf met haar moeders make-up op,' zei hij. 'Kijk dan.'

Ik wierp een blik in de nep-Victoriaanse spiegel van het café. Ik leek wel een geschminkte clown met die felroze wangen, ogen als twee dooie kraaien en daaronder alle krijtrotsen van Dover uitgesmeerd. Ineens begreep ik die oude vrouwen die rondlopen met dikke lagen make-up, met wie iedereen altijd de spot drijft, en ik besloot ze voortaan zelf niet meer uit te lachen.

'Wat is er?' vroeg hij.

'Ik verouder vroegtijdig,' mompelde ik.

‘O, nee toch. Dat komt door dat kreng van een Rebecca, hè?’ zei hij. ‘Shazzer heeft me verteld van dat gesprek over Magda. Het is belachelijk. Je ziet eruit als zestien.’

O, lieve Tom. Hoewel ik vermoed dat hij zich misschien gedeisd hield, voel ik me toch een stuk beter. Zelfs Tom zou niet zeggen dat ik eruitzag als zestien als ik vijfenveertig leek.

ZONDAG 11 JUNI

56,5 kg (z.g., te warm om te eten), 3 eenheden alcohol, 0 sigaretten (z.g., te warm om te roken), 759 calorieën (alleen maar ijsjes).

Weer een verspilde zondag. Kennelijk moet er de hele zomer cricket worden gekeken met de gordijnen dicht. De zomer geeft me een vreemd gevoel van onrust, en niet alleen maar vanwege die dichte gordijnen op zondag en de onmogelijkheid van weekenduitstapjes. Terwijl er geen einde lijkt te komen aan die waanzinnige lange hete dagen, vind ik dat ik, wat ik ook doe, eigenlijk iets anders zou moeten doen. Dat gevoel gaat gepaard met het schuldbesef dat je af en toe overvalt als je midden in Londen woont en in bars rondhangt en lol maakt in plaats van theater/concertgebouw/Tower/museum plat te lopen.

Hoe meer de zon schijnt hoe sterker ik de indruk heb dat anderen er elders intensiever en béter gebruik van maken, bijvoorbeeld op een grootscheepse softbalwedstrijd waar iedereen is uitgenodigd behalve ik, of alleen met een minnaar op een open plek bij een waterval waar bambi’s lopen te grazen, of op een groot festival met veel publiek, onder wie waarschijnlijk de Koningin Moeder en een of meer voetbalkanjers, om luister bij te zetten aan die verrukkelijke zomer, die ik nalaat uit te buiten. Misschien is het de schuld van ons klimatologisch verleden. Misschien hebben we nog niet de juiste houding ontwikkeld tegenover een zon en een wolkenloze hemel die geen bizarre uitzonderingen meer zijn. Het instinct om door te slaan, het kantoor uit te rennen, bijna al je kleren uit te trekken en hijgend op de brandtrap te gaan liggen is nog altijd te sterk.

Maar je weet ook niet zeker of je dat tegenwoordig nog wel

kunt doen. Je moet je toch ook weer geen kwaadaardige huidkwalen op de hals gaan halen, dus wat dan? Een barbecue in de schaduw, misschien? Je vrienden laten hongeren terwijl je urenlang met het vuur klungelt, en ze vervolgens vergiftigen met verbrande maar nog stuiptrekkende stukjes halfrauw speenvarken? Of een picknick organiseren in het park, waarbij na afloop alle vrouwen geplette hompen mozzarella uit foliebakjes schrapen, en gillen tegen kinderen die astma-aanvallen hebben vanwege de ozon, terwijl de mannen lauwe witte wijn slobberen in de felle middagzon en naar de softbalwedstrijden kijken in de buurt, met het beschamende gevoel buitengesloten te zijn.

Jaloers op zomerleven op het vasteland, waar mannen in mooie lichte pakken en met designer-zonnebrillen op rustig rondzoeven in glanzende auto's met airconditioning, af en toe pauzeren voor een *citron pressé* in een café aan een eeuwenoud lommerrijk pleintje, zich niet zenuwachtig laten maken door de zon en hem negeren, omdat ze zeker weten dat hij ook in het weekeinde zal schijnen, wanneer zij rustig op hun jacht liggen.

Weet zeker dat dit een rol speelt in ons tanende nationale zelfbewustzijn sinds we zijn gaan reizen, en het verschijnsel hebben waargenomen. Misschien verandert er nog wat. Er komen steeds meer terrasjes op de trottoirs. De gasten spelen het klaar om er rustig te zitten eten, en maar heel af en toe aan de zon te denken en dan met gesloten ogen hun gezicht op te heffen, opgewonden, van oor tot oor grijnzend naar de voorbijgangers – 'Kijk dan, wij genieten van een verfrissende dronk op een straatterras, wij kunnen dat ook!' – en die benauwde uitdrukking van 'zouden we eigenlijk niet bij een openluchtvoorstelling van *Een Midzomernachtsdroom* moeten zitten?' is maar heel kortstondig.

Ergens in mijn achterhoofd heb ik het gloednieuwe, aarzelende idee dat Daniel misschien wel gelijk heeft: als het warm is, moet je onder een boom gaan liggen slapen, of naar cricket kijken met de gordijnen dicht. Maar om echt te gaan liggen slapen moet iemand zoals ik zeker weten dat het de volgende dag ook warm zal zijn, en de dag daarna weer, en dat je de rest van je leven genoeg warme dagen te wachten staan om alle denkbare zomeractiviteiten in rustig tempo af te handelen zonder enige haast. Geen schijn van kans dus.

MAANDAG 12 JUNI

57,5 kg, 3 eenheden alcohol (z.g.), 13 sigaretten (g.), 210 minuten geprobeerd video te programmeren (niet zo best).

19.00 Mam belde net. 'O, hallo schat, moet je horen! Penny Husbands-Bosworth is op *Newsnight*!!!'

'Wíé?'

'Je kent de Husbands-Bosworths toch, lievúrd! Ursula zat op school een klas hoger dan jij. Herbert is aan leukemie overleden...'

'Wat?'

'Niet steeds "wat" zeggen, Bridget, maar "pardon". Het punt is dat ik uitga, omdat Una naar een dia-avond wil over de Nijl, dus Penny en ik vroegen ons af of jij het niet op zou willen nemen... O, jee, ik moet ophangen, daar is de slager!'

20.00 Precies. Belachelijk om al twee jaar een video in huis te hebben zonder ooit iets te hebben opgenomen. Het is bovendien een prachtige FV 67 HV VideoPlus. Gewoon gebruiksaanwijzing volgen, knoppen vinden, enz. Absoluut.

20.15 Grrr. Kan gebruiksaanwijzing niet vinden.

20.35 Ha! Gebruiksaanwijzing gevonden onder de *Hello!* Oké. 'Het programmeren van uw video is even gemakkelijk als telefoneren.' Prima.

20.40 'Richt de afstandsbediening op de videorecorder.' Z. makkelijk. 'Kijk in Index.' Kreun! Gruwelijke lijst met 'door timer bestuurde simultane hifi-geluidsopnamen', 'de decoder benodigd voor gecodeerde programma's', enz. Maar ik wil alleen maar het gebazel van Penny Husbands-Bosworth opnemen, niet de hele avond verhandelingen doornemen over spionagetechnieken.

20.50 Aha, een diagram. 'Knoppen voor IMC-functies.' Wat zijn IMC-functies?

20.55 Sla die bladzij maar over. Ga naar 'Timer-opnamen met de VideoPlus': 1. 'Zorg dat aan de vereisten voor VideoPlus is voldaan.' Wat voor vereisten? Ik haat die stomme video. Voel me net alsof ik wegwijzers moet volgen in de auto. Ik weet wel dat wegwijzers en video-gebruiksaanwijzingen nergens op slaan, maar kan toch niet geloven dat de autoriteiten zo wreed zijn ons er allemaal in te laten lopen. Voel me een incompetente idioot; iedereen snapt het behalve ik.

21.10 'Als u uw videorecorder aanzet, moet u de klok en de kalender op de juiste wijze instellen voor een precieze timer-opname (niet vergeten van de versnelde instellingsfunctie gebruik te maken om van zomer- naar wintertijd over te schakelen v.v.). Klokfunctie met rode knop en toets 6.'

Druk op rode knop, niets. Druk op toetsen, niets. Wou dat die stomme video nooit was uitgevonden.

21.25 Kreun! Opeens hoofdmenu op tv; 'druk op 6' staat er. O, jakkes. Zie nu dat ik de afstandsbediening van de tv had genomen. Nu is het journaal.

Tom gebeld, gevraagd of hij Penny Husbands-Bosworth kon opnemen maar hij zei dat hij ook niet wist hoe hij zijn video moest programmeren.

Opeens hoor ik iets klikken in de videorecorder en op een of andere manier is er nu *Blind Date* in plaats van het nieuws.

Net Jude opgebeld, zij kan het ook niet. Kreun! Kreun! Al kwart over tien! Over een kwartier komt *Newsnight*.

22.17 Krijg de videoband er niet in.

22.18 O. *Thelma and Louise* zit er nog in.

22.19 Krijg *Thelma and Louise* er niet meer uit.

22.21 Druk als een gek op alle knoppen. Videoband komt eruit en gaat er weer in.

22.25 Nieuwe band erin gedaan. Goed. Kijk bij 'Opnemen'.

'De opname begint zodra de programmafunctie is geactiveerd en u op een willekeurige knop drukt (behalve Mem).' Maar hoe activeer je de programmafunctie? 'Wanneer u opneemt van een camcorder of soortgelijke, druk dan driemaal op AV programmakeuze tijdens tweetalige uitzending drukt u op 1/2, drie seconden vasthouden om uw taalkeuze te maken.'

O, god. Die stompzinnige gebruiksaanwijzing doet me denken aan de hoogleraar linguïstiek op Bangor, die zich zo liet meeslepen door de verfijnde details van de taal dat hij niets kon zeggen zonder elk woord te analyseren. 'Vanochtend zou ik... "Zou", in deze betekenis, vind je in 1570...'

Kreun. Kréún!!! *Newsnight* begint.

22.31 Oké oké, niets aan de hand. Penny Husbands-Bosworth is er nog niet, met haar asbest-leukemie.

22.33 Yesss, yesss. NEEMT OP staat er. Het is me gelukt!

Nee toch. Word gek. Band begon terug te spoelen. Is nu gestopt en eruit gefloept. Waarom nou? O, shit, ben op de afstandsbediening gaan zitten.

22.35 Door het dolle heen. Gebeld naar Shazzer, Rebecca, Simon, Magda. Niemand kan zijn video programmeren. Enige die ik ken die het wel kan, is Daniel.

22.45 O, god. Daniel viel om van het lachen toen ik zei dat ik mijn video niet in kon stellen. Zei dat hij het voor me zou doen. Nou ja, ik heb tenminste mijn best gedaan voor mam. Opwindend, historisch moment als je kennissen op tv komen.

23.15 Grrr. Mam belde net. 'Het spijt me, lieverd. Het is niet op *Newsnight* maar morgenochtend op *Breakfast News*. Kun je hem instellen op morgenochtend zeven uur, BBC 1?'

23.30 Daniel belde net. 'Eh, het spijt me, Bridge. Ik weet niet wat ik fout heb gedaan. Ik heb Barry Norman opgenomen.'

ZONDAG 18 JUNI

56 kg, 3 eenheden alcohol, 17 sigaretten.

Na het derde opeenvolgende weekend in het donker met Daniels hand in mijn bh, die met mijn tepel speelde alsof het een soort kraal was, terwijl ik af en toe slapjes mompelde 'was dat een run?' plotseling losgebarsten: 'Wáárom kunnen we niet een weekendje weg? Waarom niet? Waar. Om. Niet?'

'Wat een goed idee,' zei Daniel vriendelijk terwijl hij zijn hand uit mijn jurk haalde. 'Waarom boek je niet wat voor het volgende weekeinde? Een leuk landhuishotel. Ik betaal.'

WOENSDAG 21 JUNI

55,5 kg (z.z.g.), 1 eenheid alcohol, 2 sigaretten, 2 krasloten (z.g.), 237 minuten lang brochures voor weekenduitstapjes bekeken (slecht).

Daniel wil niet meer over het weekenduitstapje praten of de brochure bekijken, en heeft me verboden er nog iets over te zeggen voordat we zaterdag vertrekken. Hoe kan hij nou verwachten dat ik niet opgewonden ben, nadat ik er zo lang naar heb uitgekeken? Hoe komt het toch dat mannen nog niet geleerd hebben over vakanties te fantaseren, iets uit te kiezen uit een brochure, plannen te maken en zich er van alles bij voor te stellen? Ze hebben toch ook geleerd (sommigen tenminste) om te koken en te naaien? Dat het weekenduitstapje helemaal op mijn schouders rust, vind ik ontzettend. Wovingham Hall lijkt me ideaal, smaakvol zonder al te deftig te zijn, met hemelbedden, een meer, en zelfs een fitnesscentrum (ga ik niet heen), maar als Daniel het nou niet leuk vindt?

ZONDAG 25 JUNI

55,5 kg, 7 eenheden alcohol, 2 sigaretten, 4587 calorieën (oei!).

O, jee. Zodra we aankwamen, zei Daniel dat het een plek was voor de *nouveaux riches* omdat er drie Rolls Royces geparkeerd stonden, waaronder een gele. Ik verzette me heftig tegen het deprimerende besef dat het ijskoud was terwijl ik kleren bij me had voor een hittegolf. Namelijk dit:

2 bakpakken
1 bikini
1 lange witte flodderjurk
1 zonnejurk
1 paar ordi schuimpjesroze slippers
1 theeroosroze suède mini-jurk
zwartzijden teddy
bh's, broekjes, kousen, jarretels (diverse).

Er klonk een donderslag toen ik huiverend achter Daniel aan de hal inwankelde, die propvol bleek te staan met bruidsmeisjes en mannen in crèmekleurige pakken, en waar we tot de ontdekking kwamen dat we de enigen waren die niet bij de bruiloftsgasten hoorden.

Ik probeerde de problemen tot hun juiste proporties terug te brengen en begon als een gek te tateren. 'Tsss, is het niet verschrikkelijk, wat er in Srebrenica gebeurt? Om eerlijk te zijn heb ik nooit precies kunnen vatten wat er daar in Bosnië aan de hand is. Ik dacht altijd dat de Bosniërs de mensen in Sarajevo waren, en dat de Serviërs ze aanvielen, maar wie zijn dan de Bosnische Serviërs?'

'Tja, als je wat minder vakantiebrochures zou lezen, en wat meer kranten, zou je het misschien wel begrijpen,' grijnsde Daniel.

'Maar hoe zít het dan?'

'God, moet je de tieten van dat bruidsmeisje zien.'

'En wie zijn de Bosnische moslims?'

'En de enorme revers van die vent, niet te geloven.'

Ik had opeens duidelijk de indruk dat Daniel het liever over wat anders wilde hebben.

'Zijn de Bosnische Serviërs degenen die Sarajevo hebben aangevallen?' vroeg ik.

Stilte.

'In wie z'n gebied ligt Srebrenica dan?'

'Srebrenica is een veilige enclave,' zei Daniel op zijn ergste schoolmeestertoon.

'Hoe komt het dan dat de mensen uit de veilige enclave eerst in de aanval waren?'

'Hou je mond.'

'Je hoeft me alleen maar te vertellen of de Bosniërs in Srebrenica dezelfden zijn als die in Sarajevo.'

'Moslims,' zei Daniel triomfantelijk.

'Servisch of Bosnisch?'

'Hou je nou op, of hoe zit het?'

'Jij weet ook niet wat er aan de hand is in Bosnië.'

'Wel.'

'Niet.'

'Wel!'

'Níét!'

Op dat ogenblik boog de portier, die gekleed was in kniebroek, witte kousen, patentleren gespschoenen, een pandjesjas en een gepoederde pruik, zich naar ons toe en zei: 'De voormalige inwoners van Srebrenica en van Sarajevo zijn Bosnische moslims, meneer, met uw welnemen.' En hij voegde er veelbetekenend aan toe: 'Denkt u morgenochtend nog een krant te willen hebben, meneer?'

Ik dacht dat Daniel hem zou slaan. Ik betrapte me erop dat ik zijn arm stond te strelen en mompelde: 'Rustig, rustig maar,' als bij een renpaard dat geschrokken is van een vrachtwagen.

17.30 Brrr. In plaats van naast Daniel in de warme zon aan de oever van het meer te liggen met een lange flodderjurk aan, moest ik blauw van de kou in een roeibootje zitten met een handdoek van het hotel om me heen. Uiteindelijk gaven we het op, en trokken we ons terug op onze kamer om een warm bad te nemen en wat te drinken, en we ontdekten op weg erheen dat we die avond de eetzaal voor niet-bruiloftsgasten zouden delen met een stel waarvan de vrouwelijke helft een meisje was dat Eileen heette, met wie Daniel twee keer naar bed was geweest waarbij hij haar per ongeluk gevaarlijk hard in haar borst had gebeten en die hij daarna nooit meer had gesproken.

Toen ik uit bad kwam, lag Daniel giechelend op bed. 'Ik heb een nieuw dieet voor je,' zei hij.

'Dus je vindt me wél dik!'

'Hier komt het. Het is heel simpel. Je eet gewoonweg niets waarvoor je zelf moet betalen. Dus in het begin ben je vet, en vraagt niemand je mee uit eten. Dan val je af, en je wordt zo'n spichtig geil ding zodat je weer mee uit gevraagd wordt. Dan kom je weer aan, de uitnodigingen nemen af, en je wordt weer slanker.'

'Daniel!' barstte ik los. 'Dat is wel de meest seksistische, cynische, dikte-discriminerende uitspraak die ik ooit heb gehoord.'

'O, kom op, Bridge,' zei hij, 'het is alleen maar een logische uitwerking van wat jij eigenlijk denkt. Ik zeg toch al de hele tijd tegen je dat niemand een vrouw wil met benen als wandelende takken. Mannen willen een kont waar je een fiets in kunt parkeren, en een glas bier op neer kunt zetten.'

Ik had een lomp visioen van mezelf, met een fiets tussen mijn billen, en een glas bier erbovenop, en was razend op Daniel om zijn grove, provocerende seksisme, maar tegelijkertijd vroeg ik me af of hij misschien gelijk had, dat ik inderdaad een verkeerd beeld van mijn lichaam had met betrekking tot mannen, en, zo ja, of ik dan onmiddellijk iets verrukkelijks zou kunnen gaan eten, en zo ja, wat.

'Ik zet even de tv aan,' zei Daniel, die van mijn tijdelijke sprakeloosheid gebruikmaakte en op het knopje van de afstandsbediening drukte. Hij liep naar de gordijnen, van die dikke hotelgordijnen met verduisteringsvoering, en een paar seconden later was de kamer aardedonker, op het geflikker van de cricketwedstrijd na. Daniel had een sigaret opgestoken en bestelde via de telefoon zes blikjes bier.

'Wil jij misschien ook wat, Bridge?' zei hij grijnzend. 'Thee met taartjes? Ik betaal.'

JULI

Puh!

ZONDAG 2 JULI

55 kg (gaat nog steeds goed), 0 eenheden alcohol, 0 sigaretten, 955 calorieën, 0 krasloten (prima).

7.45 Mam belde net. 'O, hallo schat, moet je horen!'

'Ik neem de telefoon mee naar de andere kamer. Wacht even hoor,' zei ik en met een zenuwachtige blik op Daniel trok ik de stekker eruit, sloop naar de woonkamer, stak hem er daar weer in, en merkte toen dat mijn moeder niet had gemerkt dat ik er tweeënhalve minuut lang niet was geweest, en gewoon had doorgepraat.

'... wat vind jij, lieverd?'

'Eh... ik weet niet. Ik liep net met de telefoon naar de andere kamer, dat had ik gezegd,' zei ik.

'O, dus je hebt me helemaal niet gehoord?'

'Nee.'

Ze zweeg even. Toen: 'O, hallo schat, moet je horen!' Soms denk ik dat mijn moeder meedoet in de moderne wereld, en soms lijkt ze lichtjaren ver weg, bijvoorbeeld als ze een boodschap achterlaat op mijn antwoordapparaat, en ze alleen maar zegt, heel hard en heel duidelijk: 'De moeder van Bridget Jones.'

'Hallo? O, hallo schat, moet je horen,' zei ze opnieuw.

'Wat?' zei ik berustend.

'Una en Geoffrey geven een Hoeren- en Priesterstuinfeest, op 29 juli. Vind je dat nou niet leuk? Stel je eens even voor, hoeren en priesters!'

Ik deed mijn uiterste best het me niet voor te stellen, en een visioen van Una Alconbury in lieslaarzen, netkousen en kanten bh te verdringen. Het kwam me onnatuurlijk en heel verkeerd voor dat mensen van vijfenzestig zulke dingen organiseerden.

'Maar wat ik zeggen wilde, wij zouden het enig vinden als jij en' – kokette, veelzeggende stilte – 'Daniel ook kwamen. We willen hem allemaal dolgraag ontmoeten.'

Alle moed zonk me in de schoenen bij de gedachte dat mijn relatie met Daniel tot op de laatste vezel geanalyseerd zou worden op de Lifeboat-lunches van Northamptonshire.

'Ik denk niet dat het iets voor Daniel...' en op dat moment viel de stoel, waarop ik me om de een of andere reden geknield in evenwicht had gehouden terwijl ik over de tafel heen hing, met een klap om.

Toen ik de telefoon weer te pakken had, was mijn moeder nog steeds aan het praten. 'O, ja, geweldig. Mark Darcy komt waarschijnlijk ook met iemand, dus...'

'Wat is er aan de hand?' Daniel stond spiernaakt in de deuropening. 'Wie is dat?'

'Mijn moeder,' siste ik wanhopig.

'Geef maar hier,' zei hij, en hij pakte de hoorn. Ik vind het prettig als hij autoritair doet zonder kwaad te zijn.

'Mevrouw Jones,' zei hij, met zijn innemendste stem. 'Met Daniel.'

Ik hoorde bijna hoe ze zenuwachtig begon te blozen.

'Het is wel een erg stralend vroege zondagmorgen om al op te bellen. O, ja, het is zeker een prachtige dag. Wat kunnen we voor u doen?'

Hij keek naar mij terwijl zij een paar seconden kwebbelde, en bracht toen de hoorn weer naar zijn oor.

'Erg leuk. Ik zal het in mijn agenda zetten bij de negenentwintigste, en mijn witte boordje vast opzoeken. En nu gaan we onze verloren slaap maar even inhalen. Het beste met u, hoor. Tot ziens dan maar!' zei hij kordaat, en hij hing op.

'Zie je,' zei hij zelfvoldaan, 'gewoon een beetje stevig aanpakken, dat is alles.'

ZATERDAG 22 JULI

55,5 kg (hmm, er moet een pond af), 2 eenheden alcohol, 7 sigaretten, 1562 calorieën.

Ik ben eigenlijk vreselijk opgewonden omdat Daniel a.s. zaterdag met mij naar het Hoeren- en Priestersfeestje gaat. Heerlijk om daar nou eens niet in mijn eentje heen te hoeven rijden, en in mijn eentje te hoeven aankomen en een spervuur van vragen te trotseren omdat ik geen vriendje heb. Het wordt een verrukkelijke warme dag. Misschien kunnen we er zelfs een weekenduitstapje van maken en in een plattelandscafé logeren (of ergens anders waar ze geen televisie op de kamers hebben). Ik verheug me er echt op dat Daniel mijn vader zal leren kennen. Ik hoop dat hij hem aardig vindt.

2.00 Wakker geworden, badend in tranen, na afschuwelijke droom die ik de hele tijd heb, waarin ik eindexamen Frans moet doen, en als ik mijn blaadje omdraai, besef ik dat ik helemaal niets geleerd heb en dat ik alleen maar mijn schort voor huishoudkunde aanheb, dat ik wanhopig om mij heen probeer te trekken zodat juffrouw Chignall niet kan zien dat ik geen onderbroek aanheb. Ik verwachtte dat Daniel in elk geval een beetje met me mee zou leven. Ik weet best dat het allemaal komt door de zorgen die ik over mijn carrière heb, maar hij stak alleen maar een sigaret op en vroeg me of ik nog eens over het schortje wilde vertellen.

'Ja, jij hebt verdomme makkelijk praten, met je cum laude in Cambridge,' snotterde ik. 'Ik zal nooit vergeten dat ik op het mededelingenbord keek en een 4 zag staan bij mijn Frans, en toen wist dat ik niet in Manchester kon gaan studeren. Dat heeft mijn hele levensloop veranderd.'

Daniel lag op zijn rug en blies rookwolken naar het plafond. 'Wees jij nou maar blij, Bridge,' zei hij, 'want dan zou je waarschijnlijk met een verschrikkelijk Geoffrey Boycott-type zijn getrouwd en de rest van je leven hondenhokken hebben moeten schoonmaken. Hoe dan ook...' en hij begon te lachen, '... er is toch niets mis mee om in...' (hij lachte nu zo hard dat hij nauwelijks uit zijn woorden kon komen) '... in Bangor gestudeerd te hebben.'

'Je wordt bedankt! Ik ga op de bank slapen!' gilde ik en ik sprong het bed uit.

'Hè, toe nou, Bridge,' zei hij, en hij trok me weer terug. 'Je weet best dat ik je een... een superintellectueel vind. Je hoeft alleen nog maar te leren hoe je dromen uitlegt.'

'Nou, wat betekent deze droom dan?' vroeg ik knorrig. 'Dat ik me intellectueel niet voldoende ontplooid heb?'

'Nou, nee.'

'Wat dan?'

'Nou, dat schortje, zonder onderbroek, is natuurlijk wel een erg duidelijk symbool, vind je niet?'

'Hoezo dan?'

'Het betekent gewoon dat het vergeefse streven naar een intellectueel leven je werkelijke bestemming in de weg staat.'

'En dat is?'

'Nou, eten koken voor mij, natuurlijk, schat,' zei hij, alweer schaterend om zijn eigen lolligheid, 'en in mijn huis rondlopen zonder onderbroek aan.'

VRIJDAG 28 JULI

56 kg (moet vóór morgen op dieet) 1 eenheid alcohol (z.g.), 8 sigaretten, 345 calorieën.

Mmmm. Daniel was vanavond erg lief en heeft me urenlang geholpen mijn kostuum voor het Hoeren- en Priestersfeest uit te zoeken. Ik moest steeds weer nieuwe ensembles voor hem passen, zodat hij ze kon beoordelen. Hij viel nogal voor een wit boordje en een zwart T-shirt met een wijd zwart broekje met kant, als een soort kruising tussen hoer en priester, maar tot slot, nadat ik er een hele tijd in had rondgelopen, besloot hij dat ik het beste mijn zwarte kanten body van Marks & Spencer aan kon trekken, met kousen en jarretels, een Frans dienstmeidenschortje dat we gemaakt hadden van twee zakdoeken en een stuk lint, een vlinderdas, en een konijnenstaart van watten. Ik vond het erg lief dat hij er zo veel tijd aan besteedde. Soms denk ik dat hij best zorgzaam is. Hij was vanavond bijzonder in de stemming voor seks.

O, ik verheug me zo op morgen.

ZATERDAG 29 JULI

55,5 kg (z.g.), 7 eenheden alcohol, 8 sigaretten, 6245 calorieën (Una Alconbury, Mark Darcy, Daniel, mam en de rest kunnen allemaal doodvallen).

14.00 Niet te geloven. Om één uur was Daniel nog steeds niet wakker en ik begon me zorgen te maken want het feest begint om halfdrie. Maakte hem ten slotte wakker met een kop koffie en ik zei: 'Ik dacht dat ik je maar moest wekken want we moeten daar om halfdrie zijn.'

'Waar?' zei hij.

'Hoeren en priesters.'

'O, god. Luister, schat, ik bedenk me net dat ik dit weekeinde ontzettend veel werk te doen heb. Ik moet echt thuisblijven en aan de slag gaan.'

Ik kon het gewoon niet geloven. Hij had het belóófd. Als je met elkaar gaat, moet je elkaar steunen bij zulke weerzinwekkende familieaangelegenheden, dat weet iedereen, en hij schijnt te denken dat hij alleen maar het woord 'werk' hoeft uit te spreken om zich overal aan te kunnen onttrekken. Nu zal het hele gezelschap bij de Alconbury's continu aan me vragen of ik nog altijd geen vriendje heb, en niemand zal me geloven.

22.00 Ik kan gewoon niet geloven wat me is gebeurd. Ik had twee uur in de auto gezeten, parkeerde voor het huis van de Alconbury's, en, in de hoop dat mijn Bunny-kostuum oké was, liep ik achterom naar de tuin waar ik vrolijke stemmen hoorde. Toen ik over het grasveld aan kwam lopen zweeg iedereen, en ik zag tot mijn afgrijzen dat er geen hoeren en priesters waren, maar dat de dames tuttig in kuitlange gebloemde ensembles waren gestoken, en de heren in grijze broek en V-halstrui. Ik bleef als aan de grond genageld staan, als een gebiologeerd konijn. Terwijl iedereen me aanstaarde, kwam Una Alconbury het gazon over fladderen in fuchsiaroze plissé en ze stak me een plastic beker toe vol stukjes appel en blaadjes.

'Bridget! Wat enig dat je er bent. Neem een Pimms,' zei ze.

'Maar het zou toch een Hoeren- en Priestersfeest zijn!' kraste ik.

'O, nee toch, heeft Geoff je dan niet gebeld?' zei ze. Ik kon het niet geloven. Ik bedoel, dacht zij soms dat ik er altijd zo bijliep of zoiets? 'Geoff,' zei ze, 'heb jij Bridget niet gebeld? We verheugden ons er allemaal op je nieuwe vriend te leren kennen,' zei ze, en ze keek om zich heen. 'Waar is hij?'

'Hij moest werken,' prevelde ik.

'En hoe gaat het dan met mijn kleine Bridget?' zei oom Geoffrey, die stomdronken op zijn benen stond te zwaaien.

'Geoffrey,' zei Una kil.

'Jawel, jawel! Alles in orde! Opdracht uitgevoerd, luitenant,' zei hij saluerend, waarna hij giechelend zijn hoofd op haar schouder liet zakken. 'Maar ik kreeg zo'n vervelende antwoordmachien.'

'Geoffrey,' siste Una. 'Ga. De. Barbecue. In. De. Gaten. Houden! Sorry schat, zie je, we hadden bedacht dat het, na al die schandalen die we hier met onze geestelijken gehad hebben, een beetje zinloos was om een Hoeren- en Priestersfeest te houden want...' ze begon te lachen, '... iedereen dacht dat een hoer en een priester hetzelfde was. O, mijn god,' zei ze, en ze droogde haar ogen. 'Maar hoe het ook zij, vertel nu eens, wat is die nieuwe vrijer voor iemand? En waarom moet hij op zaterdag werken? Gut, ik vind dat niet zo'n goed excuus hoor. Hoe krijgen we jou op deze manier nou ooit aan de man?'

'Op deze manier eindig ik als prostituee,' foeterde ik, terwijl ik de staart van mijn billen los probeerde te spelden.

Ik voelde dat er iemand naar me keek en zag Mark Darcy's ogen strak op mijn konijnenstaartje gericht. Naast hem stond de lange, slanke, aantrekkelijke, belangrijke advocate, gekleed in een zedig lila pakje à la Jackie O. met een zonnebril op haar hoofd.

De zelfvoldane heks keek Mark meesmuilend aan en bestudeerde me onbeschaamd van top tot teen, op een vreselijk onbeleefde manier. 'Kom je van een ander feest?' vroeg ze met een venijnige stem.

'Nee, ik ben net op weg naar mijn werk,' zei ik, waarop Mark Darcy flauwtjes glimlachte en zijn gezicht afwendde.

'Hallo, lieverd. Heb geen tijd. Ben aan het filmen,' jubelde mijn moeder, die in een felturquoise geplisseerde overhemdjurk op ons af stoof met een klapbord in haar handen. ‘Wat heb je toch in vredesnaam aan, lieverd? Je ziet eruit als een straathoer. Absolute stilte alstublieft, iedereen, èèèèèn,’ gildc ze in de richting van Julio, die met een videocamera zwaaide, ‘actie!’

In paniek keek ik om me heen op zoek naar pap maar ik zag hem nergens. Ik zag wel dat Mark Darcy met Una stond te praten, en gebaarde in mijn richting, waarna Una zich met een kordaat gezicht op mij af haastte.

‘Bridget, het spijt me echt vréselijk van die verwarring over de kostuums,’ zei ze, ‘Mark zei net tegen me dat je je wel erg opgelaten moet voelen met al die oudere kerels hier. Wil je iets lenen om aan te trekken?’

De rest van het feest droeg ik, over mijn jarretels heen, een Laura Ashley-bruidsmeisjesjurk van Janine, met bloemetjes en pofmouwen. Die Natasha van Mark Darcy bekeek me meesmuilend en mijn moeder rende af en toe voorbij om te roepen ‘Wat een leuke jurk, lieverd. *Cut*!’

‘Die vriendin, daar vind ik niet veel aan, jij?’ zei Una luid met een knikje naar Natasha, zodra ze met mij alleen was. ‘Een echt tutje. Elaine denkt dat ze wanhopig probeert iemand aan de haak te slaan. O, hallo, Mark. Nog een glas Pimms? Jammer, hè, dat Bridgets vriend niet kon komen. Hij boft maar met haar, vind je niet?’ Dit alles op een uitgesproken agressieve toon, alsof het Una persoonlijk kwetste dat Mark een vriendin had uitgekozen die a) niet ik was en b) niet door Una aan hem was voorgesteld op haar kalkoenenbuffet. ‘Hoe heet hij, Bridget? Daniel, nietwaar? Pam zegt dat hij zo’n geweldige jonge uitgever is.’

‘Daniel Cleaver?’ zei Mark Darcy.

‘Ja, inderdaad,’ zei ik, met mijn kin in de lucht.

‘Is dat een vriend van jou, Mark?’ vroeg Una.

‘Nee. Helemaal niet,’ zei hij kortaf.

‘Oei. Ik hoop wel dat hij dan goed genoeg is voor onze kleine Bridget,’ ging Una onverdroten verder, en ze gaf me een knipoog alsof het allemaal ontzettend komisch was en niet gruwelijk.

‘Ik denk dat ik ook daarop in alle vertrouwen kan antwoorden: helemaal niet,’ zei Mark.

'O, wacht even hoor, daar komt Audrey. Audrey!' zei Una, die niet meer luisterde en godzijdank weghuppelde.

'Je vindt dat zeker een erg leuke opmerking, hè?' zei ik woedend toen ze weg was.

'Wat?' vroeg Mark verbaasd.

'Zeg geen "wat" tegen mij, Mark Darcy,' foeterde ik.

'Je lijkt mijn moeder wel,' zei hij.

'Jij vindt zeker dat dat wel kan, hè, iemands vriend afkraken tegenover vrienden van haar ouders achter zijn rug om als hij er zelf niet bij is zonder enige reden en alleen maar omdat je jaloers bent,' schuimbekte ik.

Hij staarde me aan, alsof zijn aandacht door iets anders werd afgeleid.

'Neem me niet kwalijk,' zei hij, 'ik probeer te begrijpen wat je bedoelt. Heb ik...? Wil je zeggen dat ik jaloers ben op Daniel Cleaver? Om jou?'

'Nee! Niet om mij!' snauwde ik woedend, omdat ik besefte dat het wel zo klonk. 'Ik ging er alleen maar van uit dat je een of andere reden moest hebben om zo afschuwelijk over mijn vriend te praten, behalve pure kwaadaardigheid.'

'Mark, schat,' kirde Natasha, die sierlijk over het grasveld op ons af kwam getrippeld. Ze was zo lang en zo slank dat ze het niet nodig had gevonden hoge hakken te dragen, en ze liep dus moeiteloos over het gazon zonder erin weg te zakken, alsof ze ervoor geschapen was, als een kameel voor de woestijn. 'Kom even mee om je moeder te vertellen over dat eetkamermeublement dat we in Conran hebben gezien.'

'Pas jij maar goed op jezelf, dat is alles,' zei hij kalm, 'en je moet maar tegen je moeder zeggen dat zij ook een beetje uitkijkt,' zei hij, met een veelbetekenende knik naar Julio terwijl hij door Natasha werd afgevoerd.

Na nog drie kwartier vol gruwelen vond ik dat ik met goed fatsoen kon vertrekken, en ik zei tegen Una dat ik nog moest werken.

'O, die carrièremeisjes! Je kunt het niet eeuwig uitstellen, hoor, tik-tak-tik-tak,' zei ze.

Ik moest eerst vijf minuten in de auto zitten met een sigaret voor ik kalm genoeg was om te vertrekken. Net toen ik bij de hoofdweg aankwam, zag ik de auto van mijn vader langskomen. Naast hem zat Penny Husbands-Bosworth op de voorbank, met een afzakkend roodkanten plastron aan en konijnenoren op haar hoofd.

Tegen de tijd dat ik in Londen was aangekomen, en de snelweg had verlaten, voelde ik me nogal aangeslagen; bovendien was ik veel eerder terug dan ik verwacht had dus ik besloot om niet rechtstreeks naar huis te gaan, maar nog even bij Daniel langs te wippen om getroost te worden.

Ik parkeerde neus aan neus met Daniels auto. Toen ik aanbelde gebeurde er niets, dus ik wachtte even en belde opnieuw voor het geval hij net midden in een goede wicket zat of iets dergelijks. Nog steeds geen reactie. Ik wist dat hij er was want zijn auto stond er en hij had gezegd dat hij ging werken en cricket kijken. Ik keek omhoog naar zijn raam en daar stond hij. Ik glimlachte en wuifde en wees naar de deur. Hij verdween, naar ik aannam om open te doen, dus belde ik opnieuw. Het duurde even voor hij door de intercom zei: 'Ha die Bridge. Ik zit net te bellen met Amerika. Over tien minuten in het café?'

'Oké,' riep ik vrolijk zonder erbij na te denken, en ik begon naar de hoek te lopen. Maar toen ik omkeek, zag ik hem weer. Hij was niet aan de telefoon maar stond me na te kijken door het raam.

Sluw als ik ben, deed ik net of ik hem niet zag, en ik liep gewoon door, maar ik was perplex. Waarom stond hij daar te kijken? Waarom had hij niet meteen opengedaan? Waarom drukte hij niet gewoon op de knop om me binnen te laten? En opeens, alsof ik door de bliksem werd getroffen, wist ik het. Hij had een vrouw bij zich.

Met bonkend hart sloeg ik de volgende straat in, ik drukte me plat tegen de muur en loerde om de hoek naar zijn huis om te zien of hij nog bij het raam stond. Hij was nergens te bekennen. Ik holde terug en hurkte in het portiek van het buurhuis neer om tussen de pilaren door zijn deur in de gaten te houden, voor het geval er een vrouw naar buiten zou komen. Maar toen dacht ik: als er nu een vrouw naar buiten komt, hoe weet ik dan dat ze uit Daniels appartement komt, en niet uit een van de andere? En wat zou ik dan doen? Haar uitdagen? Haar aanhouden? En trouwens, waarom zou hij die vrouw niet thuis achterlaten met de opdracht daar te blijven totdat hij goed en wel in het café zit?

Ik keek op mijn horloge. Halfzeven. Ha! Het café was nog niet open, een volmaakt excuus. Met nieuwe moed holde ik naar zijn deur en belde.

'Bridget, ben jij dat weer?' snauwde hij.

'Het café is nog dicht.'

Stilte. Hoorde ik geen stem op de achtergrond? Ik hield mezelf voor dat hij alleen maar geld aan het witwassen of een drugsdeal aan het afsluiten was. Vermoedelijk was hij bezig plastic zakken vol cocaïne onder de vloerplanken te verbergen, geholpen door gladde Zuid-Amerikanen met hun haar in een staart.

'Doe eens open,' zei ik.

'Ik zei toch dat ik aan het telefoneren was.'

'Doe open!'

'Wat?' Hij was alleen maar tijd aan het rekken, dat voelde ik.

'Daniel, druk op die knop,' zei ik.

Grappig eigenlijk, dat je iemands aanwezigheid kunt voelen, zonder dat je haar ziet of hoort of op een andere manier iets van haar bespeurt. O, natuurlijk had ik onderweg naar boven in alle kasten gekeken, maar in geen ervan zat iemand. Maar ik wist gewoon dat er in Daniels huis een vrouw was. Een lichte geur misschien... iets in de manier waarop Daniel zich gedroeg, wat het ook was, ik wíst het.

We stonden elkaar argwanend aan te kijken, ieder aan een kant van de zitkamer. Ik had de wanhopige aandrang om door het huis te rennen en net als mijn moeder alle kasten open en dicht te doen en 1471 te bellen om erachter te komen of er een Amerikaans nummer op stond.

'Wat heb je toch aan?' vroeg hij. In mijn zenuwen had ik niet meer aan de jurk van Janine gedacht.

'Een bruidsmeisjesjurk,' zei ik uit de hoogte.

'Wil je iets drinken?' vroeg Daniel. Ik dacht snel na. Hij moest de keuken in, dan kon ik alle kasten doorzoeken.

'Een kopje thee graag.'

'Gaat het wel goed met je?' vroeg hij.

'Ja hoor. Prima!' jubelde ik. 'Geweldig leuk feest. Was de enige die als hoer gekleed was en moest dus een bruidsmeisjesjurk aantrekken. Mark Darcy was er ook met Natasha, wat heb je een leuk overhemd aan, zeg...' Ik stokte, buiten adem. Ik besefte dat ik veranderd was (niet eens 'aan het veranderen was') in mijn moeder.

Hij keek me even aan en vertrok toen naar de keuken, waarop ik de kamer door vloog om achter de divan en de gordijnen te kijken.

'Wat doe je?'

Daniel stond in de deuropening.

'O, niets. Ik dacht alleen maar dat ik een rok achter de divan had laten liggen,' zei ik terwijl ik woest de kussens begon op te schudden als in een Franse klucht.

Met een wantrouwig gezicht liep hij weer naar de keuken.

Ik besloot dat ik geen tijd had om 1471 te bellen, keek gauw in de kast waar hij het dekbed voor de divan in bewaart – niet bewoond – liep hem toen achterna naar de keuken en trok onderweg de deur van de gangkast open, waarop de strijkplank eruit viel, gevolgd door een kartonnen doos vol oude 45-toerenplaatjes die over de hele vloer gleden.

'Wat doe je toch?' vroeg Daniel opnieuw vriendelijk toen hij uit de keuken te voorschijn kwam.

'Het spijt me, ik bleef aan de deur haken met mijn mouw,' zei ik. 'Ik ging net naar de wc.'

Daniel keek me aan of ik gek was en dus kon ik de slaapkamer niet gaan inspecteren. In plaats daarvan sloot ik me op in de wc en begon als een bezetene rond te speuren naar aanwijzingen. Ik wist niet precies wat ik zocht, maar lange blonde haren, tissues met lippenstift erop en onbekende haarborstels zouden allemaal tekens zijn geweest. Niets. Vervolgens draaide ik stilletjes de deur van het slot, keek links en rechts, gleed de gang in, duwde de deur van Daniels slaapkamer open en kreeg de schrik van mijn leven. Er was iemand.

'Bridge.' Het was Daniel, die afwerend een spijkerbroek tegen zich aan hield. 'Wat kom je doen?'

'Ik hoorde je hierheen gaan dus... ik dacht... een geheim *rendez-vous*,' zei ik en ik liep op hem toe in een houding die zonder die bloemetjesjurk erg sexy geweest zou zijn. Ik legde mijn hoofd tegen zijn borst en sloeg mijn armen om hem heen, om zijn overhemd op parfumsporen te onderzoeken en het bed te bestuderen, dat zoals gewoonlijk onopgemaakt was.

'Mmmm, je hebt je Bunny-pakje nog hieronder aan, hè?' zei hij. Hij begon de rits van de bruidsmeisjesjurk open te maken en drukte zich tegen me aan op een manier die geen twijfel liet bestaan over zijn bedoelingen. Ik bedacht opeens dat het een trucje kon zijn, en dat hij me ging verleiden zodat die vrouw ongezien weg kon glippen.

'O jee, het water moet onderhand koken,' zei Daniel opeens. Hij ritste mijn jurk weer dicht en gaf me een geruststellend klopje, wat absoluut niets voor hem was. Meestal, als hij eenmaal begonnen is, gaat hij door tot het bittere einde, aardbevingen, vloedgolven of naaktbeelden van Virginia Bottomley op de tv ten spijt.

'O, ja. Je zou thee zetten,' zei ik, want ik dacht dat ik dan de kans zou krijgen de slaapkamer grondig te bekijken en de studeerkamer te verkennen.

'Gaat u voor,' zei Daniel. Hij duwde me de slaapkamer uit en deed de deur achter me dicht, zodat ik voor hem uit naar de keuken moest lopen. Onderweg viel mijn blik op de deur die naar het dakterras leidde.

'Zullen we gaan zitten?' vroeg Daniel.

Daar was dat wijf natuurlijk. Ze zat op het dak.

'Wat heb je toch?' zei hij toen ik wantrouwig naar de deur keek.

'O, niets hoor,' zong ik vrolijk en ik sleepte me de zitkamer binnen. 'Gewoon een beetje moe van het feest.'

Ik wierp mezelf nonchalant op de divan en vroeg me af of ik nu als een speer de studeerkamer binnen zou stuiven, om te zien of ze daar zat, of als een gek het dak op zou stormen. Als ze niet op het dak zat, bedacht ik me, dan moest ze in de studeerkamer zijn of in de kast in de slaapkamer of onder het bed. Als we dan het dak opgingen zou ze kunnen ontsnappen. Maar als dat het geval was dan had Daniel toch wel eerder voorgesteld om het dak op te gaan.

Hij bracht me een kop thee en ging achter zijn laptop zitten, die aanstond. Pas toen begon ik te denken dat er misschien helemaal geen vrouw was. Op het scherm stond een tekst, misschien had hij echt wel zitten werken en bellen met Amerika. En ik zette mezelf volledig voor gek door me als een imbeciel aan te stellen.

'Is alles echt wel goed met je, Bridge?'

'Ja hoor. Hoezo dan?'

'Nou ja, je komt hier onaangekondigd, gekleed als een konijn dat zich als bruidsmeisje heeft vermomd en je loopt nogal eigenaardig rond te neuzen in alle kamers. Ik wil niet nieuwsgierig zijn hoor, maar ik vroeg me gewoon af of er een verklaring voor was.'

Ik voelde me een complete idioot. Het kwam door die rottige Mark Darcy, die geprobeerd had mijn relatie kapot te maken door mijn wantrouwen te wekken. Die arme Daniel, wat gemeen om zo aan hem te twijfelen, alleen maar om wat die arrogante, slechtgehumeurde, supergeslaagde mensenrechtenadvocaat tegen me had gezegd. En toen hoorde ik een schrapend geluid op het dak boven ons.

'Ik heb het gewoon een beetje warm,' zei ik, terwijl ik Daniel nauwlettend in de gaten hield. 'Ik geloof dat ik maar even op het dak ga zitten.'

'Blijf nou eens in godsnaam een paar minuten stilzitten!' schreeuwde hij. Hij stond op om mij de weg te versperren maar ik was hem te vlug af. Ik dook langs hem heen, deed de deur open, rende de trap op en opende het luik naar buiten.

Daar, op een stretcher, lag een gebruinde, langbenige, blonde, spiernaakte vrouw languit. Ik stond als aan de grond genageld, en voelde me een reusachtige pudding in die bruidsmeisjesjurk. De vrouw tilde haar hoofd op, schoof haar zonnebril omhoog, en keek naar me met één oog dichtgeknepen. Ik hoorde Daniel achter me aan de trap op komen.

'Lieverd,' zei de vrouw met een Amerikaans accent, terwijl ze hem over mijn hoofd heen aankeek, 'je zei toch dat ze slánk was?'

AUGUSTUS

Ingestort

DINSDAG 1 AUGUSTUS

56 kg, 3 eenheden alcohol, 40 sigaretten (maar gestopt met inhaleren om meer te kunnen roken), 450 calorieën (eet niet meer), 14 x 1471 gebeld, 7 krasloten.

5.00 Ben nergens meer. Mijn vriend gaat naar bed met een gebronsde reuzin. Mijn moeder gaat naar bed met een Portugees. Jeremy gaat naar bed met een vreselijke del, prins Charles gaat naar bed met Camilla Parker-Bowles. Waar moet ik nog in geloven? Waar heb ik nog houvast aan? Heb zin om Daniel te bellen, in de hoop dat hij dan alles zal ontkennen en met een aannemelijke verklaring komt voor de onbedekte Walkure op zijn dak – jongere zus, aardige buurvrouw die moest bijkomen van overstroming, of zoiets – zodat alles weer in orde is. Maar Tom heeft een briefje op mijn telefoon geplakt met: 'Als je Daniel belt, zal het je bezuren.'

Ik had bij Tom moeten gaan logeren, zoals hij voorstelde. Vind het vreselijk midden in de nacht alleen te zitten, sigaretten rokend en snotterend als een mesjokke psychopaat. Straks hoort Dan van beneden me, en belt hij het gekkenhuis. O, god, wat is er toch mis met mij? Waarom lukt er nooit wat? Het komt doordat ik te dik ben. Speel met het idee Tom weer te bellen, maar heb hem drie kwartier geleden ook al gebeld. Ik kan het niet aan om naar mijn werk te gaan.

Na de ontmoeting op het dak heb ik niets meer tegen Daniel gezegd. Ik heb mijn hoofd in mijn nek gegooid, ben langs hem heen geschreden, naar beneden gemarcheerd en weggereden. Ogenblikkelijk naar Tom die een fles wodka aan mijn mond zette en er naderhand het tomatensap en de Worcestersaus aan toevoegde. Daniel had drie keer een boodschap op mijn antwoordapparaat ingesproken toen ik terugkwam, of ik hem wilde bellen.

Heb ik niet gedaan, op aanraden van Tom, die me eraan herinnerde dat je mannen slecht moet behandelen als je succes bij ze wilt hebben. Dacht altijd dat het cynische onzin was maar ik ben volgens mij aardig tegen Daniel geweest en moet je nu eens zien.

O, god, de vogels beginnen. Moet over drieënhalf uur naar mijn werk. Ik kan het niet. Help, help. Opeens een lumineus idee: mam bellen.

10.00 Mam was gewoon fantastisch. 'Lieverd,' zei ze, 'natuurlijk maak je me niet wakker. Ik sta op het punt naar de studio te gaan. Ik kan het gewoon niet geloven, dat je er zo vreselijk aan toe bent, alleen maar om zo'n stomme vent. Het zijn allemaal volslagen egoïstische, seksueel incontinente schepsels waar mens noch dier iets aan heeft. Ja! Jij ook, Julio! Kom, toe nou, lieverd. Zet je schrap. Je gaat nu slapen, en je zorgt dat je er op je werk geweldig uitziet. Je moet iedereen – vooral Daniel – goed laten zien dat je hem de bons hebt gegeven, en opeens hebt ontdekt hoe geweldig het leven is zonder dat die opgeblazen, liederlijke ouwe lúl de baas over je speelt, en dan ben je weer helemaal boven Jan.'

'Maar hoe is het nu met jóú, mam?' vroeg ik, want ik dacht aan pap, die naar Una's feestje was gekomen met Penny Husbands -Bosworth, de asbestweduwe.

'Je bent een schat. Ik sta zo vreselijk onder druk.'

'Kan ik iets voor je doen?'

'Nou je het zegt, eigenlijk wel,' zei ze, wat opgewekter. 'Ken jij misschien iemand die weet waar ik Lisa Leeson kan bereiken? Je weet wel, de vrouw van Nick Leeson? Ik probeer al dagenlang wanhopig met haar in contact te komen. Ze zou perfect zijn voor mijn *Plotseling Alleen*.'

'Maar ik had het over pap, niet over *Plotseling Alleen*,' siste ik.

'Over pappie? Maar ik sta niet onder druk van pappie. Doe niet zo mal, lieverd.'

'Maar het feestje dan, en mevrouw Husbands-Bosworth.'

'O, ja, dat. Lachwekkend gewoon. Dat was alleen maar om mijn aandacht te trekken; hij zette zichzelf volslagen voor gek. Wat moest ze eigenlijk voorstellen? Een hamster? Hoe dan ook, ik moet nu echt weg, ik heb het ontzettend druk, maar denk je nog even na over dat telefoonnummer van Lisa? Ik geef je mijn toestelnummer, lieverd. En nu niet meer van dat dwaze gejammer, hè.'

'Ja maar, mam, ik moet met Daniel samenwerken, en ik...'

'Lieverd, je zegt het verkeerd. Hij moet met jóú samenwerken. Je moet hem eens even een poepje laten ruiken!' (Grote god, met wat voor mensen gaat ze tegenwoordig om?) 'Ik heb trouwens eens nagedacht. Het is de hoogste tijd dat je uit dat baantje stapt dat toch uitzichtloos is en waar niemand je waardeert. Gooi het toch overboord, meid! Ja, lieverd... ik zal je een baan bezorgen bij de televisie!'

Ik ga nu naar mijn werk; lijk die vreselijke Ivana Trump wel, met een mantelpak aan en lippengloss op.

WOENSDAG 2 AUGUSTUS

56 kg, dijomvang 45 cm, 3 eenheden alcohol (maar z. puur soort wijn), 7 sigaretten (zonder inhaleren), 1500 calorieën (uitstekend), 0 koppen thee, 3 koppen koffie (maar v. echte koffiebonen dus minder slecht voor cellulitis), 4 eenheden cafeïne in totaal.

Alles onder controle. Ga weer terug naar 53,5 en alle cellulitis op dijen wegwerken. Dan komt vast alles weer goed. Ben begonnen aan intensief ontslakkingsprogramma dat inhoudt: geen thee en geen koffie en geen alcohol en geen witte bloem en geen melk en, wat was dat andere ook weer? O, nou ja. Geen vis, of zo. Je moet elke ochtend je huid droog scrubben, vijf minuten lang, dan een bad van een kwartier met etherische oliën tegen cellulitis, waarbij je je cellulitis moet kneden alsof het deeg is, en daarna moet je nog meer anticellulitisolie in je cellulitis masseren.

Dat laatste snap ik niet goed; trekt die anticellulitisolie door je huid heen in de cellulitis? Als dat zo is, betekent dat dan, dat als je zelfbruiningslotion opdoet, je van binnen bruine cellulitis krijgt? Of gebruind bloed? Of een gebruind lymfevatenstelsel? O, gatsie. Nou ja... (Sigaretten, dat was dat andere. Geen sigaretten. Ach. Het is nu te laat. Morgen.)

DONDERDAG 3 AUGUSTUS

55,5 kg, dijomvang 45 cm (waar doe je het verdomme allemaal voor), 0 eenheden alcohol, 25 sigaretten (uitstekend, onder omstandigheden), ong. 445 negatieve gedachten per uur, 0 postieve gedachten.

Hoofd weer z. slecht. Kan gedachte aan Daniel met iemand anders niet verdragen. Geest vol gruwelijke fantasieën dat ze van alles met elkaar doen. Plannen om af te vallen en persoonlijkheid te veranderen hebben me twee dagen overeind gehouden maar nu alles om mij heen ingestort. Was alleen maar ingewikkelde vorm van ontkenning, zie ik nu. Geloofde echt dat ik mezelf totaal kon herbouwen binnen enkele dagen, en negeerde effect van Daniels kwetsende, vernederende ontrouw, omdat dat me immers was overkomen in vroegere gedaante en mijn nieuwe, verbeterde ik nooit zou treffen. Helaas besef ik nu dat dat hele gedoe met die ongenaakbare, zwaar opgemaakte ijskoningin op anticellulitisdieet alleen maar bedoeld was om Daniel zijn vergissing te doen inzien. Tom had me daar al voor gewaarschuwd; hij zei dat in de plastische chirurgie negentig procent van de operaties vrouwen betrof van wie de man er met een jongere vrouw vandoor was gegaan. Ik zei dat de dakreuzin niet zozeer jonger was, als wel groter, maar Tom zei dat het daar niet om ging. Grrr.

Op het werk stuurde Daniel me de hele tijd e-mails, 'kunnen we even praten', enz., maar die negeerde ik angstvallig. Maar hoe meer boodschappen er kwamen, hoe meer ik me liet meeslepen, en me begon te verbeelden dat mijn vernieuwde ik indruk begon te maken, dat hij besefte dat hij een verschrikkelijke fout had gemaakt, dat hij nu pas werkelijk inzag dat hij echt en wezenlijk van mij hield, en dat de dakreuzin achter ons lag.

Vanavond kwam hij me achterna toen ik het gebouw uitliep. 'Schat, we moeten echt even praten.'

Ik liet me als een idioot door hem meenemen om wat te gaan drinken in de American Bar van het Savoy, waar hij mijn hart week maakte met champagne en 'ik vind het echt vreselijk en ik mis je zo en bla bla bla bla', maar zodra hij me zover had dat ik zei: 'O, Daniel, ik mis jou ook zo,' werd hij opeens heel schoolmeesterig en zakelijk, en zei: 'De kwestie is namelijk dat Branca en ik...'

'Branca? Braka bedoel je zeker,' zei ik, in de veronderstelling dat hij ging zeggen: 'zijn broer en zus', 'neef en nicht', 'elkaars ergste vijand' of 'al eeuwen uit elkaar'. Maar dat deed hij niet. Hij keek kwaad.

'O, ik kan het echt niet uitleggen,' zei hij geërgerd, 'het is iets heel bijzonders.'

Ik keek hem aan, stomverbaasd over de doortraptheid van deze ommezwaai.

'Het spijt me, meid,' zei hij, terwijl hij zijn creditcard te voorschijn haalde en achteroverleunde om de aandacht van de kelner te trekken, 'maar we gaan trouwen.'

VRIJDAG 4 AUGUSTUS

Dijomvang 45 cm, 600 negatieve gedachten per minuut, 4 paniekaanvallen en 12 huilbuien (maar beide alleen maar op toilet en aan mascara gedacht), 7 krasloten.

Werk. Toiletten derde verdieping. Het is gewoon... gewoon onverdraaglijk. Hoe heb ik dat ooit kunnen doen, het aanleggen met mijn baas. Kan er niet meer tegen daar. Daniel heeft zijn verloving met de reuzin bekendgemaakt. Vertegenwoordigers, van wie ik altijd dacht dat ze niets van Daniel en mij af wisten, bellen me voortdurend op om me te feliciteren, en dan moet ik uitleggen dat hij eigenlijk met iemand anders is verloofd. Ik moet steeds denken aan hoe romantisch het was toen we begonnen, met allemaal geheime e-mails en *rendez-vous* in de lift. Ik hoorde Daniel aan de telefoon met Braka afspreken, en hij zei met zo'n Beatrix Potter-stemmetje: 'Dat valt wel mee... tot nu toe,' en ik wist dat hij het over mijn reactie had, alsof ik dat mens van Keays was of zo iemand. Denk serieus aan een facelift.

DINSDAG 8 AUGUSTUS

57 kg, 7 eenheden alcohol (ja ja), 29 sigaretten (zo zo), 5 miljoen calorieën, 0 negatieve gedachten, 0 andere gedachten.

Net Jude gebeld. Haar een en ander verteld over tragedie met Daniel en zij stond perplex, kondigde onmiddellijk noodtoestand af en zei dat ze Sharon zou bellen en een ontmoeting zou beleggen om negen uur. Ze kon niet eerder omdat ze met Ranzige Richard had afgesproken, die eindelijk heeft toegestemd met haar in relatietherapie te gaan.

2.00 Gozzie welevve lolghad vnavond. Oei. Omgevalle.

WOENSDAG 9 AUGUSTUS

58 kg (met goede reden), dijomvang 40 cm (wonder of vergissing door drankhoofd), 0 eenheden alcohol (lichaam drinkt nog steeds van gisteravond), 0 sigaretten (get).

8.00 Gatver. Lichamelijk in kwalijke staat maar geestelijk z. opgevrolijkt door avond uit. Jude kwam aan als een helse furie want Ranzige Richard had haar laten zitten met die relatietherapie.

'Het was duidelijk dat de therapeute dacht dat hij een fantasievriendje was, en dat ze me erg zielig vond.'

'En wat deed jij toen?' vroeg ik meelevend, terwijl ik dacht: ze had gelijk, maar meteen deze trouweloze, boosaardige, door Satan gezonden gedachte verdrong.

'Ze zei dat ik moest praten over problemen die niets met Richard te maken hadden.'

'Maar je hebt helemaal geen problemen die niets met Richard te maken hebben,' zei Sharon.

'Dat weet ik ook wel. Dat zei ik, en toen zei ze dat ik een probleem had met afgrenzen en ik moest vijfenvijftig pond betalen.'

'Waarom kwam hij niet opdagen? Ik hoop wel dat dat sadistische ongedierte een goed excuus had,' zei Sharon.

‘Hij zei dat hij niet van zijn werk weg kon,’ zei Jude. ‘Ik zei tegen hem: “Hoor eens, jij bent niet de enige met een bindingsprobleem. Als je het weten wilt, ík heb een bindingsprobleem. Als jij ooit je eigen bindingsprobleem wilt aanpakken dan zou het weleens kunnen dat je op míjn bindingsprobleem stuit en dan is het te láát.”’

‘Héb je dan een bindingsprobleem?’ vroeg ik, hevig geïnteresseerd, en ik dacht onmiddellijk dat ik misschien ook een bindingsprobleem had.

‘Natúúrlijk heb ik een bindingsprobleem,’ grauwde Jude. ‘Alleen ziet niemand dat ooit omdat het helemaal overspoeld wordt door Richards bindingsprobleem, maar eigenlijk zit mijn bindingsprobleem veel dieper dan zijn bindingsprobleem.’

‘Juist,’ zei Sharon. ‘Maar jij gaat niet met je bindingsprobleem te koop lopen zoals elke vent van over de twintig tegenwoordig doet.’

‘Precies ja!’ sputterde Jude, die nog een Silk Cut probeerde op te steken met een lege aansteker.

‘De hele wereld heeft goddomme een bindingsprobleem,’ gromde Sharon met een Clint Eastwood-achtige keelstem. ‘Het is die snelkookcultuur. Het is een wereldwijde concentratiestoornis. Het is echt iets voor mannen om een wereldwijde trend voor zichzelf te annexeren en er een middel van te maken om vrouwen af te wijzen, zodat zij zich slim voelen, en wij ons stom. Het is gewoon gevoelsarme zakkigheid.’

‘De klootzakken!’ riep ik blij. ‘Zullen we nog een fles wijn nemen?’

9.00 Jezus Mina. Mam belde net. ‘Lieverd,’ zei ze, ‘moet je horen! *Goedemiddag!* zoekt onderzoekers. Actualiteiten, bijzonder goed. Ik heb met Richard Finch gesproken, de redacteur, en hem over jou verteld. Ik heb gezegd dat je politieke wetenschappen hebt gestudeerd, lieverd. Maar maak je geen zorgen, hij heeft het veel te druk om dat na te trekken. Hij wil dat je maandag een babbeltje komt maken.’

Maandag. O, god. Nog maar vijf dagen om iets te leren over actualiteiten.

ZATERDAG 12 AUGUSTUS

58,5 kg (nog steeds met goede reden), 3 eenheden alcohol (z.g.), 32 sigaretten (z.z. slecht, want eigenlijk vandaag gestopt), 1800 calorieën (g.), 4 krasloten (gaat), 1 1/2 artikelen over actualiteiten gelezen, 22 x 1471 gebeld (best), 120 minuten lang me boze gesprekken met Daniel verbeeld (z.g.), 90 minuten lang me voorgesteld dat Daniel me smeekt terug te komen (uitstekend).

Goed. Vastbesloten z. positief tegenover alles te staan. Ga mijn leven veranderen: word goed geïnformeerd inz. actualiteiten, stop geheel met roken, ga stabiele relatie aan met volwassen man.

8.30 Nog steeds niet gerookt. Z.g.

8.35 De hele dag nog niet gerookt. Uitstekend.

8.40 Zou er iets leuks bij de post zitten?

8.45 Gatver. Akelige brief van sociale verzekeringen. Moet £1452 betalen. Wat? Hoe kan dat nou? Heb geen £1452. O, god, moet een sigaret om te kalmeren. Niet doen. Niet doen.

8.47 Sigaret gerookt. Maar een dag zonder roken begint eigenlijk pas nadat ik me heb aangekleed. Moet opeens denken aan vroegere vriendje Peter. Had zeven jaar lang een goede relatie met hem, totdat ik het uitmaakte, om diepe, pijnlijke redenen die ik niet meer weet. Van tijd tot tijd, meestal wanneer hij niemand heeft om mee op vakantie te gaan, probeert hij bij me terug te komen, en zegt dat hij met me wil trouwen. Laat me onverhoeds alweer meeslepen door idee dat Peter de oplossing is. Waarom ongelukkig en eenzaam blijven als Peter mij wil? Hol naar telefoon, bel Peter en laat boodschap achter op zijn antwoordapparaat, vraag hem alleen mij terug te bellen, leg niet meteen hele plan voor om rest leven samen door te brengen, enz.

13.15 Peter heeft niet teruggebeld. Ben nu voor alle mannen afstotelijk, zelfs voor Peter.

16.45 Antirookcampagne aan flarden. Eindelijk Peter aan de lijn. 'Hoi, Bijtje.' (We noemden elkaar altijd Bijtje en Wespje.) 'Ik zou je toch al gebeld hebben. Ik heb goed nieuws: ik ga trouwen.'

Gatver. Z. beroerd gevoel omgeving pancreas. Exen moeten het nooit, maar dan ook nooit met een ander aanleggen of met ze trouwen, maar tot in lengte van dagen vrijgezel blijven om te zorgen dat je altijd iets hebt om geestelijk op terug te vallen.

'Bijtje?' vroeg Wespje. 'Bzzzzz?'

'O, sorry hoor,' zei ik, en ik leunde duizelend tegen de muur, 'ik... eh... ik zag net een ongeluk gebeuren, buiten op straat.'

Maar ik had geen enkele rol in het gesprek, want Wespje taterde vijfentwintig minuten lang over de kosten van een feesttent en zei toen: 'Moet ophangen. We eten vanavond worstjes van hertenvlees, van Delia Smith, met jeneverbessen, en we gaan tv kijken.'

Gatver. Heb net heel pakje Silk Cut opgerookt uit zelfvernietigende existentiële wanhoop. Ik hoop dat ze allebei moddervet worden en door een kraan het raam uit moeten worden gehesen.

17.45 Probeer uit alle macht de namen van het schaduwkabinet uit mijn hoofd te leren om uit die spiraal van onzekerheid te komen. Heb Wespjes aanstaande natuurlijk nooit ontmoet, maar stel me zo'n grote, slanke, blonde dakreuzin voor die elke dag om vijf uur opstaat, oefeningen doet, zichzelf met zout afwrijft en dan de hele dag een internationale handelsbank leidt zonder dat haar mascara uitloopt.

Diep vernederd nu ik inzie dat ik al die jaren met zo'n zelfvoldaan gevoel aan Peter heb gedacht omdat ik hem aan de kant had gezet, maar nu zet hij mij rigoureus aan de kant door met reuzin-met-Walkure-achterste te trouwen. Laat me meesleuren door cynische overpeinzing dat een romantisch gebroken hart veel minder met verlies te maken heeft dan met gewond ego en gekrenkte trots, met als terzijde de gedachte dat de reden voor die krankzinnige overmaat aan zelfvertrouwen van Fergy misschien is dat Andrew haar terug wil (totdat hij met een ander trouwt, ha ha).

18.45 Wou net naar het journaal van zes uur gaan kijken, met schrift in de aanslag, toen mam binnen kwam stormen met een lading plastic tassen.

'Kijk, schat,' riep ze terwijl ze voorbijzeilde, de keuken in, 'ik heb lekkere soep voor je meegebracht, en wat mooie kleren van mezelf voor maandag!' Ze had een limoenkleurig pakje aan, een zwarte panty en hooggehakte pumps. Ze was net Cilla Black van *Blind Date*.

'Waar zijn je soeplepels toch?' riep ze, smijtend met de kastdeur. 'Wat is het hier een bende! Nou, kijk jij eens even in die tassen, dan maak ik de soep warm.'

Ik besloot over het hoofd te zien dat het a) augustus was en b) smoorheet en c) pas kwart over zes en d) ik geen zin had in soep. Ik gluurde voorzichtig in de eerste tas, waar iets in zat van synthetische plissé, felgeel met een terracotta bladmotief. 'Eh... mam,' begon ik, maar toen begon haar handtas te rinkelen.

'Ha, dat zal Julio zijn. Já! Já!' Ze zat nu met haar draagbare telefoon onder haar kin geklemd iets op te schrijven. 'Já! Já! Trek het nou aan, schat,' siste ze. 'Já! Já! Já!'

Nu is ze vertrokken naar een kaas- en wijnfeestje, en ik heb het nieuws gemist en zit hier als een soort Teresa Gorman in een felblauw mantelpak met een groene glibberbloes eronder en blauwe oogschaduw tot aan mijn wenkbrauwen.

'Doe nou niet zo dom, schat,' waren haar laatste opbeurende woorden, 'je móét iets aan je uiterlijk doen, anders krijg je nooit een andere baan, laat staan een andere vriend!'

24.00 Toen ze weg was Tom gebeld, die me, om me af te leiden, meenam naar een feest in de Saatchi Gallery dat gegeven werd door een academie-vriendje van hem.

'Bridget,' prevelde hij zenuwachtig toen we de witte ruimte binnenliepen in een zee van artistieke jongens, 'je weet dat je het niet kunt maken te lachen om Installaties, hè?'

‘Oké, oké,’ zei ik humeurig, ‘ik ga heus geen misselijke grapjes maken.’

Iemand die Gav heette zei ‘hoi’; hij was een jaar of tweeëntwintig en sexy, in een gekrompen T-shirt dat zijn broodplankachtige middenrif bloot liet.

‘Het is echt, écht geweldig,’ zei Gav. ‘Het is een soort van bezoedeld Utopia met die echt, écht goeie echo’s van een soort van verloren nationale eigenheid.’

Opgewonden ging hij ons voor door de grote witte ruimte naar een rol toiletpapier: binnenstebuiten, met de kartonnen huls om het papier heen.

Ze keken me vol verwachting aan. Opeens wist ik dat ik zou gaan huilen. Tom stond nu te kwijlen boven een reusachtig stuk zeep waar de afdruk van een penis in stond. Gav staarde me aan. ‘Wauw. Dat is nou een echt, écht...’ fluisterde hij vol eerbied terwijl ik mijn tranen probeerde te bedwingen, ‘een soort van heftige reactie.’

‘Even naar de wc,’ steunde ik en ik holde weg, langs iets dat van wegwerpzakjes voor maandverband was gemaakt. Er stond een rij voor een toiletcabine, waar ik me bevend bij aansloot. Opeens, net toen het bijna mijn beurt was, legde iemand een hand op mijn arm. Het was Daniel.

‘Bridge, wat doe jij hier?’

‘Wat dénk je,’ snauwde ik. ‘Neem me niet kwalijk, ik heb haast.’ Ik stortte me het hokje in en stond net op het punt om aan de slag te gaan toen ik ontdekte dat het toilet alleen maar een afgietsel was van de binnenkant van een toiletpot, vacuüm verpakt in plastic. Toen stak Daniel zijn hoofd om de deur.

‘Bridge, geen plasje doen op de Installatie, hè?’ zei hij, en hij trok de deur weer dicht.

Toen ik naar buiten kwam, was hij weg. Ik zag noch Gav, noch Tom, noch iemand anders die ik kende. Uiteindelijk vond ik de echte toiletten. Ik ging zitten, barstte in tranen uit en vond dat ik niet geschikt meer was voor gezelschap, en me maar moest verbergen tot ik me weer beter voelde.

Tom stond buiten op me te wachten.

‘Kom mee naar Gav,’ zei hij. ‘Hij valt op je, een soort van.’ Toen zag hij mijn gezicht en zei: ‘O, shit. Ik breng je naar huis.’

Niets helpt. Als iemand je laat zitten dan mis je hem, dan stort het kleine wereldje dat je samen hebt geschapen in elkaar, en dan doet alles wat je ziet of meemaakt je aan hem denken, maar het allerergste is nog dat je het idee hebt dat hij je getest heeft, en dat je op het laatst op al je onderdelen het stempel AFGEKEURD hebt gekregen van de man van wie je houdt. Natuurlijk heb je dan na afloop het zelfvertrouwen van een drie dagen oud stationsbroodje.

'Gav valt op je,' zei Tom.

'Gav is tien. En trouwens, hij vindt me alleen maar aardig omdat hij dacht dat ik om die rol toiletpapier stond te grienen.'

'Nou, ja, dat was toch ook zo, in zekere zin,' zei Tom. 'Wat een lul, die Daniel. Het zou me niets verbazen als die vent in zijn eentje verantwoordelijk zou blijken te zijn voor de hele oorlog in Bosnië.'

ZONDAG 13 AUGUSTUS

Z. slechte nacht. Ik probeerde mezelf in slaap te lezen met laatste nummer van de *Tatler*, maar tot overmaat van ramp stuitte ik opeens op het smoelwerk van Mark Darcy, bij een artikel over de vijftig meest gewilde vrijgezellen van Londen, waarin stond hoe rijk en fantastisch hij wel niet was. Gatverdamme. Er bodemloos depressief van geworden. Maar ja. Ik hou op met al dat zelfmedelijden, en ga deze ochtend kranten uit mijn hoofd leren.

12.00 Rebecca belde, om te vragen 'of alles oké was'. Ik dacht dat ze bedoelde, met Daniel, dus ik zei: 'Tja, nou, het is allemaal erg deprimerend.'

'O, arm kind. Zie je, ik zag Peter gisteravond...' (Waar? Bij wie? Waarom was ik niet uitgenodigd?) '... en hij vertelde iedereen dat jij zo van streek was vanwege zijn huwelijk. Zoals hij ook al zei, is het inderdáád moeilijk, en vrouwen alleen hebben de neiging te gaan wanhopen als ze ouder worden...'

Tegen lunchtijd bracht ik het niet meer op om te doen of alles oké was; kon de zondag niet langer verdragen. Jude opgebeld, haar verteld over Wespje, Rebecca, sollicitatie, mam, Daniel en algehele ellende en om twee uur afgesproken bij Jimmy Beez voor bloody mary.

18.00 Jude had net een geweldig boek gelezen, *In elke vrouw schuilt een godin*, dus dat kwam heel goed uit. In bepaalde perioden van je leven, volgens dat boek, gaat alles verkeerd zodat je je geen raad meer weet en je het gevoel hebt dat overal om je heen roestvrijstalen deuren in het slot vallen, net als in *Star Trek*. Wat je dan moet doen, is een heldin zijn, dapper doorgaan, zonder je te verlagen tot drank en zelfmedelijden, en dan komt alles weer goed. En dat alle Griekse mythen en veel geslaagde films gaan over mensen die zwaar op de proef worden gesteld, en die niet gaan zitten jammeren maar het hoofd koel houden en erbovenop komen.

Volgens dat boek is het in zo'n moeilijke periode alsof je in een smal toelopende, schelpvormige spiraal zit en bij elke bocht moet je iets pijnlijks en moeilijks overwinnen. Dat is jouw speciale probleem of gewonde plek. Als je in het smalle, spitse gedeelte van de spiraal zit, kom je heel vaak in die situatie omdat de omwentelingen zo kort zijn. Naarmate je verder komt, gebeurt het minder vaak, maar toch kom je het nog steeds tegen, dus als dat gebeurt, moet je niet denken dat je weer terug bent bij af.

Moeilijkheid is dat ik nu weer nuchter ben en niet meer voor honderd procent zeker weet waar ze het over had.

Mam belde en ik probeerde haar uit te leggen hoe moeilijk het is om een vrouw te zijn, en, anders dan een man, een Uiterste Verkoopdatum te hebben wat voortplanting betreft, maar zij zei alleen maar: 'O, kind, wat een onzin. Jullie meisjes zijn tegenwoordig zo kieskeurig en romantisch, jullie hebben gewoon te veel keus. Ik bedoel niet dat ik niet van pap hield, maar zie je, wij hadden altijd geleerd "weinig te verwachten, veel te vergeven", en wij wachtten niet af tot we halsoverkop verliefd werden. En als ik eerlijk mag zijn, lieverd, kinderen krijgen is ook niet alles. Ik wil je natuurlijk niet kwetsen, ik bedoel het niet persoonlijk, maar als ik nog eens voor de keus zou staan, dan weet ik niet of ik nog wel...'

O, god. Zelfs mijn eigen moeder wenst dat ik nooit geboren was.

MAANDAG 14 AUGUSTUS

59,5 kg (leuk hoor, ben in spekberg veranderd voor sollicitatiegesprek, heb ook puist), 0 eenheden alcohol, veel sigaretten, 1575 calorieën (maar overgegeven, dus eig. maar ong. 400).

O, god. Doodsbenauwd vanwege sollicitatie. Heb Perpetua gezegd dat ik naar de gynaecoloog moest; had natuurlijk tandarts moeten zeggen maar kon die gelegenheid om nieuwsgierigste vrouw ter wereld te kwellen niet voorbij laten gaan. Bijna klaar, moet alleen nog laatste hand aan make-up leggen en intussen mijn mening repeteren over het leiderschap van Tony Blair. O, god, wie is ook weer de staatssecretaris van Defensie in het schaduwkabinet? O, godverdegodver! Iemand met een baard? O, shit, telefoon. Het is niet te geloven: een stuitende tiener aan de lijn met betuttelend zangerig Zuid-Londens: 'Hal-loo Bridget! Met het kantoor van Richard Finch. Richard is vanmorgen in Blackpool dus de afspraak kan niet doorgaan.' Nieuwe afspraak voor woensdag. Moet dus doen alsof ik voortdurend naar de gynaecoloog moet. Kan trouwens maar beter de hele ochtend vrij nemen.

WOENSDAG 16 AUGUSTUS

Afschuwelijke nacht. Werd telkens wakker, badend in mijn zweet, me in doodsangst afvragend wat het verschil was tussen de Ulster Unionisten en de SDLP en waarbij Ian Paisley nou hoorde.

Ze brachten me niet meteen het kantoor binnen om de grote Richard Finch te ontmoeten, maar lieten me veertig minuten lang zitten zweten bij de receptie, waar ik me steeds in wanhoop afvroeg wie de staatssecretaris van Gezondheid was, voordat ik werd opgehaald door de zangerige assistente Patchouli, getooid met fietsbroek en neussteentje, die verschrikte blikken wierp op mijn Jigsaw-pakje, alsof ik in een afschuwelijk misplaatste poging er netjes uit te zien in een voetlange, changeantzijden baljurk van Laura Ashley ten tonele was verschenen.

'Richard zegt dat je naar de bespreking moet komen. Heb je dat?' prevelde ze en ze stoof weg, een gang door, met mij achter haar aan ijlend. Ze smeet een roze deur open en we kwamen in een gigantische, open werkruimte, vol stapels scripts, monitors aan het plafond, overal aan de wanden grafieken, en mountainbikes die tegen bureaus geparkeerd stonden. Achter in de ruimte stond een grote langwerpige tafel waaraan de bespreking plaatsvond. Iedereen draaide zich om en keek naar ons toen wij er aankwamen.

Een gezette man van middelbare leeftijd met blond krulhaar, een spijkerhemd en een rode Christopher Biggins-bril zat aan het ene uiteinde van de tafel op en neer te springen.

'Kom! Kom!' riep hij telkens, zijn vuisten in de lucht als een bokser. 'Hugh Grant! Elizabeth Hurley! Na twee maanden nog altijd bij elkaar! Hoe zit dat! Hoe kan hij zich dat permitteren? Hoe kan een vent met een vriendin die eruitziet als Elizabeth Hurley zich laten pijpen door een prostituee op de openbare weg, zonder gevolgen? Wat is er mis met die vrouw?'

Ik kon mijn oren niet geloven. En het schaduwkabinet dan? En het vredesproces? Het was duidelijk dat hij erachter wilde komen hoe hij het het beste zelf met een prostituee moest aanleggen, zonder consequenties. Opeens keek hij me recht aan.

'Weet jij het soms?' Al die artistiek uitgedoste jongens staarden naar me. 'Jij daar. Jij bent zeker Bridget!' schreeuwde hij ongeduldig. 'Hoe bestaat het dat een man met een beeldschone vriendin het met een prostituee doet en betrapt wordt, zonder dat hij aan de kant wordt gezet?'

Ik kreeg het Spaans benauwd. Ik stond met mijn mond vol tanden.

'Nou?' zei hij. 'Nou? Kom op, zeg eens wat!'

'Nou, misschien,' zei ik, want iets anders kwam niet in me op, 'kwam het doordat iemand zich in het bewijs had verslikt.'

Er viel een dodelijke stilte, en toen begon Richard Finch te lachen. Het was de weerzinwekkendste lach die ik ooit van mijn leven heb gehoord. En toen begonnen al die artistieke jongens ook te lachen.

'Bridget Jones,' zei Richard Finch ten slotte, en hij droogde zijn ogen. 'Welkom bij *Goedemiddag!* Ga zitten, schat,' en toen knipoogde hij.

DINSDAG 22 AUGUSTUS

58 kg, 4 eenheden alcohol, 25 sigaretten, 5 krasloten.

Nog steeds niets gehoord van het sollicitatiegesprek. Weet niet wat ik op Bank Holiday zal doen en vind het verschrikkelijk in mijn eentje in Londen te blijven. Shazzer gaat naar het festival van Edinburgh, net als Tom, en waarschijnlijk een hoop lui van mijn werk. Zou graag gaan maar weet niet zeker of ik het me kan veroorloven en vrees dat Daniel er ook is. En iedereen zal bovendien meer succes en plezier hebben dan ik.

WOENSDAG 23 AUGUSTUS

Ga in elk geval naar Edinburgh. Daniel blijft in Londen om te werken dus geen gevaar dat ik hem tegenkom op de Royal Mile. Goed voor me eruit te zijn, en even niet te tobben en te wachten op brief van *Goedemiddag!*

DONDERDAG 24 AUGUSTUS

Blijf in Londen. Ik denk altijd dat ik zal genieten in Edinburgh maar dan kan ik alleen nog maar kaartjes krijgen voor het mimetheater. En als je je zomers kleedt, is het er ijskoud en moet je kilometers ver over steile, met kinderhoofdjes geplaveide hellingen lopen bibberen terwijl je zeker weet dat alle andere mensen aan het feesten zijn.

VRIJDAG 25 AUGUSTUS

19.00 Ik ga toch naar Edinburgh. Vandaag zei Perpetua: 'Bridget, het is wel belachelijk kort dag, maar ik heb een flat gehuurd in Edinburgh, en ik zou het enig vinden als jij meekwam.' Wat is ze toch gul en gastvrij.

22.00 Net Perpetua gebeld dat ik niet meega. Ontzettend vervelend allemaal. Kan het niet betalen.

ZATERDAG 26 AUGUSTUS

8.30 Oké. Ik ga dus lekker rustig een paar dagen thuisblijven. Heerlijk. Ik kan *The Famished Road* weleens uitlezen.

9.00 God, wat ben ik depri. Iedereen is naar Edinburgh behalve ik.

9.15 Zou Perpetua al weg zijn?

24.00 **Edinburgh.** O, god. Moet morgen iets gaan zien. Perpetua denkt dat ik gek ben. Ze heeft de hele treinreis met de draagbare telefoon aan haar oor gezeten, bulderend tegen ons. '*Hamlet* van Arthur Smit is totaal uitverkocht, dus we zouden in plaats daarvan naar de gebroeders Coen kunnen gaan om vijf uur maar dat betekent dat we te laat komen bij Richard Herring. Dus zullen we dan niet naar Jenny Eclair gaan – tsss, ik snap eerlijk gezegd niet waarom ze die moeite nog doet! – maar naar *Lanark*, dan proberen kaartjes te krijgen voor Harry Hill of Bondages en Julian Clary? Wacht even. Ik probeer de Gilded Balloon. Nee, Harry Hill is uitverkocht, dus zullen we die gebroeders Coen dan maar laten zitten?'

Ik zei dat ik om zes uur naar de Plaisance zou komen, omdat ik naar het George Hotel wilde om een boodschap voor Tom achter te laten, en toen liep ik Tina tegen het lijf in de bar. Ik had niet beseft dat het zo ver was naar de Plaisance en toen ik aankwam, was het al begonnen en waren er geen plaatsen meer. Heimelijk opgelucht liep ik, of liever gezegd daalde ik af naar de flat, kocht onderweg een verrukkelijke gepofte aardappel met gekruide kip en keek naar *Eerste Hulp*. Ik had om negen uur met Perpetua afgesproken in de Assembly Rooms. Toen ik eindelijk klaar was, was het al kwart voor negen, maar ik wist niet dat je niet naar buiten kon bellen en dus kon ik geen taxi bestellen en toen ik daar aankwam, was het te laat. Ik ging terug naar de bar van het George Hotel om te zien of Tina er was, en erachter te komen waar Shazzer uithing. Ik had net een bloody mary voor me staan en probeerde te doen alsof het me niet kon schelen daar helemaal alleen te zitten, toen ik opeens in een hoek flikkerende lampen zag, en allerlei gedoe met camera's. Ik gaf bijna een gil. Het was mijn moeder, opgetut als Marianne Faithful, op het punt Alan Yentob te interviewen.

'Absolute stilte, jongens!' juichte ze met een Una Alconbury-achtige bloemschikstem.

'Eèèèèn... actie!!! Vertel me nu eens, Alan,' zei ze, met een gewonde uitdrukking op haar gezicht, 'heb je weleens... aan zelfmoord gedacht?'

Er waren vanavond best wel leuke dingen op tv.

ZONDAG 27 AUGUSTUS, EDINBURGH

Aantal bezochte voorstellingen: 0

2.00 Kan niet slapen. Ze zijn natuurlijk allemaal naar een leuk feest.

3.00 Hoorde net Perpetua binnenkomen en haar oordeel geven over de alternatieve acteurs: 'Pueriel... ontzettend kinderachtig... mallotig.' Ik denk dat ze toch ergens iets gemist moet hebben.

5.00 Er is een man in huis. Ik voel het gewoon.

6.00 Hij is in de kamer van Debby van Marketing. Verdomme.

9.30 Wakker gemaakt door gebulder van Perpetua: 'Gaat er nog iemand mee naar de poëzie-ochtend?' Toen werd alles weer stil en hoorde ik Debby en de man samen fluisteren, en hem naar de keuken gaan. Toen loeide Perpetua's stem: 'Wat doe jij hier? GEEN LOGÉS, had ik gezegd!'

14.00 O, god, ik heb me verslapen.

19.00 Trein naar Kings's Cross. O, jee. Met Jude afgesproken in het George Hotel om drie uur. We zouden naar een Vraag- en Antwoordspel maar we hadden al een paar bloody mary's gedronken en herinnerden ons toen dat een Vraag- en Antwoordspel altijd een slechte uitwerking op ons had. Je gooit je helemaal in de zenuwen om een vraag te bedenken, en zit maar met je arm in de lucht. Nadat je dan eindelijk je vraag hebt gesteld, half overeind en met een rare piepstem, ga je verstijfd van gêne weer zitten om dan, knikkend als zo'n wiebelhond achter in een auto, te luisteren naar een twintig minuten durend antwoord dat speciaal op jou gericht is en dat je sowieso niets interesseert. Hoe het ook zij, voor we het wisten was het halfzes. Toen verscheen Perpetua met een hele groep lui van het werk.

'Ha, Bridget,' galmde ze. 'Waar ben jij allemaal geweest?' Diepe stilte.

'Ja, eigenlijk ging ik net...' begon ik vol vertrouwen, '... naar de trein.'

'Je hebt helemaal niets gezien, hè?' loeide ze. 'En ik krijg trouwens nog vijfenzeventig pond van je voor de kamer.'

'Wat?' stamelde ik.

'Ja!' gilde ze. 'Normaal zou het vijftig pond zijn, maar voor twee mensen is het vijftig procent extra.'

'Maar... maar er was...'

'O, kom nou toch, Bridget, we weten allemaal dat je een man bij je had,' brulde ze. 'Maak je geen zorgen. Het is geen liefde, het is alleen maar Edinburgh. Ik zal ervoor zorgen dat Daniel het te weten komt, dat zal een lesje voor hem zijn.'

MAANDAG 28 AUGUSTUS

60 kg (vol bier en gepofte aardappelen), 6 eenheden alcohol, 20 sigaretten, 2846 calorieën.

Thuis boodschap van mam op antwoordapparaat: wat zou ik vinden van een elektrische handmixer voor Kerstmis, en dacht ik er wel aan dat eerste kerstdag dit jaar op een maandag viel, dus kwam ik dan vrijdag thuis, of zaterdag?

Aanzienlijk minder ergerlijk was een brief van Richard Finch, de redacteur van *Goedemiddag!*, die me, denk ik, een baan aanbiedt. Er staat niet meer dan dit: 'Oké, schat, je hebt het.'

DINSDAG 29 AUGUSTUS

58 kg, 0 eenheden alcohol (z.g.), 3 sigaretten (g.), 1456 calorieën wil gezond nieuwe baan in).

Net Richard Finch' assistente Patchouli gebeld. Krijg die baan maar moet over een week al beginnen. Ik weet niets van televisie maar wat kan het mij verdommen. Ik zit hier muurvast, en het is gewoon te vernederend om nog met Daniel te werken. Ik ga het hem maar vertellen.

11.15 Gewoon niet te geloven. Daniel staarde mij doodsbleek aan. 'Dat kun je niet doen,' zei hij, 'besef je wel hoe moeilijk ik het de laatste weken heb gehad?' En toen stormde Perpetua binnen, ze moet wel buiten de deur hebben staan luisteren.

'Daniel!' barstte ze uit. 'Zelfzuchtige, slappe, manipulerende, emotionele chanteur die je bent. Jij hebt háár verdomme aan de kant gezet! Dus dan moet je het maar hebben ook.'

Heb opeens het gevoel dat ik veel van Perpetua houd, hoewel niet in lesbische zin.

SEPTEMBER

Paalklimmen

MAANDAG 4 SEPTEMBER

57 kg, 0 eenheden alcohol, 27 sigaretten, 15 calorieën, 145 minuten in gedachten Daniel gezegd wat ik van hem vind (goed, al beter).

8.00 Eerste dag nieuwe baan. Moet nu beginnen met mijn nieuwe, kalme, gebiedende uitstraling, en die zien te handhaven. En niet roken. Roken is een teken van zwakte, het ondermijnt je gezag.

8.30 Mam belde net, ik dacht om mij succes te wensen op mijn eerste dag.

'Moet je horen, schat,' begon ze.

'Wat?'

'Elaine heeft je uitgenodigd voor hun robijnen huwelijksfeest!' zei ze, en ze stopte toen ademloos, vol verwachting.

Over wie hád ze het? Brian-en-Elaine? Colin-en-Elaine? Elaine-van-Gordon-die-vroeger-hoofd-was-van-Tarmacadam-in-Kettering, die Elaine?

'Het leek haar wel aardig om een paar jonge mensen te vragen, om Mark gezelschap te houden.'

Aha, Malcolm en Elaine dus. De verwekkers van die al te volmaakte Mark Darcy.

'Hij heeft Elaine klaarblijkelijk verteld dat hij jou erg aantrekkelijk vond.'

'Hé! Niet liegen,' prevelde ik, toch gevleid.

'Nou ja, dat bedoelde hij in elk geval, volgens mij.'

'Wat zei hij dan?' siste ik, opeens achterdochtig.

'Hij zei dat je erg...'

'Mam...'

'Nou ja, het woord dat hij gebruikte, schat, was "bizar". Maar dat is toch enig, vind je niet, "bizar"? Hoe dan ook, je kunt het hem zelf vragen op het robijnen huwelijksfeest.'

'Ik kom echt niet helemaal naar Huntingdon om het robijnen huwelijksfeest te vieren van twee mensen die ik sinds mijn derde niet langer dan acht seconden heb gesproken, alleen maar om mezelf voor de voeten te gooien van een gescheiden rijkaard die mij als bizar beschrijft.'

'O, kind, doe niet zo gek.'

'Nou ja, maar ik moet nu ophangen,' zei ik, stom genoeg, want zoals gewoonlijk begon ze toen te kakelen of ik op de dodenlijst stond en dit ons laatste telefoongesprek was voor ik mijn dodelijke injectie kreeg.

'Hij verdiende duizenden ponden per uur. Er stond een klok op zijn bureau, tik-tak-tik-tak. Heb ik je al verteld dat ik Mavis Enderby heb gezien op het postkantoor?'

'Mam, ik ga voor het eerst naar mijn nieuwe werk vandaag, en ik ben echt zenuwachtig. Ik wil het niet over Mavis Enderby hebben.'

'O, Jezus Mina, lieverd. Wat doe je áán?'

'Mijn korte zwarte rokje en een T-shirt.'

'O, je gaat er toch niet weer als een voddenbaal bij lopen in van die sombere kleuren. Trek toch wat nets en fleurigs aan. Waarom niet dat enige kersenrode pakje dat je vroeger droeg? En, en trouwens, heb ik je al verteld dat Una de Nijl is afgezakt?'

Grrr! Had zo de pest in toen ze neerlegde dat ik achter elkaar vijf Silk Cuts heb opgerookt. Niet z.g. begin vandaag.

21.00 In bed, totaal uitgeput. Was helemaal vergeten hoe verschrikkelijk het is om in een nieuwe baan te beginnen waar niemand je kent, zodat een willekeurige opmerking of eigenaardige uitspraak meteen je hele reputatie vastlegt, en waar je niet eens je make-up kunt gaan bijwerken zonder eerst te vragen waar de toiletten zijn.

Ik was te laat, maar buiten mijn schuld. Ik kon de tv-studio's niet binnen omdat ik geen pasje had, en de deur bewaakt werd door van die veiligheidsmensen die denken dat ze het personeel buiten moeten sluiten. Toen ik eindelijk bij de receptie kwam, moest ik wachten tot iemand me kwam halen. Onderhand was het al vijf voor halftien en de bespreking begon om half. Eindelijk verscheen Patchouli met twee enorme blaffende honden; de ene begon tegen me op te springen en in mijn gezicht te likken en de andere stak zijn kop onder mijn rok.

'Ze zijn van Richard. Best wel geniale beesten, hè,' zei ze. 'Ik breng ze even naar de auto.'

'Maar kom ik dan niet te laat voor de bespreking?' zei ik wanhopig, terwijl ik de kop van de hond tussen mijn knieën vandaan probeerde te duwen. Ze bekeek me van top tot teen alsof ze wilde zeggen: en wat dan nog? en verdween, de honden achter zich aan sleurend.

Dus tegen de tijd dat ik in de kantoorruimte aankwam, was de bespreking begonnen, en iedereen keek me aan, behalve Richard, wiens welgedane gestalte gehuld was in een eigenaardig groen wollen ketelpak.

'Kom, kom!' zei hij steeds, op en neer dansend en met beide handen het gezelschap naar zich toe wenkend. 'Dienst van negen uur! Gruizige geestelijken! Seks in de kerk! Waarom vallen vrouwen voor geestelijken? Kom, kom, jullie zitten hier om te werken. Kom met een idee.'

'Waarom interview je Joanna Trollope niet?' zei ik.

'*Trollop*, ofte wel slet?' zei hij met een nietszeggende blik. 'Welke slet?'

'Joanna Trollope bedoel ik. De schrijfster van *De vrouw van de dominee*. Dat was op de televisie. Zij zal het wel weten.'

Er verscheen een geile grijns op zijn gezicht. 'Geweldig idee,' zei hij tegen mijn borsten. 'Verdomd goed idee. Weet iemand waar ik Joanna Trollope kan bereiken?'

Lange stilte. 'Eh... ik,' zei ik ten slotte, en ik voelde de haat van die artistieke jongens in golven op me af komen.

Toen de bespreking voorbij was, rende ik naar de wc om bij te komen, en daar stond Patchouli zich op te maken, naast haar vriendin, die in een jurkje zat geperst dat haar onderbroek én haar middenrif liet zien.

'Het is toch niet te dellerig, hè,' zei het meisje tegen Patchouli. 'Je had die taarten van dik in de dertig eens moeten zien kijken toen ik binnenkwam... o!'

Beide meisjes keken mij vol afgrijzen aan met de handen voor hun mond geslagen.

'We bedoelden jou niet, hoor,' zeiden ze.
Ik weet niet of ik dit wel uithoud.

ZATERDAG 9 SEPTEMBER

56 kg (z.g., voordeel van nieuwe baan met bijbehorende zenuwen), 4 eenheden alcohol, 10 sigaretten, 1876 calorieën, 24 minuten in gedachten Daniel toegesproken (uitstekend), 94 minuten in gedachten gesprekken met moeder overnieuw gevoerd zodat ik win.

11.30 Waarom, wáárom heb ik mijn moeder ooit een sleutel van mijn huis gegeven? Ik ging net – voor het eerst in vijf weken – een weekend beginnen zonder alleen maar naar de muur te willen staren en te huilen. Ik had een hele week werk overleefd. Ik begon net te denken dat alles misschien wel weer in orde zou komen, dat het misschien niet echt zeker was dat ik door een Duitse herder zou worden opgegeten, toen ze binnen kwam stormen met een naaimachine.

'Wat ben je nou toch weer aan het doen, gekkie?' jubelde ze. Ik stond honderd gram graanvlokken af te wegen voor mijn ontbijt, waarbij ik een reep chocola als gewicht gebruikte (want mijn weegschaal werkt met ounces, maar de calorieëntabel met grammen).

'Moet je horen, schat,' zei ze, en ze begon alle kastdeuren open en dicht te trekken.

'Wat?' zei ik, terwijl ik op mijn sokken bij de spiegel stond en de mascara onder mijn ogen vandaan probeerde te poetsen.

'Malcolm en Elaine vieren hun robijnen huwelijksfeest nu in Londen, op de drieëntwintigste, dus dan kun je toch komen om Mark gezelschap te houden.'

'Ik wil Mark geen gezelschap houden,' zei ik met mijn tanden op elkaar.

'O, maar hij is zo knap. Cambridge en alles. En kennelijk heeft hij tonnen verdiend in Amerika...'

'Ik ga niet.'

'Toe lieverd, nou niet weer van die onzin,' zei ze, of ik dertien was. 'Marks huis in Holland Park is namelijk klaar, en hij geeft dat feest voor ze, op alle zes verdiepingen, met catering en alles... Wat trek je aan?'

'Ga jij met Julio of met pap?' vroeg ik, om haar dc mond te snoeren.

'O, lieverd, dat weet ik nog niet. Waarschijnlijk neem ik ze allebei mee,' zei ze met dat speciale ruisende stemgeluid dat ze produceert wanneer ze doet of ze Diana Dors is.

'Dat kun je niet maken.'

'Maar pappie en ik zijn nog goede vrienden, lieverd. En Julio is ook alleen maar een vriend.'

Kreun. Kréúnn! Ik kan er gewoon niet tegen als ze zo doet.

'Hoe het ook zij, zal ik dan maar tegen Elaine zeggen dat je graag komt?' zei ze, terwijl ze die onverklaarbare naaimachine weer oppakte en ermee naar de deur stoof. 'Ik moet rennen! Dááág!'

Ik laat me niet weer een avond voor Mark Darcy's gezicht houden als een hapje Olvarit voor een baby. Ik zal het land moeten verlaten, of iets dergelijks.

22.00 Naar etentje. Alle Voldaan Getrouwde Stellen nodigen me voortdurend op zaterdagavond uit voor etentjes, nu ik weer alleen ben, en zetten me dan tegenover vrijgezelle mannen die met de dag verschrikkelijker worden. Het is heel lief van ze, en ik waardeer het ook z. maar eigenlijk benadrukken die avonden alleen maar mijn mislukking en isolement op het emotionele vlak, hoewel Magda zegt dat ik niet moet vergeten dat alleen zijn beter is dan getrouwd zijn met een overspelige, seksueel incontinente man.

24.00 O, god. Iedereen probeerde de losse man (zevenendertig, pas verlaten door vrouw, zegt dingen als: 'Nou, ik vind toch heus dat Michael Howard wat onterecht belasterd wordt.') op te vrolijken.

'Waar klaag je toch over,' oreerde Jeremy tegen hem, 'mannen worden alleen maar aantrekkelijker als ze ouder worden, en vrouwen worden minder aantrekkelijk, dus al die meisjes van tweeëntwintig die je niet zagen staan toen je vijfentwintig was, komen nu om je heen zwermen.'

Ik zat met gebogen hoofd en trillend van woede vanwege hun toespelingen op de Uiterste Verkoopdatum voor vrouwen en hun opvatting dat het leven een stoelendans was waar de meisjes die zonder stoel (= man) zijn zodra de muziek stopt (= als ze ouder zijn dan dertig) 'af' zijn. Pff. Dat zullen we nog weleens zien.

'O, ja, ik ben het er helemaal mee eens dat je je beter op jongere partners kunt richten,' riep ik luchtig. 'Mannen van in de dertig zijn zo ontzettend vervelend met hun obsessies en hun angst dat alle vrouwen ze het huwelijk in proberen te slepen. Tegenwoordig interesseer ik me eigenlijk alleen nog maar voor mannen van begin twintig. Die kunnen zoveel beter... nou ja, je weet wel...'

'Is het echt waar?' riep Magda, veel te enthousiast. 'Hoe...?'

'Ja, júllie zijn wel geïnteresseerd, hè,' kwam Jeremy tussenbeide met een nijdige blik op Magda, 'maar het probleem is dat zíj helemaal niet in jullie geïnteresseerd zijn.'

'Eh... dat zeg je nou wel,' zei ik liefjes, 'maar mijn tegenwoordige vriendje is drieëntwintig.'

Verbijsterde stilte.

'Nou, in dat geval,' zei Alex met een grijns, 'kun je hem meebrengen als je volgende week zaterdag bij ons komt eten, nietwaar?'

Verdomme. Waar haal ik zo gauw een drieëntwintigjarige vandaan die met mij naar een Voldaan Getrouwd etentje wil op zaterdagavond, in plaats van zich vol te stoppen met vervuilde ecstasypillen?

VRIJDAG 15 SEPTEMBER

57 kg, 0 eenheden alcohol, 4 sigaretten (z.g.), 3222 calorieën (die stationsbroodjes zijn doordrenkt van vet), 210 minuten lang bedacht wat ik ga zeggen als ik ontslag neem van nieuwe baan.

Gatver. Afschuwelijke bespreking met autoritaire Richard Finch. 'Oké! Toiletten bij Harrods! Eén pond per plas! Ik stel me voor: fantasietoiletten. Studio: Frank Skinner en Sir Richard Rogers op pluchen wc-brillen, armleuningen met tv-schermen, gewatteerd closetpapier! Bridget, jij doet de uitkeringskorting voor jongeren. Noorden. Werkloze jongeren, rondhangend, rechtstreeks in de uitzending.'

'Maar... maar...' stamelde ik.

'Patchouli!' schreeuwde hij, zodat de honden onder zijn bureau wakker werden en blaffend begonnen rond te rennen.

'Watte?' riep Patchouli boven het tumult uit. Ze droeg een gehaakte midi-jurk met een slappe strohoed en een oranje nylon bloes met stiksels. Alsof ze de spot wilde drijven met de kleren die ik in mijn tienerjaren droeg.

'Waar zit de buitenploeg voor de Werkloze Jongeren?'

'Liverpool.'

'Oké. Liverpool. De cameraploeg vóór Boots in het winkelcentrum, rechtstreeks om halfzes. Zes werkloze jongeren.'

Later, toen ik vertrok om naar de trein te gaan, schreeuwde Patchouli me zorgeloos achterna: 'O, trouwens, Bridget, het is niet Liverpool, maar Manchester geloof ik, heb je dat?'

16.15 MANCHESTER

44 werkloze jongeren benaderd, 0 gestrikt voor interview.

Trein Manchester-Londen 19.00 Gatver. Om kwart voor vijf rende ik hysterisch heen en weer tussen de betonnen bloembakken, al kakelend: 'Sorry, ben u werkloos? O, niet? Geeft niks, bedankt.'

'Wat doen we hier eigenlijk?' vroeg de cameraman, zonder een poging enige belangstelling te veinzen. 'Werkloze jongeren,' zei ik vrolijk. 'Zo terug!' Ik stoof de hoek om en sloeg mezelf op mijn voorhoofd. Ik hoorde Richard in mijn oortelefoontje razen: 'Bridget, waar blijf je godverdómme... met die werkloze jongeren.' Toen viel mijn oog op een geldautomaat in de muur.

Tegen tien voor halfzes stonden er zes jongeren die zeiden dat ze werkloos waren netjes in een rij voor de camera, met in elke zak een krakend briefje van £20 terwijl ik rondfladderde en omslachtig probeerde niet al te burgerlijk over te komen. Om halfzes hoorde ik onze tune, dreunend en krakend, en toen Richard, die gilde: 'Sorry, Manchester, we laten jullie zitten.'

'Uuh...' begon ik tegen de verwachtingsvolle gezichten. Die jongens dachten duidelijk dat ik een psychische stoornis had waarbij patiënten doen of ze bij de tv werken. En wat nog erger was, doordat ik de hele week als een gek had gewerkt en naar Manchester moest, had ik nog niets kunnen doen aan mijn dreigende partnerloosheid voor de volgende dag. Toen ik een blik wierp op de goddelijke jonge broekjes daar voor me, met de geldautomaat op de achtergrond, ontstond in mijn geest plotseling de kiem van een moreel uiterst verdacht plannetje.

Hmmm. Geloof dat ik er goed aan heb gedaan toch maar niet werkloze jongere mee te lokken naar Cosmo's etentje. Uitbuiterij, en helemaal verkeerd. Maar weet nu nog steeds niet wat ik moet doen. Denk dat ik maar een sigaretje ga paffen in de rookcoupé.

19.30 Rookcoupé bleek weerzinwekkende stal, waar rokers opstandig en diep ellendig bij elkaar hokten. Besef nu dat roker niet meer in waardigheid kan leven, maar moet wegkwijnen in slijmerige onderbuik van het bestaan. Had me niet in het minst verbaasd wanneer het rijtuig op mysterieuze wijze zou zijn afgekoppeld om nooit meer ergens te worden gezien. Misschien dat geprivatiseerde spoorwegmaatschappijen rooktreinen zullen gaan exploiteren; dorpelingen zullen ze met dreigende vuisten en een regen van stenen begroeten, en hun kinderen bang maken met griezelverhalen over die vuurspuwende monsters die erin zitten. Nou ja. Tom opgebeld met draagbare telefoon vanuit de trein (Een wonder! Hoe werkt dat toch? Hoe? Geen draden. Vreemd hoor. Misschien wel via elektrisch contact tussen de wielen en de rails?) om te klagen over de noodtoestand, nu ik niet met een drieëntwintigjarige op de proppen kan komen.

'Wat zou je zeggen van Gav?' zei hij.

'Gav?'

'Je weet wel, die jongen die je in de Saatchi Gallery hebt ontmoet.'

'Zou hij het niet erg vinden?'

'Nee. Hij zag echt wat in je.'
'Niet waar. Schei toch uit, joh.'
'Echt! Nou, geen getob meer. Laat het maar aan mij over.'
Zonder Tom, denk ik weleens, zou ik spoorloos in het niets verdwijnen.

DINSDAG 19 SEPTEMBER

56 kg (z.g.), 3 eenheden alcohol (z.g.), 0 sigaretten (durf niet in aanwezigheid van gezonde jonge broekjes).

Jezus Christus, moet me haasten. Heb afspraakje met Cola Light-achtig jong broekje. Gav bleek absoluut goddelijk te zijn, en hij gedroeg zich voorbeeldig op Alex' etentje zaterdag. Flirtte met alle vrouwen, vertroetelde mij, en ontweek hun strikvragen over onze 'relatie' met alle handigheid van zijn superieur intellect. Helaas werd ik op weg naar huis in de taxi zo overspoeld met dankbaarheid (→ lusten) dat ik niet bij machte was zijn toenadering te weerstaan (→ ik legde mijn hand op zijn knie). Maar ik wist mezelf in de hand te houden (→ raakte in paniek) en ging niet in op zijn uitnodiging koffie te komen drinken. Maar daarna voelde ik me zo schuldig dat ik hem halverwege had laten zitten (→ dacht de hele tijd: verdomme, verdomme, verdomme!) dat ik, toen Gav belde of ik vanavond bij hem kwam eten, zijn uitnodiging beleefd aannam (→ kon mijn opwinding nauwelijks de baas).

24.00 Voel me net Vrouw Holle. Had al zo lang geen afspraakje meer gehad dat ik aan niets anders kon denken, en zelfs tegen de taxichauffeur opschepte over 'mijn vriendje' dat voor me zou koken.

Maar toen we bij Malden Road 4 aankwamen, bleek dat een groentewinkel te zijn.

'Moet je mijn telefoon soms effe?' vroeg de taxichauffeur vermoeid.

Maar natuurlijk wist ik Gavs nummer niet, dus moest ik eerst doen of ik Gav belde en hij in gesprek was, en daarna Tom bellen en hem om Gavs adres vragen op zo'n manier dat de chauffeur niet zou gaan denken dat ik gelogen had over mijn vriend. Bleek Malden Villas 44 te zijn; had niet opgelet toen ik het opschreef. De taxichauffeur en ik hadden niet veel meer tegen elkaar te zeggen toen we naar het nieuwe adres reden. Hij dacht vast dat ik een prostituee was of zoiets.

Toen ik aankwam, voelde ik me niet bepaald zeker van mezelf. In het begin ging het er allemaal heel lief en verlegen aan toe, net als vroeger op de lagere school wanneer je bij een Eventuele Beste Vriendin thuis op de thee was gevraagd. Gav had spaghetti-met-prut. Het werd moeilijker toen het gedaan was met het koken en opeten, en er een gesprek op gang moest komen. Om een of andere reden kwamen we op prinses Diana.

'Het leek zo'n sprookje toen. Ik herinner me dat ik bij de bruiloft op die muur zat buiten de Sint-Paulskathedraal,' zei ik. 'Was jij er ook bij?'

Gav keek wat gegeneerd. 'Ik was toen pas zes.'

Uiteindelijk lieten we de conversatie maar zitten, en vol geweldige opwinding (dit is het mooie van tweeëntwintigjarigen, herinner ik me) begon Gav me te kussen en tegelijkertijd naar openingen in mijn kleren te zoeken. Uiteindelijk wist zijn hand mijn buik te vinden, en toen zei hij – o, wat een vernedering – 'Mmm, wat een lekker puddinkje.'

Toen kon ik niet verder. God, het heeft geen enkele zin. Ik ben te oud, ik moet het opgeven, godsdienstlessen gaan geven op een meisjeskostschool en gaan samenwonen met de hockeyjuf.

ZATERDAG 23 SEPTEMBER

57 kg, 0 eenheden alcohol, 0 sigaretten (z.z.g.), 14 kladjes voor antwoord op Mark Darcy's uitnodiging (maar tenminste geen gefantaseerde gesprekken met Daniel meer).

10.00 Goed. Ga Mark Darcy's uitnodiging beantwoorden en zeg hem ronduit dat ik niet kan komen. Waarom zou ik gaan? Ik ben geen goede vriendin en ook geen familie en ik zou zowel *Blind Date* als *Eerste Hulp* missen.

Maar o, god. Het is zo'n idiote uitnodiging in de derde persoon, alsof iedereen zo deftig is dat wanneer je zou schrijven 'ik geef een feest heb je zin om te komen' dat hetzelfde effect zou hebben als wanneer je het damestoilet met het woord 'plee' aanduidt. Ik meen me uit mijn kinderjaren te herinneren dat je zoiets in dezelfde indirecte stijl moet beantwoorden, alsof ik een denkbeeldig iemand ben in dienst van mezelf om uitnodigingen te beantwoorden van denkbeeldige anderen die voor vrienden uitnodigingen versturen. Wat zal ik nou schrijven?

Tot haar spijt zal Bridget Jones niet in staat zijn...

Mej. Bridget Jones zal tot haar innige verdriet...

Diep verslagen deelt mej. Bridget Jones u mede...

Met grote droefheid delen wij u mede dat mej. Bridget Jones zo diep ontzet was niet op de vriendelijke uitnodiging van de heer Mark Darcy te kunnen ingaan dat zij de hand aan zichzelf heeft geslagen en nu dus met meer zekerheid dan ooit tevoren niet zal kunnen ingaan op de vriendelijke uitnodiging van de heer Mark Darcy...

Oei, de telefoon.

Het was pap: 'Bridget, kind, jij komt toch naar dat weerzinwekkende gedoe van aanstaande zaterdag, hè?'

'Bedoel je het robijnen huwelijksfeest van de Darcy's?'

'Ja, natuurlijk. Dat is nog het enige wat je moeder kan afleiden van de kwestie wie het mahoniehouten snuisterijenkastje krijgt en de bijzettafeltjes, sinds ze begin augustus dat interview heeft gehad met Lisa Leeson.'

'Ik had eigenlijk gehoopt dat ik eronderuit zou kunnen.'

Het werd merkwaardig stil aan de andere kant.

Er klonk een gesmoorde snik. Pap huilde. Ik geloof dat hij een zenuwinzinking krijgt. Ik zou trouwens ook een zenuwinzinking krijgen als ik negenendertig jaar met mam getrouwd geweest was, ook als ze er niet met een Portugese reisorganisator vandoor was gegaan.

'Wat is er, pap?'

'O, het is alleen... het spijt me. Het is alleen maar... ik had er ook wel onderuit gewild.'

'Nou, dan doe je dat toch! Dan gaan we samen lekker naar de bioscoop.'

'Maar...' Hij stokte weer. 'Als ik eraan denk dat ze er met die vettige, geparfumeerde, opgeblazen knoflookvreter naar toe gaat, en dat al die mensen, die veertig jaar lang mijn vrienden en collega's zijn geweest, dat stel zullen toedrinken, en mij afschrijven als een fossiel...'

'Maar dat doen ze heus niet...'

'O, ja, dat doen ze wel. Ik ga, Bridget. Ik ga me in mijn nette kloffie hijsen met opgeheven hoofd en... maar...' Weer gesnik.

'Wat?'

'Ik heb steun nodig.'

11.30

Tot haar grote genoegen zal mej. Bridget Jones...

Mej. Bridget Jones dankt de heer Mark Darcy voor zijn...

Met het grootste genoegen aanvaardt mej. Bridget Jones...

O, bah!

Beste Mark,

Dank je voor je uitnodiging voor het feest dat je geeft voor het robijnen huwelijk van Malcolm en Elaine. Ik kom graag.

Groeten,

Bridget Jones

Hmmmm.

Groeten,

Bridget

Of alleen maar:

Bridget

Bridget (Jones)

Zo. Ga het netjes overtikken en de spelfouten eruit halen en opsturen.

DINSDAG 26 SEPTEMBER

56,5 kg, 0 eenheden alcohol, 0 sigaretten, 1256 calorieën, 0 krasloten, 0 tobberige gedachten over Daniel, 0 negatieve gedachten. Ben volmaakt, op het heilige af.

Geweldig wanneer je over je loopbaan gaat nadenken in plaats van je zorgen te maken over onnozele dingen als mannen en relaties. Het gaat echt goed bij *Goedemiddag!* Ik geloof dat ik wel talent heb voor populaire tv. Het opwindendste nieuwtje is: ik krijg een testopname voor de camera.

Richard Finch kwam eind vorige week met het idee dat hij een speciale uitzending wilde maken met live reportages, waarvoor verslaggevers zouden meerijden met hulpdiensten door heel Londen. Het begon niet erg goed. Iedereen in de studio zei dat alle brandweer- en politiekorpsen en ambulancediensten in de wijde omtrek zijn verzoek hadden afgewezen. Maar toen ik vanochtend aankwam, greep hij me bij mijn schouders en gilde: ‘Bridget! We hebben het! Brand! Ik wil je in beeld! Minirok! Brandweerhelm! Spuiten!’

Vanaf dat moment is alles één grote bende; het dagelijkse nieuws wordt totaal vergeten en iedereen hangt voortdurend aan de telefoon over verbindingen en zendmasten en cameraploegen. Hoe dan ook, morgen gaat het allemaal gebeuren en ik moet me om elf uur melden bij de brandweerkazerne van Lewisham. Ik ga vanavond iedereen bellen dat ze moeten kijken. Wat zal mam wel niet zeggen!

WOENSDAG 27 SEPTEMBER

55,5 kg (gekrompen van schaamte), 3 eenheden alcohol, 0 sigaretten (mag niet roken in brandweerkazerne), daarna 12 binnen één uur, 1584 calorieën (z.g.).

21.00 Mijn hele leven nog nooit zo vernederd. De hele dag geoefend en alles op een rijtje gezet. De bedoeling was dat, als ze naar Lewisham overschakelden, ik langs de glijstang naar beneden het beeld in zou zoeven om vervolgens een brandweerman te interviewen. Toen we om vijf uur met de uitzending begonnen zat ik boven in de stang, klaar om op een teken naar beneden te glijden. Toen hoorde ik in mijn koptelefoontje Richard opeens schreeuwen: 'Ja, ja, ja, nu!' en dus liet ik de stang los en begon naar beneden te glijden. Toen ging hij verder: 'Ja ja, ja, nu jullie eruit, Newcastle! Bridget, klaarstaan in Lewisham. Nog dertig seconden.'

Ik dacht erover me helemaal naar beneden te laten vallen en dan weer de trap op te rennen maar ik was nog maar een meter of zo gezakt en dus begon ik mezelf weer op te trekken. Toen hoorde ik opeens een luid gebulder in mijn oor.

'Bridget! Je bent in beeld! Wat doe je in jezusnaam? Je moet naar beneden glijden, niet naar boven klimmen! Ja, ja, ja, nu!'

Ik grijnsde hysterisch naar de camera en liet me vallen. Ik landde, zoals bedoeld, voor de voeten van de brandweerman die ik moest interviewen.

'Lewisham, we zijn te laat. Afsluiten, afsluiten, Bridget,' gilde Richard in mijn oor.

'En dan nu terug naar de studio,' zei ik, en dat was het dan.

DONDERDAG 28 SEPTEMBER

56 kg, 2 eenheden alcohol (z.g.), 11 sigaretten (g.), 1850 calorieën, 0 betrekkingen aangeboden gekregen bij brandweer of concurrerende omroepen (misschien niet echt verwonderlijk).

11.00 In ongenade gevallen; ben de risee van de studio. Richard Finch heeft me vernederd waar iedereen bij was, en me naar hartelust woorden als 'stoethaspel', 'minkukel', 'godvergeten idioot' naar mijn hoofd gesmeten.

'En nu terug naar de studio' schijnt een gevleugelde uitdrukking te zijn geworden op de werkvloer. Als iemand een vraag niet goed kan beantwoorden zegt hij: 'Eh... en nu terug naar de studio!' en begint dan hard te lachen. Het typische is wel dat de artistieke jongens nu veel aardiger tegen me zijn. En zelfs Patchouli (!) kwam naar me toe en zei: 'Zeg, je kunt die Richard best wel negeren, hoor. Hij wil altijd soort van de grote baas uithangen en zo. Heb je dat? Dat met die glijstang dat was echt best wel subversief en prima, ja? Nou ja... nu terug naar de studio, hè?'

Richard Finch negeert me nu totaal of schudt telkens ongelovig zijn hoofd, waar hij me ook ziet, en hij heeft me de hele dag niets te doen gegeven.

O, god, ik ben zo depri. Ik dacht dat ik nou eindelijk iets gevonden had waar ik goed in was, en nu ligt het allemaal weer in puin, en tot overmaat van ramp heb ik zaterdag dat verschrikkelijke robijnen huwelijksfeest en niets om aan te trekken. Ik ben ook nergens goed in. Niet in mannen. Niet in sociale vaardigheden. Niet in werk. Nergens in.

OKTOBER

Dans met Darcy

ZONDAG 1 OKTOBER

55,5 kg, 17 sigaretten, 0 eenheden alcohol (z.g., vooral voor feestje).

4.00 Verwarrend. Een van de meest verwarrende avonden van hele leven.

Vrijdag depri dus Jude kwam langs en zei dat ik positiever tegenover de dingen moest staan, en bracht die fantastische zwarte jurk mee die ik mocht lenen voor feest van zaterdag. Bezorgd eruit te barsten of erop te knoeien maar zij zei, geld en jurken genoeg vanwege goede baan, dat het er niet toe deed en ik er niet over in moest zitten. Die schat. Meisjes zijn zoveel aardiger dan mannen (behalve Tom dan, maar die is homo). Besloot de fantastische jurk te completeren met zwarte panty met Speciaal Glanseffect (£6,95) en de zwarte suède hakjes van Pied à Terre (aardappelpuree eraf gehaald).

Kreeg schok toen ik aankwam, want Mark Darcy's huis bleek niet zo'n smal wit stadshuis te zijn aan de Portland Road of zoiets, zoals ik me had voorgesteld, maar een reusachtige, bruidstaartachtige vrijstaande villa aan de andere kant van Holland Park Avenue (waar Harold Pinter schijnt te wonen), omringd door groen.

Hij had zich beslist enorm uitgesloofd voor zijn pa en ma. In alle bomen hingen rode lichtjes en slingers van blinkende rode hartjes, echt vertederend, en het pad naar de voordeur was helemaal overhuifd met een rood-wit baldakijn.

Bij de deur begon alles er helemaal veelbelovend uit te zien, toen we begroet werden door personeel dat ons champagne inschonk en ons van de cadeaus ontlastte (ik had voor Malcolm en Elaine een opname gekocht van liefdesliedjes van Perry Como uit het jaar dat ze trouwden, en als extraatje voor Elaine een brander voor etherische oliën van de Body Shop, omdat ze bij het Buffet van Kalkoengerechten over etherische oliën was begonnen). Toen werden we via een theatrale wenteltrap van lichtgekleurd hout, verlicht door rode hartvormige kaarsjes op elke tree, naar beneden geleid. We kwamen in een reusachtige zaal met een donkere houten vloer en een serre die uitkwam op de tuin. Het hele vertrek werd door kaarsen verlicht. Pap en ik stonden daar te staren, volkomen sprakeloos.

In plaats van de cocktailhapjes die je zou verwachten op een feest van die generatie – kristallen schalen met augurken, borden met stapels papieren servetjes en halve grapefruits versierd met prikkers tjokvol stukken kaas en ananas – stonden er grote zilveren bladen met won-tons van garnalen, hartige taartjes met tomaat en mozzarella, en kipsaté. De gasten keken of ze in de zevende hemel waren, wierpen hun hoofd achterover en brulden van het lachen, maar Una Alconbury trok een gezicht alsof ze in een citroen had gebeten.

'O, mijn god,' zei pap, die mijn blik volgde, en Una op ons af zag stevenen, 'ik geloof niet dat Una en mammie dit erg zullen waarderen.'

'Beetje poenig, vind je niet?' zei Una zodra ze binnen gehoorsafstand was. Humeurig trok ze haar stola strakker om haar schouders. 'Als je dit soort dingen te ver drijft, wordt het een beetje ordinair, vind ik altijd.'

'O, Una, doe niet zo absurd. Het is een sensationeel feest,' zei mijn vader, en hij nam zijn negentiende canapé van de schaal.

'Mmmm, ik ben het met je eens,' zei ik met mijn mond vol tomaat en mozzarella, terwijl mijn champagneglas door een onzichtbare hand werd gevuld. Ik had me al zo lang van tevoren geharnast voor een hel bevolkt door wollen mantelpakken, dat ik nu mijn geluk niet op kon. Niemand had me nog gevraagd waarom ik niet getrouwd was.

'Grrr,' zei Una.

En nu kwam mam ook op ons af.

'Bridget,' gilde ze. 'Heb je Mark al begroet?'

Ineens kromp ik in elkaar bij de gedachte dat Una en mam ook al dicht in de buurt van hun robijnen huwelijksfeest zaten.

Ik acht het niet waarschijnlijk, mam kennende, dat ze zich van een feestelijke viering laat weerhouden door de futiele omstandigheid dat ze haar man heeft laten zitten voor een reisorganisator, en ik weet dat ze vastbesloten zal zijn Elaine Darcy koste wat het kost af te troeven, ook al moet ze haar onschuldige dochter ervoor prijsgeven aan een gearrangeerd huwelijk.

‘Hou je haaks, ouwe makker,’ zei mijn vader, en hij kneep me even in mijn arm.

‘Wat een enig huis. Heb je niet een leuke stola die je om kunt slaan, Bridget? Roos!’ jubelde mam, en ze schuierde paps rug af. ‘Lieverd, waarom praat je nou toch in vredesnaam niet met Mark?’

‘Eh... tja,’ mompelde ik.

‘Wat vind jij, Pam?’ siste Una met een knikje door de kamer.

‘Poenig,’ fluisterde mam met overdreven mondbewegingen; net Les Dawson.

‘Precies wat ik zei,’ grimaste Una triomfantelijk, ‘dat zei ik net ook, hè Colin? Poenig.’

Ik blikte zenuwachtig om me heen en schrok me dood. Nog geen meter verderop stond Mark Darcy naar ons te kijken. Hij moest alles gehoord hebben. Ik deed mijn mond open om iets te zeggen – ik weet eigenlijk niet wat – om nog iets goed te maken, maar hij liep weg.

Het diner werd opgediend in de ‘huiskamer’ op de begane grond, en toen we in een rij de trap opgingen liep ik bij toeval achter Mark.

‘Hoi,’ zei ik, in de hoop de schade die mijn moeder had aangericht een beetje te herstellen. Hij keek om zich heen, negeerde mij volkomen, en draaide zich weer om.

‘Hoi,’ zei ik weer, en ik gaf hem een por.

‘O, hoi, het spijt me, ik zag je niet,’ zei hij.

‘Het is een fantastisch feest,’ zei ik, ‘bedankt voor je uitnodiging.’

Hij keek me even aan. ‘O, maar ík heb je niet uitgenodigd. Mijn moeder. Maar goed, ik moet nu even de, eh, tafelschikking controleren. Heb trouwens genoten van je reportage uit de brandweerkazerne.’ Hij draaide zich om en liep met grote stappen naar boven, tussen de gasten door glippend en zich links en rechts verontschuldigend, terwijl ik op mijn benen stond te trillen. Grrr.

Toen hij boven aan de trap was, verscheen Natasha, gehuld in een schitterende gouden koker. Ze greep bezitterig zijn arm en struikelde in haar haast over een van de kaarsjes, waardoor er rood kaarsvet aan de zoom van haar jurk kwam. 'Jakkie, o jakkie,' zei ze.

Toen ze doorliepen, hoorde ik hoe ze Mark de mantel uitveegde. 'Ik zei nog zo dat het belachelijk was om de hele middag te verdoen met het neerzetten van kaarsjes op gevaarlijke plekken waar mensen erover struikelen. Je had beter kunnen zorgen dat de tafelschikking...'

Maar grappig genoeg bleek de tafelschikking tamelijk geniaal. Mam zat niet naast pap, en ook niet naast Julio, maar naast Brian Enderby, met wie ze altijd graag flirt. Julio was naast Mark Darcy's zwierige vijfenvijftigjarige tante neergezet, die buiten zichzelf was van verrukking. Mijn vader bloosde van genoegen toen hij naast een verbluffend Shakira Caine-type bleek te zitten. Ik was reuze opgewonden. Misschien zat ik wel tussen twee van die smakelijke vrienden van Mark Darcy, belangrijke advocaten, of misschien Amerikanen uit Boston. Maar toen ik op de plattegrond naar mijn naam zocht, klonk er opeens een bekende stem in mijn oor.

'En hoe gaat het nou met mijn kleine Bridget? Bof ik even! Kijk eens, je zit pal naast mij. Una zei dat je die kerel alweer aan de kant hebt gezet. Ik weet het niet hoor. Goh! Wanneer krijgen we jou nou toch eens aan de man?'

'Nou, als het zover is, dan hoop ik dat ík daar de hand in mag hebben,' zei een stem aan mijn andere kant. 'Goede gelegenheid voor een nieuwe stola. Mmmm. Abrikooskleurige zijde. Of misschien een negenendertigknoops-soutane van Gamirelli.'

Mark was zo attent geweest me tussen Geoffrey Alconbury en de homoseksuele geestelijke in te zetten.

Maar ik moet zeggen dat het gesprek best goed op gang kwam, nadat we allemaal het nodige gedronken hadden. Ik vroeg de geestelijke wat hij dacht van het wonder van die Indiase beelden van Ganesh, de olifantsgod, die melk dronk. Hij zei dat men in kerkelijke kringen veronderstelde dat dat wonder te danken was aan de uitwerking van een hete zomer gevolgd door de kou op het terracotta.

Toen de maaltijd ten einde liep, en de gasten de trap af begonnen te lopen om beneden te gaan dansen, zat ik nog na te denken over wat hij gezegd had. Ik kon mijn nieuwsgierigheid niet bedwingen; bovendien wilde ik voorkomen dat ik de twist moest dansen met Geoffrey. Ik verontschuldigde me, nam stiekem een theelepel en een melkkannetje van de tafel en glipte de kamer in waar de cadeaus – als om Una's oordeel te illustreren – al uitgepakt te kijk stonden.

Het duurde even voor ik de terracotta oliebrander had gevonden, omdat hij helemaal achteraan stond weggeschoven, maar toen ik hem te pakken had, goot ik wat melk op het theelepeltje en hield dat schuin tegen het gat waar de pit in moet. Ik kon het niet geloven. Het brandertje nam de melk op. Je zag echt de melk van het theelepeltje verdwijnen.

'O, het is een wonder!' riep ik. Hoe kon ik ook weten dat Mark Darcy net op dat moment langsliep?

Hij bleef in de deuropening staan. 'Wat doe je daar?'

Ik wist niet wat ik moest zeggen. Hij dacht waarschijnlijk dat ik probeerde de cadeaus te stelen.

'Mmm?' zei hij.

'De oliebrander die ik voor je moeder heb gekocht neemt melk op,' mompelde ik boos.

'O, doe niet zo gek,' lachte hij.

'Hij neemt echt melk op,' zei ik verontwaardigd, 'kijk dan zelf.'

Ik deed nog wat melk op de theelepel, hield hem schuin, en ja hoor, de oliebrander begon de melk te absorberen.

'Zie je nou,' zei ik trots, 'een wonder.'

Hij was danig onder de indruk, dat kan ik je wel vertellen. 'Je hebt gelijk,' zei hij, 'een wonder.'

En toen verscheen Natasha in de deuropening. 'O, hoi,' zei ze toen ze mij zag. 'Niet in je konijnenpakje vandaag?' en ze lachte even, alsof haar krengerige opmerking een grapje was.

'Nee hoor, wij konijnen dragen dit in de winter, voor de warmte, zie je,' zei ik.

Ze staarde naar Jude's jurk. 'John Rocha? Vorig jaar herfst, aan de lengte te zien.'

Ik probeerde iets heel geestigs en scherps te verzinnen, maar er kwam helaas niets. Dus na een nogal stompzinnige stilte zei ik: 'Nou ja, jullie willen natuurlijk wat gaan rondlopen. Tot ziens dan maar weer. Dááág.'

Ik vond dat ik maar even naar buiten moest voor wat frisse lucht en een sigaret. Het was een prachtige, warme sterrennacht, en de maan verlichtte alle rododendrons. Persoonlijk heb ik nooit zo van rododendrons gehouden. Ze doen me denken aan Victoriaanse landhuizen in het noorden, uit de boeken van D.H. Lawrence, waar mensen in het meer verdrinken. Ik liep heen en weer in de verzonken tuin. Ze speelden Weense walsen, op een aardige *fin de millennium*-manier. Toen hoorde ik opeens een geluid boven me. Tegen de openslaande deuren tekende zich het silhouet af van een blonde jongen, zo'n aantrekkelijk kostschooltype.

'Hoi,' zei hij. Hij stak wat beverig een sigaret op en met zijn ogen op mij gericht kwam hij de trap af. 'Je hebt zeker geen zin om te dansen? O, neem me niet kwalijk,' zei hij, en hij stak zijn hand uit, als een voormalig minister van Binnenlandse Zaken die op de open dag van Eton zijn manieren was vergeten, 'Simon Dalrymple.'

'Bridget Jones,' zei ik. Ik stak hem stijfjes mijn hand toe alsof ik lid was van een oorlogskabinet.

'Hoi. Eh... leuk. Eh... kunnen we dansen?' zei hij, weer terugvallend op de kostschooljongen.

'Ik zou het echt niet weten,' zei ik, terugvallend op een nijdige lichtekooi, met een onbedoeld rauwe lach, als van een hoer in een kroeg.

'Ik bedoel, hier buiten. Even maar.'

Ik twijfelde. Om je de waarheid te zeggen, ik was gevleid. Dit succes, en het wonder dat ik voor Mark Darcy's ogen had laten gebeuren, begonnen me naar het hoofd te stijgen.

'Toe,' pleitte Simon, 'ik heb nog nooit met een oudere vrouw gedanst. O, shit, het spijt me, ik bedoelde niet...' zei hij, met een blik op mijn gezicht. 'Ik bedoel, iemand die niet meer op school zit,' zei hij, en hij greep hartstochtelijk mijn hand. 'Vind je het niet erg? Ik zou het zo geweldig vinden.'

Simon Dalrymple had kennelijk in de wieg al dansles gehad, en het was nogal prettig om zo deskundig geleid te worden, maar het probleem was dat hij overduidelijk... nou ja, om er niet omheen te draaien: hij had de meest gigantische erectie die mij ooit te beurt was gevallen, en daar we erg innig dansten, kon ik niet doen of het zijn potloodetui was.

'Ik neem het van je over, Simon,' zei een stem.

Mark Darcy.

'Hup, naar binnen. Je had al in je bed moeten liggen.'

Simon was volkomen verpletterd. Hij werd vuurrood en sprintte terug naar de zaal.

'Mag ik?' vroeg Mark, en stak zijn hand naar me uit.

'Nee,' zei ik woedend.

'Wat is er?'

'Eh...' zei ik, wanhopig op zoek naar een excuus voor mijn woede. 'Afschuwelijk om een jonge jongen zo te behandelen; misbruik maken van je positie en hem vernederen op zo'n gevoelige leeftijd!' Ik zag zijn verbijsterde uitdrukking en kakelde: 'Maar ik ben blij met je uitnodiging. Enig. Dankjewel. Geweldig feest.'

'Ja. Dat had je al gezegd,' zei hij, knipperend met zijn ogen. Hij leek eerlijk gezegd nogal geschokt en gekwetst.

'Ik...' Hij stokte, begon op de patio heen en weer te lopen, zuchtte, haalde zijn hand door zijn haar. 'Hoe gaat het met... eh... heb je de laatste tijd nog een goed boek gelezen?' Niet te geloven.

'Mark,' zei ik, 'als je me nog één keer vraagt of ik de laatste tijd nog een goed boek heb gelezen dan ga ik gillen. Vraag toch eens wat anders. Een beetje afwisseling kan geen kwaad. Vraag me dan of ik soms hobby's heb, of misschien een mening over de Europese munteenheid, of vraag me of ik niet een buitengewoon schokkende ervaring heb opgedaan met rubber.'

'Ik...' begon hij weer.

'Of vraag me wie ik zou kiezen als ik naar bed moest met Douglas Hurd, Michael Howard of Jim Davidson. Ik zou trouwens meteen Douglas Hurd zeggen.'

'Douglas Hurd?' zei Mark.

'Mmmm. Ja. Zo heerlijk streng doch rechtvaardig.'

'Hmmmm,' zei Mark peinzend. 'Dat zeg je nou wel, maar Michael Howard heeft een buitengewoon aantrekkelijke en intelligente vrouw. Dan moet hij toch verborgen charmes hebben.'

'Zoals?' vroeg ik kinderachtig, in de hoop dat hij iets over seks zou zeggen.

'Nou, eh...'

'Hij is misschien goed in bed,' souffleerde ik.

'Of een fantastisch knap pottenbakker.'

'Of een gediplomeerd aromatherapeut.'

'Ga je een keer met me uit eten, Bridget?' zei hij plotseling, nogal kortaf, alsof hij me ergens op een stoel ging neerplanten om me de les te lezen.

Ik viel stil en keek hem aan. 'Is dat soms een idee van mijn moeder?' vroeg ik toen achterdochtig.

'Nee... ik...'

'Of van Una Alconbury?'

'Nee, nee...'

Opeens wist ik wat er aan de hand was. 'Het moet van jóúw moeder, hè?'

'Nou, mijn moeder heeft...'

'Ik wil niet dat je mij uit eten vraagt, alleen maar omdat je dat van je moeder moet. En trouwens, waar zouden we het dan over moeten hebben? Je zou me alleen maar vragen of ik de laatste tijd nog een goed boek had gelezen en dan zou ik met een of ander meelijwekkend leugenverhaal aankomen en...'

Hij keek me in opperste verwarring aan. 'Maar Una Alconbury zei dat jij een soort literair supermens was, dat je lééft voor boeken.'

'O, ja?' zei ik, opeens nogal gevleid. 'En wat zei ze nog meer?'

'Nou, dat je een radicale feministe bent en een onvoorstelbaar zwierig leven leidt...'

'Hmmmm,' snorde ik.

'... met miljoenen mannen die je mee uit nemen.'

'Pff.'

'Ik hoorde dat verhaal over Daniel. Vervelend voor je.'

'Je hebt me natuurlijk proberen te waarschuwen,' zei ik knorrig. 'Wat heb je eigenlijk tegen hem?'

'Hij is met mijn vrouw naar bed geweest,' zei hij, 'twee weken na ons huwelijk.'

Ik keek hem geschokt aan, en toen klonk een stem boven ons: 'Markje!' De gestalte van Natasha tekende zich af tegen het licht; ze stond naar beneden te turen om te zien wat er aan de hand was.

'Markje!' riep ze weer. 'Wat doe je daar?'

'Afgelopen kerst,' ging Mark haastig verder, 'besloot ik om, als mijn moeder nog één keer over "Bridget Jones" zou beginnen, naar de *Sunday People* te stappen met de beschuldiging dat ze mij als kind met een fietspomp had mishandeld. En toen ik je ontmoette... ik had die belachelijke geruite trui aan die Una me voor Kerstmis had gegeven... Bridget, alle andere meisjes die ik ken zijn zo gladgelakt, ik ken niemand anders die een konijnenstaartje aan haar onderbroek zou spelden of...'

'Mark!' gilde Natasha, en ze kwam de trap af rennen naar ons toe.

'Maar je hebt iemand,' zei ik, nogal overbodig op dat moment.

'Nu niet meer,' zei hij. 'Een keertje uit eten, goed?'

'Oké,' fluisterde ik, 'oké.'

Ik vond het beter om nu maar naar huis te gaan. Die Natasha hield me in de gaten alsof ze een krokodil was en ik te dicht bij haar eieren kwam, en bovendien had ik Mark Darcy mijn adres en telefoonnummer gegeven, en voor de dinsdag daarop met hem afgesproken. Toen ik door de danszaal liep, zag ik mam, Una en Elaine Darcy geanimeerd in gesprek met Mark; als ze eens wisten wat er zich daarnet had afgespeeld! Ik had hun gezichten weleens willen zien. Ik kreeg opeens een visioen van het Nieuwjaarsbuffet van Kalkoengerechten van volgend jaar, met Brian Enderby die zijn broek ophees en sprak 'Hrrrum! Heerlijk dat de jongelui zich zo vermaken, nietwaar?' en dan Mark Darcy en ik die kunstjes moesten doen voor de gasten, zoals neusjewrijven, of de liefde bedrijven, als een stel zeehonden in een circus.

DINSDAG 3 OKTOBER

56 kg, 3 eenheden alcohol (z.g.), 12 sigaretten (slecht), in afgelopen 24 uur ong. 369 keer 'klootzak' gezegd.

19.30 In alle staten. Mark Darcy komt me over een halfuur halen. Net thuis van werk met idioot haar en noodkleren aan vanwege wascrisis. Help, o, help! Was van plan witte legging aan te trekken maar ik bedenk opeens dat hij misschien zo'n type is dat me naar zo'n griezelig chique restaurant wil meenemen. O, god, en ik heb niets chiques om aan te trekken. Zou hij misschien verwachten dat ik mijn konijnenstaartje opdoe? Niet dat ik in hem geïnteresseerd ben of wat ook.

19.50 God, o, god. Nog altijd mijn haar niet gewassen. Ga vlug in bad.

20.00 Haar aan het föhnen. Hoop erg dat Mark Darcy laat komt, want wil niet dat hij me ziet in badjas en met nat haar.

20.05 Haar nu min of meer droog. Nu alleen nog opmaken, aankleden, troep achter bank gooien. Belangrijkste eerst. Dus opmaken, dan opruimen.

20.15 Nog geen Mark. Z.g. Fijn, zo'n man die laat komt; prettig contrast met lieden die te vroeg zijn, je laten schrikken en je opjagen en nog overal onopgeruimde rotzooi zien liggen.

20.20 Hè, hè, zo'n beetje klaar. Misschien trek ik nog wat anders aan.

20.30 Wel vreemd. Vind het niets voor hem om meer dan een halfuur te laat te komen.

21.00 Kan het niet geloven. Mark Darcy heeft me laten zitten. De klootzak!

DONDERDAG 5 OKTOBER

56,5 kg (slecht), 4 stukken chocola (slecht), 17 x video gekeken (slecht).

11.00 Werk. Op de wc. O, nee. Nee, nee, nee! Na dat debacle met Mark nu weer het middelpunt van afschuwelijke bespreking vanochtend.

'Zo, Bridget,' zei Richard Finch. 'Ik ga je nog één kans geven. Het proces van Isabella Rossellini. De uitspraak wordt vandaag verwacht. Wij denken dat ze wordt vrijgesproken. Ga naar de rechtszaal. Klim niet in stangen of lantaarnpalen. Ik wil een scherp interview. Vraag haar maar of dit betekent dat het oké is om mensen te vermoorden als we geen zin hebben in seks met ze. Waar wacht je op, Bridget? Wegwezen!'

Ik wist in de verste verte niet waar hij het over had.

'Je weet toch van het proces tegen Isabella Rossellini, nietwaar?' zei Richard. 'Je leest weleens een krant, neem ik aan?'

Het vervelende van deze baan is dat je de hele tijd met namen en verhalen om de oren wordt geslagen en dat je dan binnen een tiende van een seconde moet besluiten of je al dan niet wilt toegeven dat je niet weet waar het over gaat, en als je dat moment voorbij laat gaan, ben je een halfuur later nog altijd wanhopig naar aanwijzingen aan het zoeken, terwijl je intussen met een stalen gezicht een breedvoerige verhandeling houdt over het onbekende onderwerp. Dat had ik dus met Isabella Rossellini.

En nu moet ik over vijf minuten bij de rechtbank zijn waar die enge cameraploeg me opwacht, om een televisiereportage te maken over iets waarvan ik nog nooit heb gehoord.

11.05 Gered door Patchouli. Kwam net de wc's uit, en zij werd langsgesleurd door Richards honden.

'Gaat het wel?' vroeg ze. 'Je kijkt een beetje psychotisch.'

'Nee hoor. Gaat best,' zei ik.

'Weet je het zeker?' Ze staarde me even aan. 'Zeg, je weet toch wel dat hij op de vergadering niet Isabella Rossellini bedoelde, hè? Hij had het dus over Elena Rossini, ja? Heb je dat?'

O, lieve god en alle engelen in de hemel. Elena Rossini is dat kindermeisje dat ervan beschuldigd wordt haar werkgever te hebben vermoord, nadat hij haar herhaalde malen verkracht zou hebben en haar achttien maanden in zijn huis had opgesloten. Ik greep een paar kranten om gauw mijn kennis bij te spijkeren en vloog naar een taxistandplaats.

15.00 Niet te geloven wat me is overkomen. Hing al een eeuwigheid rond bij de rechtszaal, met de cameraploeg en een hele zwik verslaggevers, die allemaal wachtten tot de zitting voorbij zou zijn. Was eigenlijk hartstikke geinig. Begon er zelfs het komische van in te zien dat meneer Mark Darcy met-de-vouw-in-de-broek mij had laten stikken. Opeens merkte ik dat ik zonder sigaretten zat. Ik vroeg fluisterend aan de cameraman, echt een aardige vent, of hij dacht dat ik vijf minuutjes weg kon, en hij zei dat dat makkelijk ging omdat ze altijd een waarschuwing geven wanneer ze op het punt staan naar buiten komen, en ze zouden me wel komen halen als het zover was.

Toen ze hoorden dat ik naar de winkel ging, vroegen een heleboel verslaggevers of ik sigaretten en snoep voor ze mee kon brengen, en dus duurde het een tijd voor ik alles georganiseerd had. Ik stond net in de winkel, en was met de winkelier bezig al het wisselgeld te verdelen, toen er een vent binnenkwam die kennelijk haast had, en zei: 'Mag ik een doos Quality Street van u?' alsof ik er helemaal niet was. De arme winkelier keek me aarzelend aan.

'Neem me niet kwalijk, maar het woord "beurt", zegt u dat iets?' vroeg ik op mijn allertuttigst, en ik draaide me naar hem om. Er kwam een raar geluid uit mijn keel. Het was Mark Darcy, in zijn advocatenplunje. Hij keek me op zijn bekende manier aan.

'En mag ik ook weten waarom je mij dinsdag hebt laten barsten?' vroeg ik.

'Ik kan jou hetzelfde vragen,' zei hij ijzig.

Op dat moment kwam de camera-assistent binnenstormen. 'Bridget!' gilde hij. 'We hebben het interview gemist. Elena Rossini is al naar buiten gekomen, en ze is vertrokken. Heb je die Minstrels wel voor me gekocht?'

Sprakeloos greep ik me vast aan de rand van de toonbank.

'Gemist?' zei ik toen ik weer normaal kon ademen. 'Gemist? O, god! Dit was mijn laatste kans na de glijpaal, en ik stond hier snoep te kopen! Ik word ontslagen. Hebben de anderen haar wel geïnterviewd?'

'Nee. Niemand heeft haar geïnterviewd,' zei Mark Darcy.

'O, nee?' zei ik, en ik keek wanhopig naar hem op. 'Hoe weet jij dat nou?'

'Omdat ik haar verdedig, en ik haar heb gezegd dat ze met niemand moest praten,' zei hij onverschillig. 'Kijk, daar zit ze, in mijn auto.'

Ik keek, en op dat moment stak Elena Rossini haar hoofd uit het raampje, en riep met een buitenlands accent: 'Mark, sorry, koop jij doos bonbons voor mij, niet Quality Street, alsjeblieft?' Toen kwam onze camerawagen eraan.

'Derek!' gilde de cameraman uit het raampje. 'Koop even een Twix en een Lion!'

'En waar zat jij dinsdagavond?' vroeg Mark Darcy.

'Thuis, op jou te wachten, en me kapot te ergeren!' zei ik verbeten.

'Wat? Om vijf over acht? Terwijl ik wel twaalf keer bij je heb aangebeld?'

'Ja! Ik was...' zei ik, terwijl er in de verte iets begon te dagen, '... mijn haar aan het drogen.'

'Grote föhn?' vroeg hij.

'Ja! 1600 volt, Salon Selectives,' zei ik trots. 'Hoezo?'

'Dan moet je of een stillere föhn kopen, of wat eerder aan je *toilette* beginnen. Maar ja. Kom maar mee,' zei hij lachend. 'Haal je cameraman erbij, ik zal kijken wat ik voor je kan doen.'

O, god, wat gênant. Wat ben ik een ontzettende oen.

21.00 Kan niet geloven hoe fantastisch alles heeft uitgepakt. Heb net de hoofdpunten van *Goedemiddag!* voor de vijfde keer afgespeeld.

'En nu een exclusieve reportage van *Goedemiddag!*' zeggen ze. '*Goedemiddag!* komt als enig nieuwsprogramma met een exclusief interview met Elena Rossini, slechts een paar minuten na haar vrijspraak van vandaag opgenomen. Onze binnenlandse verslaggeefster Bridget Jones maakte deze exclusieve reportage voor u.'

O, daar geníét ik nou zo van: 'Onze binnenlandse verslaggeefster Bridget Jones maakte deze exclusieve reportage voor u.'

Ik speel hem nog een keertje af, en dan leg ik hem echt weg.

VRIJDAG 6 OKTOBER

57 kg (eten voor de troost), 6 eenheden alcohol (aan de drank), 6 krasloten (gokken voor de troost), 21 x 1471 gedraaid om te horen of Mark Darcy had gebeld (natuurlijk niet meer dan nieuwsgierigheid), 9 x video gekeken (al beter).

21.00 Grrr. Gisteren boodschap voor mam achtergelaten, over mijn geweldige interview, dus toen ze vanavond belde, dacht ik dat ze me wilde feliciteren, maar nee hoor, ze zanikte alleen maar over dat feest. Una en Geoffry zus en Brian en Mavis zo en hoe fantastisch Mark wel niet was en waarom had ik toch niet met hem gepraat, enzovoorts. Kon nauwelijks verleiding weerstaan haar te vertellen wat er gebeurd was, maar wist me te beheersen door me de gevolgen voor te stellen: eerst extatisch gekrijs (over het afspraakje) gevolgd door wrede moord op enige dochter (vanwege de afloop).

Blijf maar hopen dat hij belt om nog een keer af te spreken, na dat debacle met de haarföhn. Misschien moet ik hem maar een briefje schrijven om hem te bedanken voor het interview en om te zeggen dat het me spijt van de föhn. Niet dat ik iets in hem zie, of wat dan ook. Het is niet meer dan beleefd.

DONDERDAG 12 OKTOBER

57,5 (slecht), 3 eenheden alcohol (normaal en gezond), 13 sigaretten, 17 veteenheden (zou je het totaal aantal veteenheden in je lichaam kunnen berekenen? Hoop van niet), 3 krasloten (redelijk), 12 x 1471 gedraaid om te horen of Mark Darcy had gebeld (al beter).

Grrr. Gebelgd over betuttelend artikel in de krant, van een Voldaan Getrouwde journaliste. De titel was 'De vreugde van het alleen zijn', met een ironie die ongeveer even subtiel was als de seksgein van Frankie Howerd.

'Ze zijn jong, ze zijn ambitieus, ze zijn rijk, maar hun leven verbergt een schrijnende eenzaamheid... Wanneer ze uit hun werk komen gaapt de afgrond... Deze eenzame, van stijlvol leven bezeten schepsels, zoeken troost in kant-en-klaarversies van de lekkere hapjes die hun moeder altijd maakte.'

Nou ja, hoe durft ze! Weet zij veel, die op haar tweeëntwintigste Voldaan Getrouwde madam?

Ik ga een artikel schrijven, gebaseerd op 'tientallen gesprekken' met Voldaan Getrouwde Vrouwen: 'Als ze uit hun werk komen barsten ze altijd in snikken uit, want uitgeput als ze zijn, moeten ze de aardappelen schillen en alle was doen, terwijl hun vadsige echtgenoot boerend voor de buis hangt en patat wil. Of ze vallen, met hun vormeloze schort voor, in een diep zwart gat nadat hun man heeft gebeld dat hij moet overwerken, met op de achtergrond kwetterende Vrije Vrouwtjes en het geluid van krakend leer.'

Na werk afgesproken met Sharon, Jude en Tom. Tom was ook al bezig een woedend artikel te verzinnen over de gapende afgronden van de Voldaan Getrouwden.

'Dat slag mensen beïnvloedt alles, van het soort huizen dat gebouwd wordt, tot het soort eten dat je in de supermarkt kunt kopen,' zou Tom razen in zijn artikel, 'overal die Anne Summers-winkels, voor huisvrouwtjes met hun zielige pogingen het opwindende seksleven te simuleren dat Vrije Meiden genieten, en steeds meer exotisch voedsel bij Marks & Spencer, voor al die uitgebluste stellen die net doen of ze in een chique restaurant eten, zoals de vrijgezellen, en niet hoeven af te wassen.'

'Ik word doodziek van dat arrogante geweeklaag over het vrijgezellenbestaan!' brulde Sharon.

'Nou, ik ook!' riep ik.

'Maar je vergeet de zakkigheid,' boerde Jude, 'we hebben altijd die zakkigheid.'

'Maar eenzaam zijn we niet. Wij hebben een grote familie in de vorm van een vriendennetwerk, verbonden door de telefoon,' zei Tom.

'Ja! Hoera! Vrije Meiden zouden zich niet de hele tijd hoeven te verontschuldigen, maar een geaccepteerde status moeten bezitten, zoals geisha's,' schreeuwde ik uitgelaten, en ik slurpte van mijn glas Chileense Chardonnay.

'Geisha's?' vroeg Sharon met een koude blik op mij.

'O, hou je mond, Bridge,' brabbelde Tom. 'Je bent dronken. Je probeert alleen maar je gapende zwarte afgrond met drank vol te gieten.'

'Nou, maar Shazzer net zo goed,' zei ik gepikeerd.

'Nietus,' zei Sharon.

'Wellus, drud,' zei ik.

'O, houwejulliezopzeg,' boerde Jude. 'Zuwwenoggevlezzieneme?'

VRIJDAG 13 OKTOBER

58,5 kg (maar ben tijdelijk veranderd in wijnzak), 0 eenheden alcohol (maar leef van inhoud wijnzak), 0 calorieën (z.g.).*
** Kan maar beter eerlijk zijn: niet z.g. want alleen maar 0 omdat ik meteen na het eten 5876 calorieën heb uitgekotst.*

O, god, ik ben zo alleen. Een heel weekeinde voor de boeg, met niemand om van te houden of plezier mee te maken. Maar wat kan het me schelen. Ik heb een verrukkelijke gestoomde gemberpudding van Marks & Spencer die ik in de magnetron kan zetten.

ZONDAG 15 OKTOBER

57 kg (beter), 5 eenheden alcohol (maar bijzondere gelegenheid), 16 sigaretten, 2456 calorieën, 245 minuten lang aan mr Darcy gedacht.

8.55 Net even sigaretten wezen halen, ga me nu aankleden voor *Pride and Prejudice* op de BBC. Niet te geloven dat er nog zo veel auto's op de weg zijn. Moeten die mensen niet naar huis om zich voor te bereiden? Heerlijk dat iedereen er zo verslaafd aan is. De grond voor mijn eigen verslaving, dat weet ik wel, is de eenvoudige menselijke behoefte om te zien dat Darcy Elizabeth krijgt. Tom zegt dat voetbalgocroc Nick Hornby in zijn boek schrijft dat de obsessie van mannen voor voetbal niet een kwestie is van plaatsvervangende spanning; de door testosteron opgezweepte fans wensen niet dat zíj in het veld staan, beweert Hornby, ze zien hun team als hun gekozen vertegenwoordiging, ongeveer zoals een parlement. Dat is precies mijn houding tegenover Darcy en Elizabeth. Zij zijn mijn gekozen vertegenwoordigers in het veld van de versierkunst, of liever, hofmakerij. Maar ik wil geen doelpunten zien. Ik zou het vreselijk vinden om Darcy en Elizabeth in bed te zien, met een sigaret na afloop. Dat zou echt onnatuurlijk zijn, en verkeerd, en ik zou algauw niet meer geïnteresseerd zijn.

10.30 Jude belde net, en we hebben twintig minuten lang gegromd: 'Howhow, die mr Darcy.' Hij praat zo mooi, zo'n beetje alsof het hem te veel moeite is. *Ding-dong*! Toen hadden we een lang gesprek over de respectieve goede kanten van mr Darcy en Mark Darcy, en we waren het erover eens dat mr Darcy aantrekkelijker was vanwege zijn slechte manieren, maar dat we toch niet over het hoofd mochten zien dat hij alleen maar een romanpersonage was.

MAANDAG 23 OKTOBER

58 kg, 0 eenheden alcohol (z.g. Heb heerlijk nieuw plaatsvervangend drankje ontdekt, 'Smoothies', z. lekker en fruitig), 0 sigaretten (door Smoothies geen behoefte), 22 Smoothies, 4265 calorieën (w.v. 4135 Smoothies).

Gatver. Ging net naar *Panorama* kijken, over 'Hoogopgeleide vrouwelijke kostwinners kapen de beste banen weg' (en ik bid tot de Allerhoogste met al Zijn engelen dat ik zo iemand nooit zal worden): 'Schuilt de oplossing in een herstructurering van het onderwijs?' toen ik stuitte op een foto in de *Standard* van Darcy en Elizabeth, afgrijselijk uitgedost als hedendaags stelletje, over elkaar heen dweilend in een weiland, zij met blond rijke-tutten-kapsel en een linnen broekpak aan, hij in gestreept poloshirt en leren jack en met zo'n veterdun snorretje. Kennelijk gaan ze al met elkaar naar bed. Wat weerzinwekkend. Voel me helemaal uit het lood geslagen, en maak me zorgen want mr Darcy zou nooit zoiets ijdels en frivools doen als acteren, en toch is hij kennelijk een acteur. Mmmm. Z. verwarrend allemaal.

DINSDAG 24 OKTOBER

58,5 kg (ellendige Smoothies), 0 eenheden alcohol, 0 sigaretten, 32 Smoothies.

Werk gaat fantastisch. Sinds het interview met Elena Dinges kan ik geen kwaad meer doen, kennelijk.

'Kom! Kom! Rosemary West!' zei Richard Finch toen ik de werkkamer binnenkwam (wat laat, eerlijk gezegd, maar dat kan iedereen overkomen), met zijn vuisten opgeheven als een bokser. 'Lesbische verkrachtingsslachtoffers! Jeanette Winterson! *Goedemiddag!*, dokter. Wat dóén lesbische vrouwen met elkaar? Dat is het! Wat doen ze in bed?' Opeens keek hij mij recht aan.

'Weet jij dat niet?' Iedereen keek naar me. 'Kom op, Bridget, godverdomme, eeuwig te laat, hè?' schreeuwde hij ongeduldig. 'Wat doen lesbiennes in bed?'

Ik haalde diep adem. 'Eigenlijk vind ik dat we de romance moeten doen tussen Darcy en Elizabeth buiten de tv-serie.'

Hij bekeek me langzaam van top tot teen. 'Briljant,' zei hij toen eerbiedig. 'Dat is godvergeten briljant. Oké. En de acteurs die Darcy en Elizabeth spelen? Kom! Kom!' zei hij, boksend tegen het gezelschap om de tafel.

'Colin Firth en Jennifer Ehle,' zei ik.

'Schat,' zei hij tegen mijn ene borst, 'je bent goddomme een genie!'

Ik heb altijd al gehoopt dat ik een genie zou blijken te zijn, maar ik had nooit gedacht dat dat mij (of mijn linkerborst) ooit zou overkomen.

NOVEMBER

Een misdadigster in de familie

WOENSDAG 1 NOVEMBER

56 kg, 1 pond en 4 ons (yesss! yesss!), 2 eenheden alcohol (z.g), 4 sigaretten (maar kon niet roken bij Tom vanw. brandgevaar Alternatieve Miss World-kostuum), 1848 calorieën (g.), 12 Smoothies (ga vooruit).

Naar Tom voor topconferentie over de zaak Mark Darcy. Maar Tom helemaal hoteldebotel vanwege de aanstaande alternatieve Miss World-verkiezingen. Hij had al eeuwen geleden besloten mee te doen als Miss Broeikaseffect, en nu liet zijn zelfvertrouwen hem in de steek.

'Ik heb geen schijn van kans,' zei hij, met een blik in de spiegel, en hij strompelde toen naar het raam. Hij droeg een plastic bol met de wereldkaart erop getekend, maar dan met smeltende ijskappen en een grote brandvlek op Brazilië. In de ene hand had hij een stuk tropisch hardhout en een spuitbus, en in de andere een ondefinieerbaar bontachtig geval dat een dode ocelot moest voorstellen. 'Denk je dat ik ook nog een melanoom moet hebben?' vroeg hij.

'Is het een schoonheidswedstrijd of een kostuumwedstrijd?'

'Dat is het hem nou juist, dat weet ik niet, dat weet niemand,' zei Tom, en hij rukte zijn hoofdtooi af, een miniboompje, dat hij tijdens de wedstrijd in brand wilde steken. 'Allebei. Alles. Schoonheid. Originaliteit. Kunstzinnigheid. Het is allemaal zo belachelijk vaag.'

'Moet je eigenlijk een flikker zijn om mee te kunnen doen?' vroeg ik, friemelend aan een stuk plastic.

'Nee. Iedereen kan meedoen, vrouwen, beesten, alles. Dat is nou precies het probleem,' zei hij, terwijl hij weer terugschuifelde naar de spiegel. 'Ik denk weleens dat ik als zelfverzekerde hond meer kans zou hebben.'

We kwamen tot de slotsom dat het thema van het broeikaseffect op zich onberispelijk was, maar dat de plastic bol misschien niet zo'n flatteuze coupe had. Uiteindelijk zaten we meer te denken in de richting van een vloeiend glad omhulsel van blauwe changeantzijde à la Yves Klein, gedragen over een ondergrond van rook- en aardekleuren, om het smelten van de ijskappen te symboliseren.

Omdat Tom toch niet in de juiste stemming was voor een goed gesprek over Mark Darcy, nam ik afscheid voor het te laat werd, en beloofde hem mij te verdiepen in Badkostuums en Middagkledij.

Toen ik thuiskwam, belde ik Jude op maar zij begon meteen over een fantastische nieuwe oosterse tip in de laatste *Cosmopolitan*, iets wat Feng Shui heet en waarmee je alles uit het leven kunt halen. Je hoeft kennelijk alleen maar de kasten in je huis uit te ruimen om je innerlijke blokkades weg te nemen, en dan je huis in negen secties te verdelen (dat heet de ba-gua in kaart brengen), waarbij elke sectie een gebied van je leven voorstelt: werk, familie, relaties, geld, nakomelingen, bijvoorbeeld. Datgene wat in die bepaalde sectie aanwezig is, bepaalt hoe het met het bijbehorend gebied van je leven gesteld is. Wanneer je bijvoorbeeld de hele tijd geldgebrek hebt, kan dat komen doordat er in je Hoek der Weelde een prullenmand staat.

Z. opgewonden over deze nieuwe theorie, want die zou een heleboel kunnen verklaren. Ga zo snel mogelijk de nieuwe *Cosmo* halen. Jude zegt, beter niet aan Sharon vertellen want die vindt Feng Shui natuurlijk flauwekul. Slaagde er uiteindelijk toch in het gesprek op Mark Darcy te brengen.

'Maar natúúrlijk zie je niks in hem, Bridge, dat zou niet bij me opkomen,' zei Jude. De oplossing lag volgens haar voor de hand: ik moet een etentje geven en hem uitnodigen.

'Dat is toch een prima idee,' zei ze, 'je vraagt niet om een afspraakje, dus alle spanning valt dan weg, en je kunt je ontzettend uitsloven en al je vrienden kunnen net doen of ze je geweldig vinden.'

'Jude,' zei ik gekwetst, 'zei je "doen alsof"?'

VRIJDAG 3 NOVEMBER

58 kg (grrr), 2 eenheden alcohol, 8 sigaretten, 13 Smoothies, 5245 calorieën.

11.00 Z. opgewonden vanwege etentje. Heb geweldig nieuw kookboek gekocht van Marco Pierre White. Begrijp nu eindelijk het simpele verschil tussen eigen keuken en restaurant-eten. Marco zegt dat het allemaal draait om de concentratie van de smaak. Het geheim van een saus is, afgezien van de smaakconcentratie natuurlijk, een zelfgetrokken bouillon. Je moet grote pannen met visgraten, kipkarkassen etc. koken en dan in blokjes invriezen. Koken op Michelin-niveau wordt dan even gemakkelijk als het klaarmaken van gehakt met aardappelpuree, eigenlijk gemakkelijker want je hoeft aardappelen niet te schillen, alleen maar te smoren in ganzenvet. Dat ik dat niet eerder heb geweten!

Dit wordt het menu:

Velouté van selderij (z. eenv. en goedkoop als bouillon eenmaal gemaakt is).

Op houtskool gegrilde tonijn op velouté van kerstomatencoulis met confit van knoflook en gesmoorde aardappelen.

Confit van sinaasappelen. Crème Anglaise met Grand Marnier.

Wordt verrukkelijk. Zal naam krijgen als briljant kokkin die hand nergens voor omdraait.

Mensen komen in drommen op mijn etentjes af, dwepend: ‘Fantastisch, zo’n etentje bij Bridget, je krijgt er gerechten op sterniveau, in artistieke sfeer.’ Mark Darcy zal z. onder de indruk zijn, en zien dat ik niet ordinair of incompetent ben.

ZONDAG 5 NOVEMBER.

57 kg (ramp), 32 sigaretten, 6 eenheden alcohol (ze hadden geen Smoothies meer, de klunzen), 2266 calorieën, 4 krasloten.

19.00 Grrr. Vuurwerk vanavond, maar door niemand uitgenodigd. Aan alle kanten gaan vuurpijlen af, om mij te treiteren. Ga naar Tom.

23.00 Hartst. leuke avond bij Tom, die zich probeerde te verzoenen met het feit dat de Alternatieve Miss World-verkiezing was gewonnen door die misselijke Jeanne d'Arc.

'Waar ik me nou zo kwaad over maak, is dat ze zeggen dat het geen schoonheidswedstrijd is, terwijl het dat wel is. Ik bedoel, als ik die neus niet had...' zei Tom, met een woedende blik in de spiegel.

'Wat?'

'Die neus.'

'Wat is er mis met je neus?'

'Wat er mis mee is? Tsss. Kijk dan zelf!'

Het bleek dat er een piepklein bobbeltje op zat, van toen iemand hem een keer een glas in zijn gezicht had geduwd toen hij zeventien was. 'Snap je het nou?'

Ik legde uit dat hij het volgens mij dat bobbeltje niet kon verwijten dat Jeanne d'Arc de titel recht onder zijn neus-met-bobbeltje vandaan had weggegrist, om het zo te zeggen, tenzij de jury een sterrenkijker had gebruikt, maar toen begon Tom te zaniken dat hij ook te dik was, en op dieet ging.

'Hoeveel calorieën mag je als je op dieet bent?' vroeg hij.

'Duizend ongeveer. Nou ja, ik mik op duizend, en kom meestal uit op zo'n vijftienhonderd,' zei ik, in de wetenschap dat dat laatste niet helemaal klopte.

'Duizend?' vroeg Tom ongelovig. 'Maar ik dacht dat je tweeduizend nodig had om in leven te blijven.'

Ik keek hem perplex aan. Ik besefte dat ik al zo veel jaren aan de lijn had gedaan dat het besef dat je calorieën nodig hebt om in leven te blijven volledig uit mijn bewustzijn was gevaagd. Ben zo diep gezonken dat voor mij het grootste ideaal is totaal niets te eten, in de overtuiging dat mensen alleen maar eten omdat ze zo gulzig zijn, en tegen hun dieet zondigen omdat ze zich niet kunnen beheersen.

'Een gekookt ei, hoeveel calorieën is dat?' vroeg Tom.

'Vijfenzeventig.'

'Een banaan?'

'Groot of klein?'
'Klein.'
'Gepeld?'
'Ja.'
'Tachtig,' zei ik zelfverzekerd.
'Olijf?'
'Zwart of groen?'
'Zwart.'
'Negen.'
'Hobnob?'
'Eenentachtig.'
'Doos bonbons?'
'Tienduizend achthonderd zesennegentig.'
'Hoe weet je dat allemaal?'
Daar dacht ik over na. 'Ik weet het gewoon, net zoals je het alfabet kent en de tafels.'
'Oké, negen keer acht,' zei Tom.
'Vierenzestig. Nee, vijfenzestig. Nee, tweeënzeventig.'
'Welke letter komt er voor de j? Vlug!'
'P. L. Ik bedoel, i.'
Tom zegt dat ik gestoord ben maar ik weet toevallig heel zeker dat ik normaal ben en niet anders dan wie dan ook, t.w. Sharon en Jude. Eerlijk gezegd maak ik me nogal zorgen om Tom. Ik geloof dat hij door het meedoen aan die schoonheidswedstrijd begint te bezwijken onder de druk waar wij vrouwen al zo lang onder leven, en dat hij onzeker is geworden, geobsedeerd wordt door zijn uiterlijk, en aan anorexia nervosa lijdt.
Toch nog een mooi slot want om zichzelf op te beuren ging Tom vanaf het dakterras vuurpijlen afschieten in de tuin van de benedenburen die volgens hem homofoob zijn.

DONDERDAG 9 NOVEMBER

56,5 kg (gaat beter zonder Smoothies), 5 eenheden alcohol (beter dan buik tjokvol gepureerd fruit), 12 sigaretten, 1456 calorieën (uitstekend).

Z. opgewonden vanwege etentje. Vastgesteld op volgende week dinsdag. Hier komt de gastenlijst:

Jude	–	Ranzige Richard
Shazzer		
Tom	–	Opgeblazen Jerome (tenzij ik enorm bof en hij hem vóór dinsdag de bons geeft)
Magda	–	Jeremy
Ik	–	Mark Darcy

Mark Darcy erover gebeld, hij vond het kennelijk erg leuk. 'Wat ga je maken?' vroeg hij. 'Kun je goed koken?'

'O, gewoon,' zei ik. 'Ik gebruik meestal het boek van Marco Pierre White. Het is echt verbazend gemakkelijk, als je je toelegt op een concentratie van smaak.'

Hij lachte en zei toen: 'Nou, doe maar niet te ingewikkeld. Ze komen ten slotte voor jóú, en niet voor je *crême renversée à l'Alsacienne.*'

Daniel zou nooit zoiets aardigs tegen me gezegd hebben. Verheug me z. op etentje.

ZATERDAG 11 NOVEMBER

56 kg, 4 eenheden alcohol, 35 sigaretten (crisis), 456 calorieën (geen eetlust).

Tom is weg. Begon me vanochtend zorgen om hem te maken toen Sharon belde dat ze het niet kon zweren bij alles wat haar heilig was, maar dat ze dacht dat ze hem donderdagnacht vanuit een taxi over Ladbroke Grove had zien zwerven met zijn hand voor zijn mond en, dacht ze, een blauw oog. Tegen de tijd dat ze de taxi had laten omkeren was hij verdwenen. Ze had gisteren twee boodschappen voor hem achtergelaten, en gevraagd of alles in orde was, maar had geen antwoord gekregen.

Terwijl ze dat vertelde, besefte ik opeens dat ik woensdag zelf een boodschap voor hem had achtergelaten, en had gevraagd of hij er het weekeinde was, zonder dat hij gereageerd had, wat helemaal niets voor hem is. Vervolgens paniekerig iedereen opgebeld. Toms telefoon ging alleen maar eindeloos lang over, dus belde ik Jude, die zei dat ze ook niets van hem had gehoord. Ik belde Toms Opgeblazen Jerome: niets. Jude zei dat ze Simon op zou bellen, die een straat bij Tom vandaan woont, en hem bij hem langs zou sturen. Twintig minuten later belde ze terug dat Simon een hele tijd bij Tom had staan aanbellen, en op de deur had getimmerd, maar zonder resultaat. Toen belde Sharon weer. Zij had Rebecca gesproken en die dacht dat Tom bij Michael zou gaan lunchen. Michael opgebeld. Hij vertelde dat Tom met een eigenaardige, vervormde stem een vreemdsoortig bericht had ingesproken, dat hij niet kon komen, zonder te zeggen waarom niet.

15.00 Begin nu echt bang te worden, maar geniet er tegelijkertijd van in een drama verwikkeld te zijn. Ben zo goed als Toms beste maatje, dus iedereen belt me over het geval op en ik neem een kalme doch diepbezorgde houding aan. Bedenk opeens dat hij misschien iemand heeft ontmoet, en dat hij een paar stiekeme wittebroodsdagen doorbrengt in verborgen liefdesnest. Misschien was hij het niet, die Sharon zag, of was dat blauwe oog alleen maar het resultaat van enthousiast jong liefdesspel, of postmoderne, ironisch-nostalgische *Rocky Horror-Show*-make-up. Ga nog wat telefoneren om nieuwe theorie te toetsen.

15.30 Nieuwe theorie verpletterd door algemene opinie want men vindt het ondenkbaar dat Tom een nieuwe vriend zou ontmoeten, laat staan er iets mee beginnen, zonder iedereen op te bellen en het rond te bazuinen. En zo is het natuurlijk ook. De ene wilde gedachte na de andere. Het staat vast dat Tom de laatste tijd van streek was. Begin me af te vragen of ik echt wel zo'n goede vriendin ben. We zijn hier in Londen allemaal zo zelfzuchtig en zo druk bezig. Zou het mogelijk zijn dat een van mijn vrienden zo ongelukkig is dat... hé, dus daar heb ik de nieuwe *Marie Claire* gelaten, boven op de koelkast!

Bladerend door de *Marie Claire* zitten fantaseren over Toms begrafenis, en wat ik aan zou trekken. Nee hè! Moet opeens denken aan dat parlementslid dat overleed in een vuilniszak, met binnenbanden rond zijn nek en een chocolade sinaasappel in zijn mond, of iets dergelijks. Vraag me af of Tom er rare seksprak-tijken op na heeft gehouden, zonder er ons iets over te vertellen.

17.00 Net Jude weer gebeld. 'Denk je dat we de politie moeten bellen om ze zijn huis te laten openbreken?' zei ik.

'Ik heb ze gebeld,' zei Jude.

'En wat zeiden ze?' Eigenlijk was ik gepikeerd dat Jude de politie had gebeld zonder met mij te overleggen. Ik ben Toms beste vriendin, niet Jude.

'Ze waren niet echt onder de indruk. Ze zeiden dat ik opnieuw moest bellen als we hem maandag nog niet gevonden hadden. Dat is ook wel te begrijpen. Het maakt inderdaad een wat paniekerige indruk om een vrijgezel van negenentwintig jaar, die op zaterdagochtend niet thuis was en niet is komen opdagen voor een lunch die hij telefonisch had afgebeld, als vermist op te geven.'

'Maar toch is er wat mis, dat voel ik gewoon,' zei ik, op mysterieus beladen toon, en ik besefte voor het eerst wat een sterk instinctief en intuïtief gericht iemand ik toch ben.

'Ik weet precies wat je bedoelt,' zei Jude gewichtig. 'Ik voel dat net zo. Er is absoluut iets mis.'

19.00 Buitengewoon. Kon er na gesprek met Jude niet toe komen te gaan winkelen of andere luchthartige dingen te doen. Dacht dat dit misschien ideaal ogenblik was voor Feng Shui, dus ging *Cosmopolitan* kopen. Aan de hand van de tekening in de *Cosmo* heb ik zorgvuldig de ba-gua van mijn appartement in kaart gebracht. Kwam daarbij tot gruwelijke ontdekking: in mijn Hoek der Hulpvaardige Vrienden stond een prullenmand! Geen wonder dat die ellendige Tom onvindbaar is!

Gauw Jude opgebeld om het te vertellen. Prullenbak ergens anders zetten, zei Jude.

'Maar waar dan?' zei ik. 'Ik kan hem toch ook niet bij de Relaties zetten of bij Nakroost?'

Jude zei, wacht, ze zou even in de *Cosmo* kijken.
'Wat vind je van Weelde?' vroeg ze, toen ze weer aan de lijn kwam.
'Hmmm,' zei ik, 'ik weet het niet, het is tenslotte bijna Kerstmis,' en nog voor ik uitgepraat was, voelde ik me een echt slecht mens.
'Nou, als je er zo tegenover staat. Ik bedoel, waarschijnlijk heb je nu één kerstcadeau minder te kopen,' zei Jude beschuldigend.
Uiteindelijk besloot ik om de prullenmand in mijn Hoek der Kennis neer te zetten, en kocht toen bij de groenteboer een paar planten met ronde bladeren, om bij de Familie en de Hulpvaardige Vrienden neer te zetten (planten met puntige bladeren, en vooral cactussen, werken negatief). Pakte een plantenpot uit het gootsteenkastje en hoorde opeens iets rinkelen. Ik gaf een harde klap tegen mijn voorhoofd. Het waren Toms reservesleutels, van toen hij naar Ibiza ging.
Heel even overwoog ik om zonder Jude naar zijn huis te gaan. Ik bedoel, zij had buiten mij om de politie gebeld, waar of niet, maar uiteindelijk vond ik het te vals; ik belde haar op en we besloten om Shazzer ook mee te nemen, omdat zij als eerste alarm had geslagen.
Ik stelde me voor dat ik een waardige, tragische en welbespraakte indruk zou maken in de kranteninterviews, maar werd tegelijkertijd door de angst bekropen dat de politie tot de conclusie zou komen dat ík Tom had vermoord. Toen we Toms straat in kwamen, liet ik mijn fantasieën varen. Het was opeens geen grapje meer. Misschien was er echt iets afschuwelijks en tragisch gebeurd.
We zeiden geen van drieën een woord en keken niet naar elkaar toen we de trap beklommen.
'Moet je niet eerst aanbellen?' fluisterde Sharon toen ik de sleutel naar het slot bracht.
'Dat doe ik wel,' zei Jude. Ze keek even naar ons en drukte op het knopje.
We wachtten zwijgend. Niets. Ze belde opnieuw. Ik wilde net de sleutel in het slot steken toen er een stem klonk door de intercom. 'Hallo?'

‘Wie is dat?’ vroeg ik bevend.

‘Ja, wie denk je, maf wijf.’

‘Tom!’ brulde ik vol blijdschap. ‘Laat ons binnen!’

‘Ons? Wie is “ons”?’ vroeg hij achterdochtig.

‘Ik en Jude en Shazzer.’

‘Ik heb eigenlijk liever niet dat jullie boven komen, schat, als ik eerlijk mag zijn.’

‘O, krijg nou wat!’ zei Sharon. Ze drong zich langs me heen. ‘Tom, geschifte nicht die je bent, half Londen hangt aan de telefoon met de politie en ze zijn de hele stad aan het uitvlooien op zoek naar jou, omdat niemand weet waar je uithangt. Laat je ons nog binnen of hoe zit het!’

‘Ik wil niemand zien, behalve Bridget,’ zei Tom gemelijk. Ik keek de anderen gelukzalig aan.

‘Je hoeft heus niet de prima donna uit te hangen,’ snauwde Shazzer.

Stilte.

‘Kom op, malloot, doe open.’

Weer stilte, en toen de zoemer die ‘bzzz’ deed.

‘Zet je schrap,’ zei Toms stem toen we op de bovenste verdieping aankwamen, en hij de deur opendeed.

We slaakten alle drie een kreet. Toms hele gezicht was misvormd, afschuwelijk geel en paars verkleurd, en half verscholen in een gipsverband.

‘Tom! Wat is er gebeurd!’ riep ik uit, onder een klungelige poging hem te omhelzen, waarbij ik uiteindelijk zijn oor kuste. Jude barstte in tranen uit en Shazzer schopte tegen de muur.

‘Maak je geen zorgen, Tom,’ gromde ze, ‘wij pakken die ellendelingen wel die je dit aangedaan hebben.’

‘Wat is er gebeurd?’ vroeg ik weer, en de tranen begonnen over mijn wangen te lopen.

‘Eh...’ zei Tom, die zich schutterig uit mijn armen losmaakte, ‘ik... eh... ik heb mijn neus laten doen.’

Toen bleek dat Tom stiekem woensdag zijn neus had laten opereren, maar zich te erg schaamde om het ons te vertellen, omdat we allemaal zo denigrerend hadden gedaan over zijn minuscule knobbeltje. Hij zou verzorgd worden door Jerome, van nu af aan Rottige Jerome (eigenlijk Harteloze Jerome maar wij vonden allemaal dat dat veel te interessant klonk). Toen Rottige Jerome hem na de operatie zag, was hij zo door weerzin overvallen dat hij een paar dagen wegging, zei hij; hij was ervandoor gegaan en niemand had nog iets van hem gehoord of gezien. Die arme Tom was zo treurig en gekwetst, en nog zo aangeslagen door de verdoving, dat hij de telefoonstekker eruit had getrokken, onder de dekens was gaan liggen, en was gaan slapen.

'Maar zag ik jou nou donderdagnacht over Ladbroke Grove lopen?' vroeg Shazzer.

Hij was het inderdaad geweest. Kennelijk had hij gewacht tot de kleine uurtjes om in het donker ongezien ergens eten te gaan halen. Ondanks onze vreugde dat hij nog leefde, zat Tom nog altijd diep in de put vanwege Jerome.

'Niemand houdt van mij,' zei hij.

Ik zei hem dat hij mijn antwoordapparaat maar moest bellen, waar tweeëntwintig angstige boodschappen op stonden van zijn vrienden, allemaal radeloos omdat hij vierentwintig uur lang niet gezien was, hetgeen korte metten maakte met onze vrees alleen te sterven en opgegeten te worden door een Duitse herder.

'Of drie maanden lang niet gevonden te worden... zodat je helemaal uitloopt over de vloerbedekking,' zei Tom.

Hoe haalde hij het in zijn hoofd, vroegen wij, te denken dat niemand van hem hield, alleen maar vanwege die humeurige klootzak met zijn belachelijke naam?

Twee bloody mary's later lachte hij om Jerome's eeuwige gezever over 'zelfgevoel' en zijn strak aansluitende, kuitlange onderbroeken van Calvin Klein. Intussen hadden Simon, Michael, Rebecca, Magda, Jeremy en een jongen die beweerde dat hij Elsie heette, opgebeld om te vragen hoe het met hem was.

'Ik weet wel dat we allemaal psychotisch zijn en alleen en totaal gestoord, en dat alles per telefoon gaat,' brabbelde Tom sentimenteel, 'maar we zijn net een grote familie, hè?'

Ik wist het wel, dat dat Feng Shui zou werken. En nu zijn taak erop zit, ga ik vlug de plant met zijn ronde bladeren in mijn Hoek der Relaties neerzetten. Ik wou maar dat er ook een Hoek der Kookkunst was. Nog maar negen dagen.

MAANDAG 20 NOVEMBER

56 kg (z.g.), 0 sigaretten (moet niet roken tijdens culinaire wonderen), 3 eenheden alcohol, 200 calorieën (al dat geloop naar de supermarkt moet meer calorieën hebben verbrand dan opgenomen, laat staan gegeten).

19.00 Net afschuwelijk burgerlijk vrijgezellen-schuldgevoel bij de supermarkt, toen ik bij de kassa naast goed functionerende ouders met kinderen stond die bonen, vissticks, lettermacaroni enz. kochten, terwijl ik in mijn karretje het volgende had:

20 bollen knoflook
1 blikje ganzenvet
1 fles Grand Marnier
8 moten tonijn
36 sinaasappelen
4 flessen slagroom
4 vanillepeulen à £1,39

Moet vanavond met voorbereidingen beginnen, want werk morgen.

20.00 Gatver. Helemaal geen zin in koken. Vooral die idiote zak vol kipkarkassen is weerzinwekkend.

22.00 Karkassen in pan gestopt. Probleem is dat ik volgens Marco de smaakverhogende prei- en selderijstengels met draad aan elkaar moet binden maar heb alleen maar blauw. O, nou ja, dat kan vast geen kwaad.

23.00 God, die bouillon duurt eeuwen, maar de moeite waard want heb uiteindelijk wel tien liter, in gedaante v. ijsblokjes, voor maar £1,70. Mmmm, confit van sinaasappelen wordt ook verrukkelijk. Ik hoef nu alleen nog maar zesendertig sinaasappelen in flinterdunne plakken te snijden en de schillen te raspen. Dat valt wel mee.

1.00 Te moe om ogen open te houden, maar de bouillon moet nog twee uur trekken en de sinaasappelen moeten nog een uur in de oven. Ik weet wat. Ik laat de bouillon op een heel laag pitje de hele nacht trekken, en de sinaasappelen op de allerlaagste stand in de oven, dan worden ze heel zacht, net als bij een stoofpot.

DINSDAG 21 NOVEMBER

55,5 kg (zenuwen verteren vet), 9 eenheden alcohol (z.z. slecht), 37 sigaretten (z.z. slecht), 3479 calorieën (en allemaal even walgelijk).

9.30 Net pan opengemaakt. De verwachte tien liter bouillon, barstend van de smaak, blijkt berg verbrande karkassen bedekt met gelei. Maar sinaasappelconfit ziet er fantastisch uit, net als op het plaatje, alleen donkerder. Moet naar mijn werk. Ga om vier uur weg, ga dan oplossing bedenken voor soepcrisis.

17.00 O, god. Dag is een nachtmerrie geworden. Richard Finch gaf me een veeg uit de pan tijdens de ochtendbespreking, waar iedereen bij zat. 'Bridget, leg in vredesnaam dat kookboek weg. Kinderen verbrand door vuurwerk! Verminkingen! Gezellige familiebijeenkomst wordt nachtmerrie! Twintig jaar later. Het jongetje dat zijn penis kwijtraakte door rotjes in zijn broekzak, in de jaren zestig. Hoe is het daar nu mee? Bridget, jij zoekt dat jongetje met afgebrande penis. Het Guy Fawkes-mannetje van de jaren zestig.'

Gatver. Ging net grommend mijn achtenveertigste telefoontje plegen om te weten te komen of er een slachtoffergroep was voor mensen met afgebrande penis, toen de telefoon ging.

'Hallo, schat. Met mammie.' Ze klonk ongewoon pieperig en hysterisch.

'Hoi, mam.'

'Zeg, lieverd, ik bel je even om je gedag te zeggen voor ik ga, en je het beste te wensen.'

'Voor je gaat? Waarnaar toe?'

'O! Haha, hahahaha! Ik zei je toch al dat Julio en ik even een paar weekjes naar Portugal gaan, om de familie te bezoeken en zo, en een beetje een kleurtje op te doen voor kerst.'

'Daar weet ik niks van.'

'O, doe niet zo gek, lieverd. Ik heb het je echt verteld. Je luistert ook nooit. Maar ja. Pas goed op jezelf, hè?'

'Ja hoor.'

'O, schat, en dan nog iets.'

'Wat?'

'Op een of andere manier had ik het zo druk dat ik vergeten ben reischeques te bestellen bij de bank.'

'O, dat geeft niets, die kun je op het vliegveld halen.'

'Maar lieverd, ik ben al onderweg naar het vliegveld, en ik heb mijn bankpas niet bij me.'

Ik staarde perplex naar de telefoon.

'Zo vervelend! Ik vroeg me af... Jij kunt me zeker niet wat lenen, hè? Niet veel hoor, maar een paar honderd pond, zodat ik wat cheques kan kopen.'

Ze vroeg het net als zo'n zuiplap op straat die om geld vraagt voor een kop thee.

'Maar ik ben aan het werk, mam. Kan Julio je niet wat lenen?'

Ze begon vreselijk te sputteren. 'Wat ben jij krenterig, schat, gewoon niet te geloven. Na alles wat ik voor je gedaan heb. Ik heb je het leven geschonken, en jij wilt je moeder niet eens een paar pond voorschieten voor reischeques.'

'Maar hoe kan ik het je dan geven? Dan moet ik het eerst uit de automaat gaan halen, en het dan meegeven met een koerier en dan wordt het gestolen; het wordt een belachelijke vertoning. Waar bel je eigenlijk vandaan?'

'Nou, eh, het komt toevallig zo uit dat ik heel dicht in de buurt ben, dus je hoeft alleen maar even naar de bank aan de overkant, en dan zie ik je daar over vijf minuten,' kakelde ze. 'Geweldig, lieverd. Dááág!'

'Bridget, waar ga jij goddomme nou weer naar toe?' schreeuwde Richard toen ik weg probeerde te glippen. 'Heb je Mannetje Zonder al gevonden?'

'Ik heb een hele goeie aanwijzing,' zei ik. Ik tikte tegen mijn neus en rende naar buiten.

Ik stond bij de automaat te wachten tot mijn geld te voorschijn zou komen, lekker warm net uit de oven, en me af te vragen hoe mijn moeder twee weken lang in Portugal dacht te gaan leven van tweehonderd pond, toen ik haar aan zag komen stiefelen. Ze had een zonnebril op, ook al regende het pijpenstelen, en ze wierp zenuwachtige blikken om zich heen.

'O, daar ben je, schat. Wat lief van je. Dankjewel. Ik moet rennen, anders mis ik het vliegtuig. Dááág!' riep ze, en ze graaide de bankbiljetten uit mijn hand.

'Wat is er eigenlijk aan de hand?' vroeg ik. 'Wat doe je hier? Je was toch op weg naar het vliegveld? En hoe kun je nou zonder je bankpas? Waarom kan Julio je geen geld lenen? Hoe zit dat? Wat ben je eigenlijk van plan? Vertel eens?'

Even vertrok haar gezicht, alsof ze ging huilen, maar toen richtte ze haar ogen op iets denkbeeldigs en ze nam haar gekwetste prinses Diana-houding weer aan.

'Ik red me heus wel, lieverd.' Ze trok haar speciale dappere glimlach. 'Pas goed op jezelf,' zei ze bevend, ze sloeg even haar armen om me heen en liep weg; met een armzwaai maande ze de auto's tot stoppen en ze trippelde naar de overkant.

19.00 Net thuis. Oké. Kalm blijven. Innerlijk evenwicht. Soep wordt verrukkelijk. Groenten koken en pureren zoals in recept, en vervolgens, vanwege concentratie van smaak, de blauwe gelei van de kipkarkassen spoelen en die met de room in de soep meekoken.

20.30 Alles gaat prima. Gasten al in woonkamer. Mark Darcy is bijz. aardig, bracht champagne en doos Belgische bonbons mee. Nog niet klaar met hoofdgerecht, behalve gesmoorde aardappelen, maar zal niet lang duren. Eerst soep.

20.35 O, god. Net deksel opgetild van stoofpot om karkassen eruit te halen. Soep helderblauw.

21.00 Wat een lieverds zijn het allemaal. Namen de blauwe soep geweldig goed op. Mark Darcy en Tom hadden zelfs een lang gesprek over kleurvooroordelen in de kookwereld. Mark zei, waarom zou je iets tegen blauwe soep hebben, omdat je nou toevallig niet één blauwe groente kunt bedenken? Per slot zijn vissticks ook niet van nature oranje. (Maar het is wel zo dat na al mijn moeite de soep niet meer was dan een grote schaal gekookte room, zoals Ranzige Richard nogal vervelend opmerkte. Daarna vroeg Mark Darcy hem wat voor werk hij deed, en dat was z. leuk want Ranzige Richard is vorige week ontslagen vanw. geknoei met declaraties.) Wat doet het er ook toe. Het hoofdgerecht wordt z. lekker. Juist. Begin nu aan velouté van kerstomaten.

21.15 O, jee. Ik denk dat er iets in de blender heeft gezeten, milkshakemix of zoiets, want de gepureerde kerstomaten beginnen te schuimen en het is drie keer zoveel geworden. En ook hadden de gesmoorde aardappelen tien minuten geleden gaar moeten zijn, maar ze zijn nog keihard. Zal ik ze in de magnetron zetten? Kreun, kreun! Kijk net in de koelkast en de tonijn zit er niet in! Waar is de tonijn? Wáár. Is. De. Tonijn???

21.30 Godzijdank. Jude en Mark Darcy zijn keuken in gekomen, hebben geholpen grote omelet te bakken, en hebben halfgare gesmoorde aardappelen fijngestampt en in koekenpan aardappelkoekjes van gebakken. Kookboek op tafel gelegd zodat we konden zien hoe de op houtskool gegrilde tonijn eruit zou hebben gezien. Maar sinaasappelconfit zal in elk geval lekker zijn. Ziet er fantastisch uit. Tom zei, doe die Grand Marnier maar niet bij de Crème Anglaise, drink hem zo wel op.

22.00 Z. bedroefd. Keek vol verwachting de tafel rond toen iedereen de confit proefde. Er viel een onbehaaglijke stilte.

'Wat is dit, liefje?' vroeg Tom ten slotte. 'Is het marmelade?'

Vol afgrijzen nam ik zelf een hap. En het was, zoals hij zei, marmelade. Na al die moeite en kosten heb ik mijn gasten het volgende voorgezet:

Blauwe soep
Omelet
Aardappelkoekjes
Marmelade

Ik ben een reddeloze mislukkeling. Koken op Michelin-niveau? Je kunt beter een blikje opentrekken.

Ik dacht dat het echt niet erger kon worden, na de marmelade. Maar we hadden na die afgrijselijke maaltijd de tafel nog niet afgeruimd of de telefoon ging. Gelukkig nam ik op in mijn slaapkamer. Het was pap.

'Ben je alleen?'

'Nee. Ik heb een huis vol. Jude en alle anderen. Hoezo?'

'Ik eh... ik wilde zeker weten dat je iemand bij je had, want... eh, het spijt me Bridget, ik ben bang dat ik nogal slecht nieuws heb.'

'Wat? Wat dan?'

'Je moeder en Julio worden gezocht door de politie.'

2.00 Northamptonshire in eenpersoonsbed in logeerkamer van de Alconbury's. Gatver. Moest gaan zitten en op adem komen terwijl pap maar als een papegaai bleef roepen: 'Bridget? Bridget? Bridget?'

'Wat is er dan aan de hand?' bracht ik ten slotte uit.

'Ik ben bang dat ze mogelijk – en ik hoop zonder dat je moeder zich ervan bewust was – een groot aantal mensen hebben opgelicht, onder wie ikzelf, en enkelen van onze beste vrienden, voor een aanzienlijke som geld. We kunnen de omvang op dit moment niet overzien, maar uit wat de politie zegt moeten we, vrees ik, opmaken dat je moeder misschien wel voor lange tijd de gevangenis indraait.'

'O, grote god! Dus daarom is ze naar Portugal verdwenen met mijn tweehonderd pond.'

'Het kan heel goed zijn dat ze al veel verder weg zit.'

Ik zag mijn toekomst voor me, een afgrijselijke nachtmerrie: Richard Finch die me zou bombarderen tot 'de dochter van die misdadige presentatrice van *Plotseling Alleen* en me voor *Goedemiddag!* een rechtstreeks interview zou laten doen vanuit de bezoekersruimte van de vrouwengevangenis, voordat ik, nog in de ether, Plotseling Ontslagen werd.

'Wat hebben ze dan gedaan?'

'Kennelijk heeft Julio, met je moeder als het ware als dekmantel, Una en Geoffrey, Nigel en Elizabeth en Malcolm en Elaine' (o, god, Mark Darcy's ouders) 'grote sommen geld afgetroggeld, echt duizenden ponden, als borgsom voor gedeelte vakantieappartementen.'

'En wist jij er niets van?'

'Nee. Waarschijnlijk hebben ze, omdat ze toch nog net iets te veel schaamte bezaten om mij te bekennen dat ze zaken deden met die vettige geparfumeerde knoflookvreter die het had aangelegd met de vrouw van een van hun oudste vrienden, er maar hun mond over gehouden.'

'En wat is er toen gebeurd?'

'Die vakantieappartementen bestonden helemaal niet. Van het spaargeld van je moeder en mij is geen cent meer over. Ik ben ook nog zo stom geweest om het huis op haar naam te laten staan, en zij heeft er een nieuwe hypotheek op genomen. Bridget, we zijn geruïneerd, aan de rand van de afgrond, dakloos, en je moeder zal worden gebrandmerkt als een ordinaire misdadigster.'

Daarna kon hij niet meer. Una kwam aan de telefoon om te zeggen dat ze voor pappa wat Ovomaltine zou klaarmaken. Ik zei dat ik over twee uur bij hen zou zijn, maar zij zei dat ik pas moest gaan rijden als ik de schok had verwerkt, dat ik toch niets meer kon doen, en dat ik maar tot morgen moest wachten.

Toen ik had opgelegd, zakte ik in elkaar tegen de muur, en vervloekte mezelf omdat ik mijn sigaretten in de woonkamer had laten liggen. Maar onmiddellijk verscheen Jude met een glas Grand Marnier.

'Wat is er?' vroeg ze.

Ik vertelde haar het hele verhaal, en goot intussen de Grand Marnier door mijn keelgat. Jude zei niets, maar ze ging ogenblikkelijk Mark Darcy halen.

'Ik geef mezelf de schuld,' zei hij, terwijl hij zijn handen door zijn haar haalde. 'Ik had me duidelijker moeten uitdrukken, op dat Hoeren- en Priestersfeest. Ik wist dat er wat mis was met die Julio.'

'Wat bedoel je?'

'Ik had hem horen telefoneren, met zijn zaktelefoon, bij de bloemenborder. Hij wist niet dat er iemand in de buurt was. Als ik enig idee had gehad dat mijn ouders er iets mee te maken hadden, dan...' Hij schudde zijn hoofd. 'Nu ik erover nadenk, herinner ik me dat mijn moeder het erover gehad heeft, maar ik begon meteen te koken toen ze de woorden "gedeeld appartement" noemde, en heb haar waarschijnlijk meteen de mond gesnoerd. Waar is je moeder nu?'

'Ik weet het niet. Portugal? Rio de Janeiro? Bij de kapper?'

Hij begon heen en weer te lopen in de kamer en vragen af te vuren, als de belangrijke advocaat die hij was.

'Wat wordt er gedaan om haar op te sporen?' 'Hoeveel geld is ermee gemoeid?' 'Hoe is deze zaak aan het licht gekomen?' 'In hoeverre is de politie ermee bezig?' 'Wie weten er allemaal van?' 'Waar is je vader nu?' 'Wil je graag naar hem toe?' 'Vind je het goed als ik je breng?' Het was allemaal geweldig sexy, dat kan ik je wel vertellen.

Jude kwam met koffie. Mark besloot dat hij het beste zijn chauffeur kon laten komen om hem en mij naar Grafton Underwood te brengen, en een ondeelbaar ogenblik lang voelde dankbaarheid jegens mijn moeder, iets wat me nog nooit eerder was overkomen.

Het was allemaal ontzettend dramatisch toen we bij Una en Geoffrey aankwamen, met overal Enderby's en Alconbury's en iedereen in tranen en Mark Darcy die met grote stappen rondbeende en her en der telefoneerde. Merkte dat ik me schuldig voelde, want genoot stiekem, ondanks afgrijzen, van uitzonderlijke omstandigheden waarin alles anders was dan anders, en iedereen hele glazen sherry achterover mocht slaan en zalmsandwiches naar binnen mocht werken alsof het Kerstmis was. Voelde me precies zo toen oma schizofreen werd, al haar kleren uittrok, de boomgaard van Penny Husbands-Bosworth in rende en door de politie moest worden gevangen.

WOENSDAG 22 NOVEMBER

55,5 kg (hoera!), 3 eenheden alcohol, 27 sigaretten (zeer begrijpelijk, met misdadige moeder), 5671 calorieën (Jezus, heb kennelijk mijn eetlust terug), 7 krasloten (onzelfzuchtig, want probeer ieders geld terug te winnen, hoewel ik ze het niet allemaal zou geven, bij nader inzien), in totaal £10 gewonnen, winst in totaal £3 (je moet ergens beginnen).

10.00 Weer thuis, totaal uitgeput, niet geslapen. Tot overmaat van ramp moet ik naar mijn werk, om me te laten uitkafferen dat ik weer te laat ben. Pap leek echt nogal verward toen ik wegging: nu eens uitgelaten vrolijk omdat die Julio een ploert bleek te zijn, zodat mam misschien weer terug zou komen om met hem een nieuw leven te beginnen, en dan weer diep in de put, omdat dat nieuwe leven zal bestaan uit gevangenisbezoeken, met het openbaar vervoer.

In de kleine uurtjes ging Mark Darcy weer terug naar Londen. Ik heb een boodschap op zijn antwoordapparaat ingesproken om hem te bedanken voor zijn hulp en zo, maar hij heeft niet teruggebeld. Kan het hem niet kwalijk nemen. Natasha en dergelijke types zouden hem heus geen blauwe soep voorzetten, en ook niet de dochter van een misdadigster blijken te zijn.

Una en Geoffrey zeiden dat ik niet over pap in moest zitten, want Brian en Mavis blijven logeren en helpen voor hem te zorgen. Ik vraag me opeens af waarom het altijd is 'Una en Geoffrey' en nooit 'Geoffrey en Una', terwijl het wel 'Malcolm en Elaine' is en 'Brian en Mavis'. Maar aan de andere kant, 'Nigel en Audrey' Coles. Zoals je nooit van je leven 'Geoffrey en Una' zou zeggen, kan 'Elaine en Malcolm' ook absoluut niet. Waarom? Hoe zit dat? Zit me, ondanks mezelf, voor te stellen hoe dat bij mijn eigen naam zal gaan, of Sharon en Jude later hun dochters op stang zullen jagen met: 'Je weet wel, lieverd, Bridget en Márk, die in dat grote huis wonen aan Holland Park, en zo vaak met vakantie gaan naar het Caribisch Gebied.' Zo is het. Bridget en Mark zou het zijn. Bridget en Mark Darcy. De Darcy's. Niet Mark en Bridget Darcy. Nee, zeg. Helemaal mis. Maar dan voel ik me opeens weer zo slecht omdat ik op die manier over Mark Darcy zit te denken, net als Maria over kapitein Von Trapp in *The Sound of Music*, en ik vind dat ik moet weglopen om met de moeder-overste te spreken die dan 'Climb Ev'ry Mountain' voor me gaat zingen.

VRIJDAG 24 NOVEMBER

56,5 kg, 4 eenheden alcohol (maar in aanwezigheid van politie dus natuurlijk oké), 0 sigaretten, 1760 calorieën, 11 x 1471 gedraaid om te horen of Mark Darcy had gebeld.

22.30 Het wordt erger en erger. Dacht steeds dat achter de donkere wolken van mijn moeders misdadigheid de zon scheen van een toenadering tussen Mark Darcy en mij, maar geen jota meer van hem gehoord na zijn vertrek bij de Alconbury's. Net thuis ondervraagd door politieagenten. Begon me te gedragen zoals die mensen die op tv worden geïnterviewd na vliegtuigongeluk in hun voortuin en die in van die stijve zinnetjes praten, rechtstreeks uit het journaal, rechtbankdrama's en dergelijke. Ik zat mijn moeder te beschrijven als 'blank' en 'van gemiddelde lengte'.

Maar die politiemensen waren bijzonder innemend en geruststellend. Ze bleven eigenlijk nogal lang, en een van die detectives zei dat hij nog wel een keertje langs zou komen als hij in de buurt was, om me te laten weten hoe het allemaal ging. Hij was echt heel vriendelijk.

ZATERDAG 25 NOVEMBER

57 kg, 2 eenheden alcohol (sherry, gét), 3 sigaretten (uit het raam van de Alconbury's), 4567 calorieën (alleen maar crèmekoekjes en boterhammen met zalm), 9 x 1471 gedraaid om te horen of Mark Darcy had gebeld (g.).

Godzijdank. Pap heeft mam aan de telefoon gehad. Zij heeft kennelijk gezegd dat hij zich geen zorgen hoefde te maken, dat ze in veiligheid was, en dat alles weer goed kwam. Daarna hing ze meteen op. De politie zat bij Una en Geoffrey de telefoon af te luisteren, net als in *Thelma and Louise*, en zij zeiden dat ze absoluut vanuit Portugal belde, maar dat ze niet wisten van waar precies. Ik wou dat Mark Darcy belde. Het is duidelijk dat hij voorgoed is afgeschrikt door de culinaire rampen en door het criminele element in de familie, maar dat hij toen te beleefd was om het te laten merken. De banden, gesmeed in het kikkerbadje, verbleken blijkbaar in het licht van de diefstal door Bridgets stoute mammie van zijn ouders' spaarcentjes. Ga vanmiddag naar pap, nu als een tragische oude vrijster, door alle mannen versmaad, en niet zoals ik gewend ben: in auto-met-chauffeur, vergezeld door belangrijk advocaat.

1.00 Hoera, hoera! Net toen ik wilde vertrekken ging de telefoon, maar ik hoorde alleen maar gepiep aan de andere kant. Daarna ging hij weer. Het was Mark, uit Portugal. Zo onvoorstelbaar aardig en geweldig. Kennelijk heeft hij, tussen zijn werk als belangrijk advocaat door, de hele week met de politie gepraat, en is hij gisteren naar Albufeira gevlogen. De politie daar heeft mam gevonden, en Mark denkt dat ze haar vrijlaten omdat wel duidelijk zal worden dat ze geen idee had waar Julio mee bezig was. Ze hebben een gedeelte van het geld kunnen traceren, maar Julio hebben ze nog niet gevonden. Mam komt vanavond terug, maar ze moet regelrecht naar een politiebureau om ondervraagd te worden. Hij zei dat ik me geen zorgen moest maken, dat het waarschijnlijk allemaal in orde zal komen, maar hij heeft voor alle zekerheid borgtocht geregeld. Toen, nog voor ik ook maar 'dankjewel' kon zeggen, werd de verbinding verbroken. Wil dolgraag Tom bellen en hem dit fantastische nieuws vertellen, maar niemand mag het weten over mam, en helaas heb ik de laatste keer dat ik met Tom over Mark Darcy sprak, geloof ik laten doorschemeren dat ik hem een akelig moederskindje vond.

ZONDAG 26 NOVEMBER

57,5 kg, 0 eenheden alcohol, 1/2 sigaret (waarsch. laatste), god-weet-hoeveel calorieën, 188 minuten lang moedermoordneigingen (schatting aan lage kant).

Dag nachtmerrie. Verwachtte mam eerst gisteravond terug, toen vanochtend, toen vanmiddag, en nadat ik tot drie keer toe bijna naar Gatwick was gegaan, bleek dat ze vanavond op Luton aankwam, onder politiebegeleiding. Pap en ik stonden klaar om haar te troosten; we verwachtten een totaal ander mens dan de vrouw die ons vroeger altijd de mantel had uitgeveegd, in de kinderlijke veronderstelling dat mam wel gelouterd uit haar avonturen te voorschijn zou zijn gekomen.

'Laat me toch los, malle vent,' schalde een stem door de aankomsthal. 'We zijn nu op Britse bodem, en ik word vast en zeker herkend en ik wil niet dat iedereen ziet dat ik word gemolesteerd door een politieman. O, jee, ik geloof echt dat ik mijn zonnehoed in het vliegtuig heb laten liggen, onder mijn stoel.'

De twee politiemannen rolden met hun ogen, en mam, gekleed in een zwart-wit geruite jas in de stijl van de jaren zestig (waarschijnlijk zorgvuldig uitgekozen om te passen bij de politie-uniformen), hoofddoek en zonnebril, draafde terug naar de bagagehal met de vermoeide dienders op haar hielen. Drie kwartier later waren ze weer terug. Een van de politiemannen had de zonnehoed in zijn hand.

Er ontstond bijna een worsteling toen ze haar in de politiewagen probeerden te duwen. Pap zat in tranen achter het stuur van zijn Sierra, terwijl ik haar probeerde uit te leggen dat ze naar het bureau moest om te zien of haar iets ten laste werd gelegd, maar zij zei alleen maar: 'O, doe toch niet zo raar, lieverd. Koms eens hier. Wat heb je toch op je gezicht? Heb je een tissue voor me?'

'Mam,' protesteerde ik, toen ze een zakdoek uit haar tas haalde en erop spuugde. 'Je wordt misschien beschuldigd van een misdaad!' riep ik terwijl ze mijn gezicht begon te poetsen. 'Je moet rustig met die agenten meegaan naar het bureau.'

'Dat zien we nog wel, lieverd. Misschien morgen, als ik de groentemand heb leeggehaald. Er zit nog een kilo aardappelen in en ik weet zeker dat die aan het uitlopen zijn. Er heeft geen mens naar de planten omgekeken, al die tijd dat ik weg ben geweest, en Una heeft vast de verwarming laten branden.'

Pas toen pap naar ons toe kwam, en haar afgemeten vertelde dat het huis onteigend zou worden, met groentemand en al, hield ze haar mond, en liet ze zich geërgerd op de achterbank van de auto zetten, naast de politieagent.

MAANDAG 27 NOVEMBER

57,5 kg, 0 eenheden alcohol, 50 sigaretten (yesss! yesss!), 12 x 1471 gedraaid om te horen of Mark Darcy had gebeld, 0 uren slaap.

9.00 Nog even een sigaret voor ik naar mijn werk ga. Volkomen kapot. Pap en ik moesten vannacht op het politiebureau twee uur lang op een bank zitten wachten. Op het laatst hoorden we een stem naderbij komen in de gang. 'Ja, dat klopt, dat ben ik, helemaal! Elke morgen, *Plotseling Alleen*. Ja natuurlijk. Hebt u een pen? Hierop? En voor wie? O, ondeugende man! Weet u wel dat ik nou altijd al eens zo'n ding...'

'O, zit je daar, pappie,' zei mam, toen ze de hoek omkwam met een politiehelm op haar hoofd. 'Staat de auto voor de deur? Oef! Ik wil nu echt naar huis, een kopje thee zetten. Heeft Una aan de tijdschakelaar gedacht?'

Pap keek helemaal verkreukeld, ontzet en in de war, en dat is ook ongeveer zoals ik me voelde.

'Ben je op vrije voeten?' vroeg ik.

'O, kind, doe toch niet zo gek! Op vrije voeten! Weet ik het!' zei mam. Ze rolde met haar ogen tegen de oudste van de detectives en duwde mij voor zich uit naar buiten. Die detective bloosde, en maakte zo veel werk van haar dat het me niet verbaasd zou hebben als ze hem in de verhoorkamer bepaalde gunsten had toegestaan in ruil voor haar vrijheid.

'Maar wat is er nou gebeurd?' vroeg ik, toen pap klaar was met het inladen van al haar koffers, hoeden, een strooien ezeltje ('Is hij niet schattig?') en castagnetten in de kofferruimte van de Sierra, en de auto had gestart. Ik was vastbesloten haar niet de kans te geven zich hier brutaalweg van af te maken, alles onder het tapijt te vegen om ons vervolgens weer te gaan betuttelen.

'Het is allemaal in orde, lieverd, het was gewoon een stom misverstand. Heeft er iemand zitten roken in de auto?'

'Moeder, wat is er gebeurd?' vroeg ik dreigend. 'Hoe zit het met dat geld van iedereen, en met die vakantieappartementen? En waar is mijn tweehonderd pond?'

'Goh! Er was alleen maar een probleempje met de bouwvergunningen, dat is alles. Die Portugese autoriteiten kunnen erg corrupt zijn, weet je. Het hangt van vriendjespolitiek en smeergeld aan elkaar daar, net als Winnie Mandela. Dus Julio heeft gewoon al die aanbetalingen teruggestort. We hebben zelfs een enige vakantie gehad! Het weer was nogal wisselvallig, maar...'

'Waar is Julio?' vroeg ik achterdochtig.

'O, die is in Portugal gebleven, om al dat gedoe met de bouwvergunningen uit te zoeken.'

'En mijn huis,' zei pap, 'en het spaargeld?'

'Ik weet werkelijk niet waar je het over hebt, pappie. Er is niets aan de hand met het huis.'

Maar toen we bij The Gables aankwamen, moest mam helaas constateren dat alle sloten waren vervangen, dus we konden weer terug naar Una en Geoffrey.

'Oef! Una, ik ben uitgeput, ik geloof dat ik meteen naar bed moet,' zei mam, na één blik op de wrokkige gezichten, de verwelkte slaatjes en de slappe plakjes rode biet.

De telefoon ging, het was voor pap.

'Dat was Mark Darcy,' zei pap toen hij terugkwam. Mijn hart klopte in mijn keel en ik probeerde mijn gezicht in de plooi te houden. 'Hij zit in Albufeira. Kennelijk is er een of andere overeenkomst gesloten met... met die smerige knoflookvreter... en ze hebben wat van het geld teruggevonden. Ik geloof dat het huis gered is...'

Daarop ging er een luid gejuich op en Geoffrey begon 'For he's a jolly good fellow' te zingen. Ik wachtte tot Una een of andere opmerking over mij zou maken, maar er kwam niets. Zie je, dat bedoel ik nou. Zodra ik tot de conclusie ben gekomen dat ik Mark Darcy aardig vind, houdt iedereen acuut op hem aan mij op te dringen.

'Zit hier te veel melk in, Colin?' vroeg Una toen ze pap zijn thee aangaf in een beker met een abrikooskleurige bloemenrand.

'Ik weet het niet... ik snap niet waarom... ik weet niet meer wat ik hiervan denken moet,' zei pap tobberig.

'Hoor eens, je hoeft je echt nergens zorgen over te maken,' zei Una, met ongewone, beheerste kalmte, waardoor ik haar plotseling zag als de mammie die ik nooit echt gehad had. 'Ik heb er alleen maar wat te veel melk in gedaan. Ik giet er gewoon wat uit en doe er heet water bij.'

Kon eindelijk strijdtoneel verlaten; reed veel te hard terug naar Londen en rookte aan een stuk door, in redeloos protest.

DECEMBER

Jezus Christus

MAANDAG 4 DECEMBER

57 kg (hmm, moet afvallen vóór het grote kerstzwelgen), 3 eenheden alcohol (wat bescheiden), 7 sigaretten (wat braaf), 3876 calorieën (o, help), 6 x 1471 gedraaid om te horen of Mark Darcy had gebeld (g.).

Net naar supermarkt; merkte dat ik gek genoeg al liep te denken aan kerstboom, haardvuur, kerstliedjes, kersttaartjes enz. Maar toen snapte ik opeens hoe dat kwam. De ventilatoren bij de ingang, waar altijd broodgeuren uitkomen, gaven nu kerstgebakgeuren af. Ongelooflijk, zulk cynisch gedrag. Moet denken aan mijn lievelingsgedichtje van Wendy Cope:

Met kerst luiden alle klokken, de kinderen zingen vrolijk
Hun wangen blozen van de kou, hun ogen staan zo olijk.
't Gezin zit bij de boom, tevreden en behaaglijk,
Maar als je in je eentje bent, is de hele zooi ondraaglijk.

Nog steeds niets van Mark Darcy.

DINSDAG 5 DECEMBER

58 kg (goed, ik ga vandaag echt aan de lijn), 4 eenheden alcohol (begin feestmaand), 10 sigaretten, 3245 calorieën (al beter), 6 x 1471 gebeld (ga gestaag vooruit).

Voortdurend afgeleid door reclamefolders vol kerstcadeaus die uit de kranten glijden. Vind vooral die schildvormige, gepolijst metalen, met 'nepbont' gevoerde brillenhouder mooi: 'Maar al te vaak wordt een bril zomaar plat op tafel gelegd, dat is vragen om ongelukken.' Helemaal mee eens. Het slank vormgegeven sleutellantaarntje 'Zwarte Kat' gaat inderdaad heel gemakkelijk aan en uit, en 'werpt een krachtige rode lichtbundel op het sleutelgat van elke kattenliefhebber'. Bonsaidozen! Jippie. 'Beoefen de eeuwenoude kunst van de bonsai met deze bak stekjes van de perzisch roze zijdeboom.' Leuk, echt heel leuk.

Ik treur er nog steeds om dat de roze zijden stekjes van liefde die tussen mij en Mark Darcy aan het uitbotten waren, zo bruut vertrapt zijn door Marco Pierre White en mijn moeder, maar probeer toch om er filosofisch tegenover te staan. Misschien is Mark Darcy wel te volmaakt, te glad, te goed afgewerkt voor mij: capabel, intelligent, rookt niet, drinkt niet, heeft auto met chauffeur. Misschien ben ik wel voorbestemd voor een wat wilder, aardser en frivoler type. Bijvoorbeeld Marco Pierre White, of, om nou een volkomen willekeurige naam te noemen, Daniel. Hmmmm. Hoe dan ook, het leven gaat door en het moet uit zijn met dat zelfmedelijden.

Net Shazzer gebeld. Zij zegt dat ik niet ben voorbestemd om het aan te leggen met Marco Pierre White en zeker niet met Daniel. Het enige wat een vrouw in deze tijd nodig heeft is zichzelf. Ha!

2.00 Waarom heeft Mark Darcy me niet gebeld? Waarom niet? Waarom niet? Zal ik dan toch nog door Duitse herder worden opgegeten ondanks alle pogingen tot tegendeel? Waarom ik, o, god?

VRIJDAG 8 DECEMBER

59,5 kg (ramp), 4 eenheden alcohol (g.), 12 sigaretten (uitstekend), 0 kerstcadeaus gekocht (slecht), 0 kaarten verstuurd, 7 x 1471 gebeld.

16.00 Grrr. Jude belde net, en vlak voor we ophingen zei ze: 'Tot zondag, bij Rebecca.'

'Bij Rebecca? Zondag? Wat is er zondag bij Rebecca?'

'O, eh... heeft ze je niet...? Ze heeft alleen maar een paar... Ik geloof dat het een soort vóór-kerst-etentje is.'

‘Ik moet zondag toch werken,’ loog ik. Eindelijk een kans om die duistere hoekjes eens uit te stoffen. Ik dácht dat Jude en ik even goede vriendinnen van Rebecca waren, dus waarom zou ze Jude uitnodigen en mij niet.

21.00 Even naar ‘192’ voor opbeurende fles wijn met Sharon, en zij zei: ‘Wat trek jij aan op Rebecca’s feestje?’

Feestje. Dus het is toch een feestje.

24.00 Hoe dan ook, ik moet me niet van streek laten maken. Dit is nou precies een van die dingen die niet meer van belang zijn. Mensen moeten kunnen uitnodigen wie ze willen, zonder dat anderen daar kleingeestig over gaan zitten doen.

5.30 Waarom heeft Rebecca me niet uitgenodigd? Wáárom niet? Hoeveel andere feesten zijn er nog waar iedereen is uitgenodigd behalve ik? Ik weet zeker dat iedereen nu op een feest is, lachend, nippend aan dure champagne. Niemand houdt van mij. Kerstmis wordt een complete woestijn zonder één feest, behalve dan die drie tegelijk van de twintigste, wanneer ik de hele avond op een redactievergadering moet zitten.

ZATERDAG 9 DECEMBER

0 kerstfeesten om naar uit te kijken.

7.45 Wakker gebeld door mam.

‘Hallo, lieverd. Ik bel je eventjes want Una en Geoffrey wilden weten wat je graag voor kerst zou willen hebben en ik dacht aan een gezichtssauna.’

Hoe bestaat het dat mijn moeder, nadat ze zich volkomen te schande heeft gemaakt en ternauwernood ontsnapt is aan een jarenlange gevangenisstraf, gewoon weer in haar oude leven stapt, openlijk flirt met politiemannen en mij kwelt.

‘Trouwens, ga jij ook naar...’ – even sprong mijn hart op omdat ik dacht dat ze ging zeggen ‘het buffet van kalkoengerechten’ en met Mark Darcy op de proppen zou komen, maar nee –

'... dat feest van Vibrant TV, woensdag?' vroeg ze stralend.

Ik beefde van vernedering. Ik wérk godbetert voor Vibrant TV.

'Ik ben niet uitgenodigd,' mompelde ik. Er is niets ergers dan tegenover je moeder te moeten bekennen dat je niet erg getapt bent.

'Maar lieverd, natuurlijk ben je uitgenodigd. Iederéén gaat.'

'Ik niet.'

'Nou ja, misschien werk je er nog niet lang genoeg. Hoe dan ook...'

'Maar mam,' onderbrak ik haar, 'jij werkt daar helemáál niet.'

'Ja, dat is heel wat anders, lieverd. Hoe dan ook, ik moet gauw ophangen. Dááág!'

9.00 Kortstondige oase in feestjesloze woestijn toen er een uitnodiging bij de post zat, maar luchtspiegeling: was voor uitverkoop van designer-brillen.

11.30 Tom gebeld in vlaag van paranoïde wanhoop om te vragen of hij vanavond met me uit wilde.

'Sorry,' tjilpte hij, 'maar ik neem Jerome mee naar het FACT-feest in de Groucho Club.'

O, god, ik vind het vreselijk als Tom zo gelukkig en zelfverzekerd is en het goed met Jerome kan vinden. Veel prettiger wanneer hij down, onzeker en neurotisch is. Zoals hij zelf ook eeuwig zegt: het is altijd fijn wanneer het met anderen slecht gaat.

'Maar ik zie je toch morgen,' ratelde hij verder, 'bij Rebecca.'

Tom heeft Rebecca nog maar twee keer ontmoet, allebei de keren bij mij thuis, en ik ken haar al negen jaar. Ik ga boodschappen doen en hou op met tobben.

14.00 Liep Rebecca tegen het lijf toen ik bij Graham & Green een sjaal kocht voor £169. (Wat is er toch met sjaals? Het ene moment zijn het van die echte kerstcadeautjes, van £9,99, en het volgende moment zie je alleen maar chique fluwelen die evenveel kosten als een televisie. Volgend jaar zullen het wel weer sokken of broeken zijn, en voelen we ons achtergesteld wanneer geen onderbroek van English Eccentrics dragen, van zwart fluweel met een werkje, à £145.)

'Hoi,' zei ik opgewonden, omdat ik dacht dat de feestjesnachtmerrie nu voorbij was, en zij zou zeggen: 'Tot zondag.'

'O, dag,' zei ze ijskoud, zonder me aan te kijken. 'Sorry, ik heb nogal haast.'

Toen ze de winkel uitliep, speelden ze dat liedje over kastanjes roosteren in de open haard, en ik bleef strak staan kijken naar een vergiet van Philippe Starck van £185 en probeerde mijn tranen terug te dringen. Ik haat Kerstmis. Alles is gericht op gezinnen, op romantiek, warmte, gevoel, cadeaus, en als je geen vriend hebt en geen geld, als je moeder het houdt met een gezochte Portugese misdadiger, en je vrienden niet meer je vrienden willen zijn, dan krijg je zin om te emigreren naar een barbaars moslimregime, waar in elk geval álle vrouwen als verworpenen worden behandeld. Maar goed. Het kan me niet schelen. Ik ga gewoon rustig het hele weekend lezen en naar klassieke muziek luisteren. Misschien kan ik *The Famished Road* uitlezen.

20.30 *Blind Date* was z.g. Ga nog even een fles wijn halen.

MAANDAG 11 DECEMBER

Kom ik thuis uit mijn werk, staat er een ijzige boodschap op antwoordapparaat.

'Bridget, met Rebecca. Ik weet wel dat je nu bij de tv werkt. Ik weet ook dat je elke avond naar veel opwindender feesten kunt, maar ik had toch gedacht dat je op zijn minst de beleefdheid zou hebben te reageren op de uitnodiging van een vriendin, ook al voel je je te goed om naar haar feestje te komen.'

In alle staten Rebecca opgebeld maar geen gehoor, en geen antwoordapparaat. Besloot bij haar langs te gaan om een briefje achter te laten, en liep op de trap Dan tegen het lijf, die Australiër van beneden met wie ik in april nog gerommeld heb.

'Hoi, vrolijk kerstfeest,' zei hij aanhalig, van veel te dichtbij. 'Heb je je post wel gevonden?' Ik keek hem niet-begrijpend aan.

‘Ik heb alles onder je deur door geschoven zodat je niet ’s ochtends in je ponnetje naar beneden hoefde.’

Ik stoof de trap weer op, rukte de deurmat weg en daaronder, als een kerstwonder, lag een stapeltje kaarten, brieven en uitnodigingen, allemaal gericht aan mij. Mij. Mij. Mij.

DONDERDAG 14 DECEMBER

58,5 kg, 2 eenheden alcohol (slecht, want gisteren niets, moet morgen compenseren om hartaanval te voorkomen), 14 sigaretten (slecht? of goed? Ja: een verstandig nicotineniveau is waarschijnlijk goed voor je zolang je maar maat houdt met roken), 1500 calorieën (uitstekend), 4 krasloten (slecht maar als het Richard Bransons loterij-zonder-winstbejag was, zou het goed geweest zijn), 0 kaarten verstuurd, 0 cadeautjes gekocht, 5 x 1471 gebeld (uitstekend).

Feestjes, niets dan feestjes! Plus dat Matt van mijn werk net belde of ik dinsdag naar de kerstlunch ga. Het kán niet dat hij wat in me ziet, ik kan zijn oudtante wel zijn, maar waarom belde hij me dan ’s avonds? En waarom vroeg hij wat ik aan zou doen? Moet me niet laten opjutten; die stortvloed van feesten en het telefoontje van die knaap mogen me niet naar het hoofd stijgen. Ik moet blijven denken aan die uitdrukking van ‘een ezel stoot zich in ’t gemeen...’ wat betreft het versieren van collega’s. Moet ook niet vergeten wat er de laatste keer gebeurde toen ik met jong broekje lag te vrijen: die afgrijselijke vernedering toen Gav zei: ‘O, wat een lekker puddinkje.’ Hmmm. De kerstlunch vol seksuele beloften wordt bizar genoeg gevolgd door middagdisco (kennelijk denkt redacteur dat dat leuk is) dus kledingkeuze zeer gecompliceerd. Geloof dat ik Jude maar bel.

DINSDAG 19 DECEMBER

60 kg (maar heb nog een week om voor kerst 7 kg kwijt te raken), 9 eenheden alcohol (niet best), 30 sigaretten, 4240 calorieën, 1 kraslot (uitstekend), 0 kaarten verstuurd, 11 kaarten ontvangen, maar 2 van krantenjongen, 1 van vuilnisman, 1 van Peugeotgarage en 1 van hotel waar ik vier jaar geleden heb geslapen voor werk. Ben niet populair, of misschien is iedereen laat dit jaar.

9.00 O, god, voel me afschuwelijk. Vreselijke kater, misselijk en vol maagzuur, en vandaag is die discolunch van het werk. Ik kan niet meer. Ik bezwijk onder de druk van al die onaffe kersttaken, alsof ik eindexamen moet doen. Heb nog geen een kaart gestuurd, nog geen een cadeautje gekocht, behalve dan gisteren tussen de middag, in aanval van paniek, want besefte laatste afspraak met meiden voor kerst, gisteravond bij Magda en Jeremy.

Haat het, dat cadeaus uitwisselen onder vrienden. Anders dan bij je familie weet je nooit wie jou iets gaat geven en wie niet, en of een geschenk een teken van genegenheid moet zijn of een echt cadeau, dus afschuwelijk genoeg is elk pakje een soort verzegeld bod. Twee jaar geleden had ik voor Magda een beeldige oorring van Dinny Hall, en zij had niets voor mij dus geneerde ze zich verschrikkelijk. Daarom kocht ik het jaar daarop niets voor haar, en had zij voor mij een dure fles Chanel. Dit jaar had ik voor haar een grote fles saffraanolie met champagne en een treurig zeepbakje van metaaldraad, en zij raakte vreselijk uit haar humeur en mompelde dat ze nog niets aan haar kerstinkopen had gedaan, wat duidelijk gelogen was. Vorig jaar kreeg ik van Sharon een fles badschuim in de vorm van de kerstman, dus gisteravond gaf ik haar alleen maar douchegel met algen en polypenolie, van de Body Shop, waarop zij mij een tas gaf. Ik had nog een reservefles dure olijfolie ingepakt, als een algemeen noodcadeau, maar die viel uit mijn jas kapot op Magda's dure tapijt.

Gatver. Ik wou dat het gewoon alleen maar Kerstmis kon zijn, zonder cadeaus. Het is ook zo stompzinnig, al die inspanning van iedereen, die weerzinwekkende stromen geld besteed aan onzinnige dingen die geen mens wil hebben: niet langer tekens van liefde, maar uit angst geboren oplossingen voor ongenoegen. (Hmmm. Ik ben anders wel hartstikke blij met mijn nieuwe tas.) Waar slaat het nu op dat het hele volk zes weken lang humeurig loopt rond te rennen in voorbereiding op het examen in Andermans Smaak, waarvoor het hele volk dan *en bloc* zakt, en blijft zitten met gruwelijke berg ongewenste koopwaar als een soort radioactief afval? Als cadeaus en kaarten nu eens radicaal werden afgeschaft, dan zou Kerstmis een leuk heidens lichtjesfeest zijn om je af te leiden van die eeuwige winterse somberheid. Maar als de regering, kerken, ouders, traditie enz. maar blijven volharden in die uit cadeaus bestaande belasting die alles verpest, waarom dan niet invoeren dat iedereen voor £500 cadeaus voor zichzelf koopt, die uitdeelt aan familie en vrienden om ze dan ingepakt weer terug te krijgen, in plaats van deze afschuwelijke beproeving?

9.45 Net mam aan de lijn. 'Lieverd, ik bel je even om te zeggen dat ik heb besloten dat ik dit jaar niet aan kerstcadeaus doe. Jij en Jamie weten onderhand wel dat de kerstman niet bestaat, en we hebben het allemaal veel te druk. We kunnen gewoon genieten van elkaars gezelschap.'

Maar wij krijgen altijd cadeaus van de kerstman, in een zak aan ons voeteneind. Een grauwe, doodse wereld. Geen echte kerst.

O, god, ik moet echt naar mijn werk, maar ik drink niets bij die disco-lunch, ben vriendelijk en zakelijk tegen Matt, blijf tot halfvier en ga dan kaarten sturen.

2.00 Alles oké. Tuurlijk, iedereen bezope op kerstfeestjes van werk. Ech leuk. Moenou slapen. Klerehoevenieuit.

WOENSDAG 20 DECEMBER

5.20 O, god. O, gód. Waar ben ik?

DONDERDAG 21 DECEMBER

58,5 kg (eigenlijk is er, komisch genoeg, geen reden waarom ik niet zou afvallen met Kerstmis, want ik ben zo vol dat het, zeker ná het kerstdiner, volkomen aanvaardbaar is om elk voedsel te weigeren omdat je gewoon te vol zit. Waarschijnlijk is dit de enige tijd van het jaar waarin je niet echt hoeft te eten.).

Tien dagen leef ik nu al als een plunderende slaapwandelaar met een permanente kater, zonder normaal voedsel, en zonder warme maaltijden.

Kerstmis is net oorlog. Het vooruitzicht van winkelen in Oxford Street is voor mij net of ik me achter de vijandelijke linies moet wagen. Ik wou maar dat het Rode Kruis of de Duitsers me vonden. Kreun! Tien uur. Nog niets gekocht. Nog geen kaart gestuurd. Moet naar werk. Goed. Zal nooit meer, nooit meer van mijn leven ook maar iets drinken. Kreun! De veldtelefoon gaat.

Grrr. Mam, maar het leek Goebbels wel die me opdroeg om ogenblikkelijk Polen binnen te vallen.

'Lieverd, ik bel alleen maar even om te horen hoe laat je vrijdagavond hier denkt te zijn.'

Mijn moeder heeft met verbijsterend lef een sentimenteel familiekerstfeest georganiseerd, met haar en pap, en doet net of alles van afgelopen jaar nooit gebeurd is, 'om de kinderen' (d.w.z. ik, en Jamie, die zevenendertig is).

'Mam, ik dácht toch echt dat ik je al gezegd had dat ik niet vrijdag kom, maar op kerstavond. Weet je nog dat we het er uitgebreid over gehad hebben? De eerste keer ergens in augustus...'

'O, kind, doe toch niet zo raar. Je kunt niet het hele weekeinde in je eentje in dat huis zitten terwijl het Kerstmis is. Wat moet je dan eten?'

O, wat haat ik dat. Ze doen net of je als alleenstaande vrouw geen echt thuis hebt en geen vrienden en verantwoordelijkheden, en dat pure zelfzucht de enige reden kan zijn waarom je niet de hele kerstperiode voor Jan en alleman beschikbaar zou zijn om tevreden in een rare kronkel in een slaapzak de nacht door te brengen op de vloer van een tienerkamer, dagenlang spruiten schoon te maken voor vijftig personen en 'vriendelijke gesprekken' te voeren met perverse idioten met 'oom' voor hun naam die ongegeneerd naar je borsten staren.

Maar mijn broer kan precies doen waar hij zin in heeft met ieders zegen, alleen maar omdat hij het toevallig aankan om met een veganistische Tai-Chi-fanate samen te leven. Om je de waarheid te zeggen zou ik liever helemaal in mijn eentje mijn huis in brand steken dan er met Becca te moeten zitten.

Gewoon niet te geloven dat mijn moeder Mark Darcy niet dankbaarder is voor alle moeite die hij voor haar heeft gedaan. Hij is daarentegen ingelijfd bij 'de dingen waarover niet meer gesproken mag worden', d.w.z. het appartementendebacle, en zij doet net of ze nog nooit van hem heeft gehoord. Ik vermoed eigenlijk dat hij het een en ander heeft opgehoest om iedereen zijn geld terug te kunnen geven. Z. aardig en goed mens. Te goed voor mij, dus.

O, god. Moet lakens op bed doen. Walgelijk om op die ongemakkelijke matras vol knopen te liggen. Maar waar zijn de lakens? Had ik maar wat te eten.

VRIJDAG 22 DECEMBER

Bijna Kerstmis, en ik merk dat ik sentimenteel zit te peinzen over Daniel. Niet te geloven dat ik geen kerstkaart van hem heb gehad (maar nu ik erover nadenk: ik ben er niet in geslaagd zelf kaarten te sturen). Raar gevoel, om het hele jaar zo intiem met elkaar om te zijn gegaan, en nu zo volkomen vervreemd. Z. droevig. Misschien is Daniel stiekem orthodoxe jood. Misschien belt Mark Darcy me morgen om me prettig kerstfeest te wensen.

ZATERDAG 23 DECEMBER

59 kg, 12 eenheden alcohol, 38 sigaretten, 2976 calorieën, 0 vrienden en dierbaren die zich in deze feestdagen iets van mij aantrekken.

18.00 Zo blij dat ik ervoor gekozen heb deze dagen als een Allenige Vrije Meid door te brengen. Net prinses Diana.

18.05 Waar zou iedereen toch uithangen? Bij hun vriendjes natuurlijk, of naar huis, naar hun ouders. Hoe dan ook, dit is een kans om eens wat dingen te doen... of ze hebben zelf een gezin. Baby's. Donzige kindertjes met pyjamaatjes aan die met roze wangen en schitterende ogen naar de kerstboom kijken. Of misschien zijn ze allemaal naar een groot feest. Behalve ik. Hoe dan ook, moet een heleboel doen.

18.15 Hoe dan ook. Nog maar een uurtje, dan komt *Blind Date.*

18.45 O, god, ik ben zo vreselijk alleen. Zelfs Jude is me vergeten. Ze heeft me de hele week paniekerig opgebeld omdat ze niet wist wat ze voor Ranzige Richard moest kopen. Mocht niet te duur zijn, want dat is teken dat ze het te serieus gaat nemen, of poging hem te ontmannen (z.g. idee, al zeg ik het zelf); ook niet iets om aan te trekken want smaak is mijnenveld tussen hen en Ranzige Richard moet dan misschien denken aan laatste vriendin Ranzige Jilly (die hij niet terug wil maar van wie hij zogenaamd nog houdt, want dan hoeft hij niet van Jude te houden, de engerd). Laatste idee was whisky maar dan met klein cadeautje extra, anders zo goedkoop en anoniem, en mogelijk in combinatie met mandarijnen en chocolademunten, al naar gelang de richting van Jude's ijdelheid t.o.v. kerstcadeaus: misselijkmakend schattig, of afschrikwekkend stijlvol en postmodern.

19.00 Noodtoestand: Jude aan de telefoon, in tranen. Komt langs. Ranzige Richard is teruggegaan naar Ranzige Jilly. Komt door cadeau, zegt Jude. Godzijdank dat ik thuisgebleven ben. Ben duidelijk afgezant van kindeke Jezus op aarde om diegenen te helpen die met kerst vervolgd worden door Herodes-figuren als Ranzige Richard. Jude komt om halfacht.

19.15 Verdomme. Begin van *Blind Date* gemist want Tom belde dat hij langskwam. Jerome had hem teruggenomen maar heeft hem weer aan de kant gezet want hij is nu weer met oud vriendje die zingt in *Cats.*

19.17 Simon komt langs. Zijn vriendin is terug naar haar man. Godzijdank dat ik thuisgebleven ben om verstoten vrienden op te vangen, net als Hartenkoningin of Gaarkeuken. Maar zo ben ik: ik vind het leuk om van anderen te houden.

20.00 Hoera! Een kerstwonder! Daniel belde net. 'Zjeg Zjones,' brabbelde hij, 'ik hou van je, Zjones. Sdomme vout gemaakt. Die wrezelijke Branca is een barbiepop. Borsten wijzen almaar naar het noorden. Ik hou van je, Zjones. Kom zomedeen je rokje bekijken.' Daniel! Die geweldige, vieze, sexy, opwindende, jolige Daniel.

24.00 Grrr. Ze zijn geen van allen op komen dagen. Ranzige Richard is van gedachten veranderd en teruggegaan naar Jude; Jerome en Simons vriendinnetje idem dito. Het was alleen maar een aanval van kerstsfeer en herinneringen waardoor iedereen van slag raakte over vroegere partners. En dan Daniel! Die belde om tien uur.

'Hoor eens, Bridge, je weet dat ik op zaterdagavond altijd naar de wedstrijd kijk, hè? Zal ik morgen langskomen vóór het voetballen?' Opwindend. Wild. Jolig. Zeg dat wel.

1.00 Ben volkomen alleen. Hele jaar is fiasco.

5.00 O, wat kan het mij ook verdommen. Misschien is het met Kerstmis zelf niet zo verschrikkelijk. Misschien komen mam en pap 's ochtends wel stralend en helemaal sufgevreeën te voorschijn, houden ze elkaar heimelijk bij de hand, en zeggen ze: 'Kinderen, we hebben jullie iets te vertellen,' en dan kan ik bruidsmeisje zijn bij de hersluiting van hun huwelijk.

ZONDAG 24 DECEMBER: KERSTAVOND

59 kg, 1 miezerig glaasje sherry, 2 sigaretten maar niks aan want uit raam, 1 miljoen calorieën waarschijnlijk, 0 warme feestelijke gedachten.

24.00 Z. verward, wat is waar, wat is niet waar? Aan het voeteneind van mijn bed ligt een kussensloop dat mam daar bij het naar bed gaan heeft neergelegd, kirrend: 'We zullen wel zien of hij dit jaar komt!' en dat nu vol cadeaus zit. Pap en mam, die uit elkaar waren, en zouden gaan scheiden, slapen in hetzelfde bed. In scherpe tegenstelling daarmee slapen mijn broer en zijn vriendin, die al vier jaar samenleven, in aparte kamers. De reden voor dit alles is niet duidelijk, behalve dan misschien dat het kan zijn om oma niet van streek te maken die a) gek is en b) nog niet hier is aangekomen. Het enige wat mij nog met de werkelijkheid verbindt, is dat ik opnieuw een vernederende kerstavond doorbreng in het huis van mijn ouders, in een eenpersoonsbed. Misschien doet pap op dit moment wel pogingen mam te bestijgen. Get, get! Nee, nee! Waarom krijg ik toch zulke gedachten?

MAANDAG 25 DECEMBER

59,5 kg (o, god, ben in kerstmannetje, kerstpudding of iets dergelijks veranderd), 2 eenheden alcohol (een ware zege), 3 sigaretten (idem), 2657 calorieën (bijna allemaal jus), 12 volslagen geschifte kerstcadeaus, 0 kerstcadeaus die ergens op slaan, 0 filosofische overwegingen aangaande betekenis van maagdelijke geboorte, x aantal jaar geleden dat ik zelf nog maagd was.

Wankelde de trap af in hoop dat haar niet naar rook rook, trof mam en Una in politiek debat gewikkeld onder het inkruisen van de spruiten.

'O, ja, ik vind die dinges, hoe-heet-ie, echt goed hoor.'

'Ja, en ik wil maar zeggen, hij heeft die huppeldepup-clausule er toch maar mooi door gekregen, wat niemand had verwacht, hè?'

'Maar ja, je moet de boel toch in de gaten blijven houden want voor je het weet, ben je opgezadeld met zo'n gek als die, hoe heet hij ook alweer, die aanvoerder van de mijnwerkers, je weet wel. Het probleem van gerookte zalm is bij mij dat ik het de hele dag proef, vooral wanneer ik een hoop choconoten heb gegeten. O, hallo, schat,' zei mam toen ze me zag. 'Wat doe je aan op kerstdag?'

'Dit,' zei ik knorrig.

'O, Bridget, doe niet zo idioot! Je kunt dat niet aan op kérstdag! Nou, ga je nog even mee naar de woonkamer om tante Una en oom Geoffrey gedag te zeggen voor je je gaat verkleden?' zei ze met dat heldere, bruisende en overmatig opgewekte stemgeluid dat altijd betekent: als je niet doet wat ik zeg, zet ik de mixer op je gezicht!

'Ha, die Bridget! Kom eens hier! Hoe is het met je liefdesleven?' grapte Geoffrey en hij omhelsde me op de bekende wijze, waarna hij rood werd en zijn broek optrok.

'Goed.'

'Dus nog steeds geen vent. Kind! Wat moeten we toch met je beginnen!'

'Is dat een chocoladekoekje?' vroeg oma, die mij recht in mijn ogen keek.

'Rug recht, lieverd,' siste mam.

Lieve god, help me. Ik wil naar huis. Ik wil mijn eigen leven. Ik voel me geen volwassene meer, ik voel me als een puberjongetje op wie iedereen kwaad is.

'Maar hoe moet dat dan met de baby'tjes, Bridget?' zei Una.

'O, kijk, een penis,' zei oma met een reuzentube Smarties in haar handen.

'Ik ging me net verkleden,' zei ik, met een lijmerige glimlach naar mam. Ik vloog naar mijn slaapkamer, gooide het raam open en stak een Silk Cut op. Toen zag ik op de verdieping onder mij Jamies hoofd uit het raam steken, ook met een sigaret. Twee minuten later ging het badkamerraam open en daar verscheen een kastanjebruin kapsel dat even later oplichtte. Mam, godbetert.

12.30 Cadeautjes uitpakken was afgrijselijk. Ik slaak altijd verrukte kreten om te verdoezelen dat ik het cadeau weerzinwekkend vind, en dus krijg ik steeds verschrikkelijker dingen. Van Becca bijvoorbeeld, die me, toen ik nog bij de uitgeverij werkte, een opeenvolging van elk jaar gruwelijker boekvormige kleerborstels, schoenlepels en haarversiersels heeft gegeven, kreeg ik dit jaar een koelkastmagneetje in de vorm van een klapbord. Una, die voor elke huishoudelijke taak een apparaat nodig heeft, gaf me een reeks minimoersleutels om allerlei verschillende doppen en deksels mee open te maken. Terwijl mijn moeder, die me altijd cadeaus geeft die mijn leven meer op dat van haar moeten doen lijken, me een eenpersoons *slow cooker* schonk. 'Je hoeft alleen maar even 's morgens voor je naar je werk gaat het vlees aan te braden, en er wat groenten bij te doen.' (Beseft ze wel hoe moeilijk het 's ochtends kan zijn om alleen maar een glas water te tappen zonder over te geven?)

'O, kijk, het is geen penis, het is een koekje,' zei oma.

'Ik geloof dat de jus gezeefd moet worden, Pam,' riep Una, die met een pan uit de keuken kwam.

O, nee. Dat niet. Alsjeblieft, dat niet.

'Nee hoor, meid, dat denk ik niet,' zei mam, al bloeddorstig sissend tussen haar opeengeklemde tanden. 'Heb je wel geroerd?'

'Niet zo betuttelend doen, Pam,' zei Una met een vervaarlijke glimlach. Ze draaiden om elkaar heen als boksers. Zo gaat het elk jaar met de jus. Gelukkig werden ze afgeleid: er klonk een luid gekraak en geschreeuw en er kwam iemand binnenstormen door de tuindeuren. Julio.

Iedereen verstarde en Una slaakte een gil.

Hij was ongeschoren en had een fles sherry in zijn hand. Hij liep struikelend op pap af en richtte zich in zijn volle lengte op.

'Jij met mijn vrouw slapen.'

'Aha,' antwoordde pap, 'gelukkig kerstfeest, meneer, eh... Glaasje sherry? O, u hebt al. Prima, prima! Kerstgebakje dan?'

'Jij,' donderde Julio, 'met mijn vrouw slapen.'

'O, o, hij is zo echt zuidelijk, hè,' sprak mam koket, terwijl alle anderen hem vol afgrijzen aanstaarden. Al de keren dat ik Julio gezien heb, was hij kraakhelder en keurig gekapt en had hij een herenhandtas bij zich. Nu was hij verwilderd, dronken, slonzig en, eerlijk gezegd, precies het type voor wie ik zou vallen. Geen wonder dat mam eerder opgewonden leek dan gegeneerd.

'Julio, ondeugende jongen,' kirde ze. O, god, ze was nog altijd verliefd op hem.

'Jij,' zei Julio, 'met hem slapen.' Hij spuugde op het Chinese tapijt en stormde naar boven, achtervolgd door mam, die over haar schouder jubelde: 'Wil jij voorsnijden, pappie, en laat iedereen gaan zitten.'

Niemand verroerde zich.

'Oké, jongens,' zei pap met een gespannen, ernstige, mannelijke stem, 'er zit boven een gevaarlijke crimineel met Pam als gijzelaar.'

'O, zij vond het helemaal niet erg, als je het mij vraagt,' kwam oma ertussen, die op dit ongelukkige tijdstip een van haar zeldzame heldere ogenblikken had. 'O, kijk, er zit een koekje tussen de dahlia's.'

Ik keek uit het raam en schrok me een ongeluk. Lenig als een jonge vent kwam Mark Darcy aanhollen over het gras, en hij stoof door de tuindeuren naar binnen. Hij was vuil en hij zweette, zijn haar zat in de war en zijn hemd stond open. *Ding-dong*!

'Iedereen moet stil en rustig blijven zitten, alsof alles normaal is,' zei hij zachtjes. We waren allemaal zo verbijsterd, en hij was zo verrukkelijk autoritair, dat we als gehypnotiseerde zombies deden wat hij zei.

'Mark,' fluisterde ik toen ik langs hem liep met de jus, 'hoe kun je dat zeggen? Normaal bestaat niet.'

'Ik weet niet of Julio gewelddadig is. De politie staat buiten. Als we je moeder zover kunnen krijgen dat zij beneden komt, en hem boven laat, dan kunnen ze binnenkomen om hem te pakken.'

'Oké, laat dat maar aan mij over,' zei ik, en ik liep naar de trap.

'Mam!' gilde ik naar boven. 'Ik kan de papieren servetjes nergens vinden.'

Ze hielden allemaal hun adem in. Er kwam geen antwoord.

'Nog eens,' fluisterde Mark, met een bewonderende blik op mij.

'Laat Una de jus terugbrengen naar de keuken,' siste ik. Hij deed wat ik zei en stak zijn duim naar me op. Ik stak ook mijn duim op en schraapte mijn keel.

'Mam?' schreeuwde ik weer naar boven. 'Weet jij waar de zeef is? Una zegt dat de jus niet helemaal goed is.'

Tien seconden later klonk er een luid geroffel op de trap en mam stormde naar binnen met een rood gezicht.

'De papieren servetjes zitten in de papieren-servetjeshouder aan de muur, sufferdje. En wat heeft Una met de jus uitgespookt? Jezus! We zullen de mixer erin moeten zetten!'

Ze was nog niet uitgepraat of er gingen rennende voetstappen de trap op, en boven ons hoofd brak een tumult los.

'Julio!' gilde mam, en ze vloog naar de deur.

De detective die ik herkende van het politiebureau stond in de deuropening van de woonkamer. 'Allemaal rustig blijven alstublieft. Alles is onder controle.'

Mam slaakte een gil toen Julio, vastgeklonken aan een jonge politieman, in de hal verscheen en achter de detective aan de voordeur uitgeduwd werd.

Ik zag hoe ze zich vermande en de kamer rondkeek om de situatie op te nemen.

'Hè, maar goed dat ik Julio heb kunnen kalmeren,' zei ze na een poosje opgewekt. 'Wat een toestand. Gaat het, pappie?'

'Je bloesje zit binnenstebuiten, mammie,' zei pap.

Ik staarde naar dat gruwelijke tafereel en voelde me alsof de hele wereld om me heen in elkaar klapte. Toen legde iemand een sterke hand op mijn arm.

'Kom mee,' zei Mark Darcy.

'Wat?' vroeg ik.

'Niet "wat" zeggen, Bridget, maar "pardon",' siste mam.

'Mevrouw Jones,' zei Mark kordaat, 'ik neem Bridget mee om het restant van de verjaardag van het kindje Jezus te gaan vieren.'

Ik haalde diep adem en greep de hand die Mark Darcy mij toestak.

'Gelukkig kerstfeest allemaal,' zei ik met een vriendelijke glimlach. 'Tot ziens op het Nieuwjaarsbuffet-van-Kalkoengerechten.'

En zo ging het verder:

Mark Darcy nam me mee naar Hintlesham Hall om champagne te drinken en een late kerstlunch te eten, z.g. Genoot vooral van de vrijheid jus over mijn kerstkalkoen te gieten zonder partij te kiezen, voor het eerst van mijn leven. Kerst zonder mam en Una was een vreemde, wonderbaarlijke ervaring. Vond het onverwacht gemakkelijk om met Mark Darcy te praten, vooral omdat we de kerstbelegering van Julio moesten ontleden.

Het blijkt dat Mark de afgelopen maand heel veel in Portugal heeft gezeten, zoals een sympathieke privé-detective dat zou doen. Hij vertelde me dat hij Julio in Funchal had aangetroffen en ook te weten was gekomen, voor een groot deel, waar het geld was gebleven, maar hij had Julio op geen enkele manier zover kunnen krijgen dat hij iets teruggaf.

'Maar hij zal zich nu misschien bedenken,' zei hij grijnzend. Het is echt een z. lieve jongen, Mark Darcy, en ook z.z. slim.

'Waarom is hij eigenlijk weer naar Engeland gekomen?'

'Tja, het is een beetje een cliché, maar ik had zijn achilleshiel ontdekt.'

'Wat?'

'Niet "wat" zeggen, Bridget, maar "pardon",' zei hij, en ik giechelde. 'Jouw moeder is wel het onmogelijkste mens ter wereld, maar ik besefte dat Julio van haar hield. Hij houdt echt van haar, namelijk.'

Dat rotmens, dacht ik. Waarom is zij nou weer de onweerstaanbare seksgodin? Misschien moet ik toch een keer naar Kleuren Maken Mooi.

'Maar wat deed je toen?' vroeg ik, terwijl ik op mijn handen ging zitten omdat ik anders zou schreeuwen: En ik dan? Waarom houdt er niemand van mij?

'Ik heb hem alleen maar verteld dat ze de kerstdagen met je vader doorbracht, en ook, vrees ik, dat ze in hetzelfde bed zouden slapen. Ik had zo'n gevoel dat hij net gek genoeg zou zijn, en stom genoeg, om te proberen die, eh, plannen te verijdelen.'

'Maar hoe kon je dat weten?'

'Gewoon, zo'n voorgevoel. Dat krijg je in mijn werk.' God, wat een man!

'Maar het was zo ontzettend aardig van je, om vrij te nemen van je werk en zo. Waarom heb je al die moeite gedaan?'

'Bridget,' zei hij, 'dat snap je toch wel?'

O, god.

Toen we boven kwamen, bleek dat hij een suite had genomen. Het was er geweldig, z. chique en erg leuk en voor de grap probeerden we alle voorzieningen en dronken we nog meer champagne en hij vertelde dat hij van me hield en hoe dat allemaal zat, het soort verhaal, om eerlijk te zijn, waar Daniel altijd mee aankwam.

'Maar waarom heb je me dan voor Kerstmis niet opgebeld?' vroeg ik achterdochtig. 'Ik heb twee keer een boodschap ingesproken.'

'Ik wilde niet met je praten tot de klus geklaard was, en ik dacht niet dat je wat in me zag.'

'Wát?'

'Nou ja, je liet me zitten omdat je je haar aan het drogen was! En de eerste keer dat ik je ontmoette, had ik die achterlijke trui aan en die sokken met hommels die ik van mijn tante had gekregen, en ik gedroeg me als een pummel. Ik dacht dat jij me een ontzettende hark vond.'

'Ja, eerst wel een beetje,' zei ik. 'Maar...'

'Maar wat?'

'Bedoel je niet maar pardon?'

Toen nam hij het champagneglas uit mijn hand, kuste me, en zei: 'Zo, Bridget Jones, nu ga ik uitgebreid "pardon" tegen je zeggen.' Hij tilde me op en droeg me in zijn armen naar de slaapkamer (waar een hemelbed stond!) en deed allerlei dingen die tot gevolg hebben dat ik, wanneer ik ooit in de toekomst nog een diagonaal geruite trui zie, spontaan in rook zal opgaan van schaamte.

DINSDAG 26 DECEMBER

4.00 Weet eindelijk wat het is om gelukkig te zijn met een man en het is met diepe droefheid, woede en een verpletterende verslagenheid dat ik het moet uitdrukken in de woorden van een overspelige, misdadige tv-persoonlijkheid: 'Niet "wat" zeggen, lieverd, maar "pardon", en doe wat je moeder zegt.'

JANUARI-DECEMBER

Een overzicht

3836 eenheden alcohol (niet best)

5277 sigaretten

11.090.265 calorieën (weerzinwekkend)

3457 (ong.) veteenheden (in alle opz. walgelijk idee)

32 kg en 400 gram aangekomen

32 kg en 500 gram afgevallen (uitstekend)

42 juiste lotnummers (z.g.)

387 onjuiste lotnummers

98 krasloten in totaal gekocht

£110 in totaal gewonnen met krasloten

£12 winst in totaal op krasloten (yesss! yesss! Heb het systeem verslagen terwijl ik intussen goede doelen steunde, als echte weldoenster)

... x 1471 gebeld (veel)

1 valentijnskaart (z.g.)

33 kerstkaarten (z.g.)

114 dagen zonder kater (z.g.)

2 vriendjes (maar de een nog maar zes dagen)

1 aardig vriendje

1 goed voornemen uitgevoerd (z.g.)

Werkelijk een uitstekend jaar!

WOORD VAN DANK

Mijn speciale dank gaat uit naar Charlie Leadbeater die als eerste het idee van de column voorlegde aan de *Independent*. Ook dank ik Gillon Aitken, Richard Coles, Scarlett Curtis, de familie Fielding, Piers, Paula en Sam Fletcher, Emma Freud, Georgia Garrett, Sharon Maguire, Jon Turner en Daniel Woods voor hun inspiratie en steun, en in het bijzonder, zoals altijd, Richard Curtis.

INHOUD

GOEDE VOORNEMENS VOOR HET NIEUWE JAAR 5

JANUARI 9
Een bijzonder slecht begin

FEBRUARI 35
Valentijnsbloedbad

MAART 59
Ernstige verjaardagspaniek van een dertigster

APRIL 79
Innerlijk evenwicht

MEI 101
Aanstaande moeder

JUNI 123
Vriendje! Wat heet!

JULI 141
Puh!

AUGUSTUS 157
Ingestort

SEPTEMBER 179
Paalklimmen

OKTOBER 197
Dans met Darcy

NOVEMBER 217
Een misdadigster in de familie

DECEMBER 245
Jezus Christus

JANUARI-DECEMBER 267
Een overzicht